中国专业作家作品典藏文库

丁力卷

财经小说系列

高位出局

丁力 著

中国文史出版社

总　序

虽然我的深圳作协副主席要等换届才能免去，但我实实在在是一个已经办理退休手续的人。为准确核算我的退休工资，社保部门把我的档案翻了一个底朝天，结果发现我的初级、中级职称是助理工程师、工程师，但副高、正高职称却是文创二级、一级，它们准确无误地记载了我从一名专业工程技术人员向作家转变的过程。

我认为工程师和作家的本质一样，都是“创作”，只不过区别于侧重“工创”还是“文创”而已。科学家的任务是发现自然规律，工程师则利用这些规律创造发明出有利于人类健康与进步的新产品新技术，这和文学理论家与作家的分工一致。对于我1988年获得安徽省自然科学奖，我认为是当时没有严格区分“科学”与“技术”的结果，好比如今仍然有人认为作家就该是“文学家”一样。可我真的不是“文学家”，只是特别善写而已。1990年我原单位冶金部马鞍山钢铁设计研究院举办科技成果展，我一个人展出的论文和著作超过全院2000多名工程师的总和，这并不表明我的专业水平力盖群雄，而仅仅是因为我特别善写，这也可以解释2001年我卸任上市公司高管后，为什么能突然成为“高产作家”。

善写主要是遗传。我很小就记得父亲一天到晚在写，更记得当年父亲为如何藏匿小说书稿而流露出的焦虑与恐惧。尽管由于时代局限，父亲写了一辈子的书却没有出版一本，但他善写的基因却遗传给了我。自2003年正式成为“坐家”以来，我平均每年在省级以上纯文学期刊发表四个中短篇，正式出版三部长篇，至今为止，已正式出版长篇小说和中短篇小说集五十部。但此情景到2020年似乎戛然而止，并非我失去了写作的兴趣与能力，而是如今的出版业遭遇了空前的窘境，我手上已经积压数本书稿了，还写吗？

正当我打算放弃长篇小说创作而只为杂志社写中短篇甚至只写散文随笔的时候，得知中国文史出版社打算精选我的七部小说再版，只是版税可能不如首版那么高，问我能不能接受。我不敢相信这样的好事正好砸到我头上。我打电话给周思明老师，他和我一样，特别善写，我们并称深圳的“二高”，我是高产小说家，他是高产评论家，“一天不写就难受”，所以我们虽然私下交往不多，但彼此视为同道人，并且我相信作家是常年埋头拉车，而评论家有时会抬头看路，所以这种类似天上掉馅饼的事，我首先向周思明求证。

“真的。”周思明非常笃定地说，“肯定是真的。”

“为什么？”我问，“你凭什么这么肯定？”

“因为我最近接到北京一家文学研究机构的电话，他们约我写一篇有关‘创业文学’的综合评论，还特别提到了你，说你的小说无论以前叫老板文学、商情文学还是财经小说，现在都归类为‘创业文学’，这说明，在中国改革开放四十余年之际，创新和创业被提到更高的位置，这时候他们不再版你的小说再版谁的？”

我信了，赶紧签订再版合同。

这次再版的七部小说《高位出局》、《透资》、《上市公司》、《职业经理人手记》、《生死华尔街》和《苍商》、《赢家》，其中前五部的初版均在清华大学出版社，《高位出局》、《透资》（《高位出局2》）和《上市公司》（《高位出局3》）都上了当年的畅销书排行榜，其中《高位出局》还获得中国书业2007年度“最佳商业图书·新人奖”。其实我2001年底发表小说处女作，2002年辞职专门当“坐家”，2003年开始出版长篇小说，因此到2007年也已经不能再算“新人”了，他们之所以颁此殊荣，大概是该书多次加印，累计发行量比较大的缘故吧。

清华大学出版社一般只做专业书，如电子计算机之类，能一下子出版我的五部长篇小说，是因为他们把我的小说归类为“财经小说”，如此，我的长篇小说又可被列为“财经类图书”，从而符合他们的出版范畴了。

从年龄上说，我的创作比较晚，来深圳之前是冶金部马鞍山钢铁设计院的工程师，但思想比一般的工程师活跃。1991年，随着中国市场经济的全面推进，我似乎看到了成为“大老板”的希望，于是辞职下海，投身中国改革开放的前沿阵地和中国市场经济最成熟的城市——深圳，先后拼搏十一年，其间还去过海南和武汉，一度也似乎已经成为“大老板”，先经营七家娱乐城，后出任金田华南投资公司董事长，在广州有二十三家连锁超市、一个灰狗巴士公司和两个地产项目。2000年上市公司新的财务制度落实后，金田集团退市，我的“事业”因之归零。此后也应聘民营投资公司总经理或证券机构操盘等，但终究不适应再“打工”的生活。为了延续自己的“老板”梦，我开始写小说，心里想，当不了大老板，还不能写大老板吗？于是，一口气创作出版了十几本书，内容都围绕着“老板”，所以我的小说起初被称为“老板文学”。后来《金潮》杂志发表文章，分析我的创作现象，称我是“中国最具爆发力的金融小说作家”，于是我的小说又成了“金融小说”。再后来，山东师范大学选择研究我的创作作为硕士研究生的论文专题，论文称我的小说为“商情文学”。最近，著名高产评论家周思明则告诉我，中国社会科学院下属的《中国文学批评》杂志将我的小说归类为“创业小说”。但我自己更认同清华大学出版社的“财经小说”定位。

这七本书中的故事都是虚构的，但其中的人和事都是有生活原型的，甚至有些就是我自己的经历，有些是我身边同事或朋友的经历。比如《高位出局》当中的王艳梅，原型是金田退市后我当“坐家”前为其打工的女老板。那段时期我是动荡的，也是迷茫的，除了给王艳梅这样的民营企业老板当总经理之外，也有过证券公司和机构操盘经历，这段时间虽然不长，但给我的冲击却是前所未有的——原来公司可以这样运作！原来他们是这样当老板的！原来股市的内幕是这个样子！我的内心受到了强烈的震撼，这种震撼激发了我用小说的形式披露这些内幕的冲动，于是直接把这种自己的经历与感受写在《高位出局》《透资》《上市公司》《职业经理人手记》等小说中，其中《高位出局》中最长的那个故事曾经以《股市内部消息》的题目，发表在《中国作家》杂志2004年第6期上。

虚构成分最多的是《生死华尔街》，因为彼时我还没有去过美国，更没到过华尔街，写华尔街只能靠虚构。创作这部小说的直接动因是想用小说的形式揭示2008年美国次贷危机的内幕。中国作协创研部主任牛玉秋老师评价说："在阅读《生死华尔街》之前，我始终没搞懂'次贷危机'到底是怎么回事。看了丁力的《生死华尔街》，我不但自己明白了，而且还能给别人讲解美国的'次贷危机'了。"

《苍商》写的是几个湖南人闯深圳的故事。这也是有生活原型的。我虽然是安徽人，但1977年恢复高考后，我从安徽考到了湖南，班上同学有一半是湖南人或毕业后留在了湖南，他们大都分在湖南各地的冶炼厂，所以，小说中刘劲龙来深圳之前于冶炼厂干的那些事以及他昂首挺胸走出冶炼厂大门南下闯深圳的场景，在我当时写的时候，脑海中呈现的就是我们班同学"刘劲龙"的形象，所以才让读者感觉这个人物很具体、很真实、很生动。

《赢家》写了打工青年麻近水的故事。一看这个"麻"姓，就知道是湘西少数民族人，也因我兼任吉首大学教授，经常去湘西首府吉首市，并且湘西人客气，每次去，作为湘西少数民族人的田茂军院长都带我领略当地风俗，所以在后来创作《赢家》时，不知不觉就把"麻近水"设计成了主人翁。

麻近水的故事令人心酸。不仅因为他得了尿毒症，更因为他为之打工的老板与他是同期的考生，考分不如麻近水，却因为是大城市的城市户口而被录取，考分更高的麻近水却名落孙山。好在麻近水不屈不挠，最终凭着自身的努力终于在深圳站稳脚，成为真正的"赢家"。

这七部小说中，主人翁与我本人真实经历最接近的是《职业经理人手记》，该书也被称为“中国第一部本土 MBA 教材”，我也因此被邀请到清华大学经济管理学院讲课。回想自己一辈子没能成为清华的学生，却当了一回清华的老师，也算是文学给我的莫大奖赏吧。

2018 年作家出版社出版我的长篇小说《图书馆长的儿子》，细心的读者又给我留言：“原来这个才是真实的你啊！”其实都不是，小说源于生活，又不等同于生活，《职业经理人手记》和《图书馆长的儿子》中的主人翁确实都有我自己的影子，但又不完全是我自己经历的真实写照，否则，怎么会有两个“我”呢？

丁　力

2020 年 12 月 13 日

目　录

第一章　高位出局

三江证券的彭总酒后失言，居然当着王艳梅的面说："这年头把女人骗上床容易，可要把她哄下床就难了。"

彭总说这话时有三人在场。除王艳梅外，还一个就是许才江。也幸好有许才江在，要不然彭总上哪儿找梯子下台？但是话又说回来，要不是许才江在，彭总也不会说出这话，彭总这话是对许才江说的，彭总喝再多也不会对女客户说这种糊涂话。

许才江脑子在飞转，他要替彭总找梯子。王艳梅则尽力装着没听见，但很难，离得太近了。彭总说完浑话之后立刻清醒大半，肉体发声器收不回去，面部表情定格。好在许才江不愧是"江南才子"，脑子快，他马上哈哈大笑，努力在分贝上盖过彭总，极夸张地喊道："彭总高见！现在确实是这样，一只股票把它拉到高位容易，可要在高位顺利出局就难了。高见，真是高见！来来来，为彭总的高见干杯！"

彭总对许才江的解围很满意，很感激，顺着梯子溜："高见谈不上，只是有感而发罢了。来来来，干！"

王艳梅不知是真傻还是装傻，居然也跟着说："是啊，现在出局越来越难了，二位有什么高招给支支？"

王艳梅当然不是真傻，哪个傻妞能在三十岁之前赚足一个亿？除了天生丽质之外，王艳梅的绝招之一就是装傻。几年前，她硬是靠装傻博得老板的信任，混上了个操盘手。别的操盘手争着在老板面前卖聪明，一有机会就分析盘口献计献策，只有她一路装傻，完全一副天真少女相，结果老板最放心她，不仅打电话不回避，而且凡是关键性的进出大单都交给她下。就这样，她一面扮天真少女，从老板那里领到一笔笔不菲的赏金，一面筹钱偷偷坐轿子，两年下来实收率比老板高出一截，净赚了七位数。最得意的是前年的那一次，她老板与一个潮州佬合作，共同炒作皖南电力。当时皖南电力流通盘是8000万，股价11元，合作方式是：她老板在11元至12元价位吸入3000万流通股，捂住不动，这样，8000万的流通盘实际就变成5000万，然后，潮州佬再用对敲的方式将这只实际上已是5000万流通盘的“小盘股”轻而易举地拉到28元，这时候，通过早已成为“合作伙伴”的标的公司董事局和某些股评人士，不断地发布正面消息和评论，潮州佬则在28元至25元价位分批出局，然后她老板再慢吞吞地吐，直到18元附近基本出净。按照几方约定，她老板不能在最高价位出，并且只能在得到指令后才出，否则就会乱套，对谁都不利。另外，她老板还必须将本次操作所得利润中的一部分交给潮州佬（这也是事先约定好的），考虑到在吸货和出局阶段为了稳定股价而进行的逆向操作成本，她老板的实际受益率不到50%。而王艳梅则不受任何约定限制，她的表面身份是老板手下一个充当操盘手的天真少女，她可以在老板吸货之前以每股11元的价格买进，在潮州佬出货之前的每股28元卖掉，加上自以为是的老板甩给她的一笔赏金，王艳梅本次操作的受益率接近300%！

光靠装傻还不可能使王艳梅成为亿万“富妹”，还必须用心计，必须有一大批有权有势的男人帮她。顺便说一下，王艳梅不允许别人称她为“富婆”，以表明她尚未婚嫁；她也不喜欢别人称她为“富姐”，以证明自己与刘晓庆们不属同类。这也是王艳梅的高明之处。王艳梅发现，“妹妹”总可以在“哥哥”面前撒娇从而得到许多无偿援助，只要你年轻漂亮，未婚且没有未婚夫，一装小撒娇就会招来许许多多有权有势的男人自觉自愿地鼎力相助。王艳梅所付出的有时只是甜甜的微笑，并不像世俗理解的一定要出卖肉体。王艳梅很少付出肉体。她心里有条座右铭：能不付出尽量不付出，必须付出时要摆出很渴望的样子“自愿”付出。有一次她老板不知天高地厚，以为两亿资金就可以不找人合作而独自坐庄了，结果将武汉金龙一口气从 17 元拉到 31 元，账面上是赚狠了，但只限于纸上富贵，一套现就狂泻，仿佛李白的“飞流直下三千尺”是专门描写此情此景的。老板急得满嘴溃疡，王艳梅躁得例假紊乱。王艳梅并不是替老板急，她是替自己的六百多万急。如果王艳梅硬要跑，不仅事情会败露，而且可能会逼迫老板强行封仓，在跌停板的价位下大笔卖单，让你休得逃掉。那一次王艳梅“自愿付出”了。对方是一位掌握某大企业资金调配权的“大哥”，王艳梅不对其“付出”就没法与他“知心”。“知心”之后，王艳梅就有理由替“大哥”着想，就可以堂而皇之地为“大哥”介绍赚钱机会。于是，王艳梅就将“大哥”介绍给她老板，于是老板就与“大哥”商定：老板先将武汉金龙从 31 元“打压”到 26 元，然后在这个价位分批“倒仓”给“大哥”，“大哥”再将股价重新拉回到 30 元以上。“倒仓”前后，老板按进度分批支付给“大哥”八位数的个人好处费。如此一番，老板在高位顺利出局，该大企业账面赢利，“大哥”神不知鬼不觉不留痕迹地得到几辈子也花不完的一大笔钱，王艳梅从双方得到的赏金加上私下股票收益，账上资金从七位数变成八位数，真是皆大欢喜，顺利实现“多赢”。

那次“多赢”之后王艳梅就单干了。也就是从那时候开始，她成了彭总的客户。这也是许才江的功劳。许才江经常帮彭总拉客户。许才江身上有一沓名片，大小头衔林林总总，从某某证券公司投资顾问到某某集团董事长助理，应有尽有，但事实上他的主要工作有两项，一是替各证券营业部拉客户，二是替缺资金的公司跑贷款。要说许才江聪明就聪明在这里。许才江发现，在市场经济活动中，客户第一，换句话说，无论你做什么，只要有客户你就能赚钱。许才江还发现，所有的证券营业部都是依靠投资者的股票交易来维持其生存与发展的。投资人，特别是像王艳梅这样亿万级的证券投资人，才是证券公司的真正上帝和衣食父母，许才江在替证券公司介绍客户的同时，就将证券公司当成了自己的客户，而且是永远不欠账的好客户。要不然他也开不起宝马728。许才江的第三大发现是，中国几乎所有的公司都缺资金，而且越是名称吓人的“某某国际投资（集团）公司”就越是缺钱，只要你说能帮助跑到贷款，这些“国际投资（集团）公司”立马就给你印一盒“董事长助理”的精美名片，管他能不能贷到款，先报几餐发票是没有问题的。许才江还天才地、创造性地将这两项事业有机地结合起来做，常常收到事半功倍之效。例如，他经常动员大户将资金用于存贷，以收取短期高利，他也时不时给贷到款的董事长们透露点“料”，鼓动他们在证券市场做一些短期投资，赚到钱了，他“爆料”有功好处自不必说，即使做赔了，他在券商这边的佣金返还一分也不少。顺便交代一下，许才江自己从来不做股票，即使在别人看来是稳赚的机会他也不动心，他有另外一条更好的赚钱途径——专门做存贷，这是一个只有许才江们才理解的高回报零风险行当，具体做法是：当某公司要向银行申请贷款时，银行首先要求申请方在该银行开户，投放存款，办理结算，然后才能考虑贷款，当然，更通常的是交50%保证金开承兑汇票，然后再从其他银行贴现；然而，许才江“协助”贷款或开承兑汇票的公司往往是并没有结算业务的壳公司，这时候许才江就从中“通融”，说服银行让步——拉来存款也行。当然，“拉”也不是白“拉”的，除了银行的正常利息外，申请贷款的公司还须另付许才江们额外几个点，这就是所谓的“存贷”。用自己的账户到指定银行存款，当然万无一失，一月做他两次，年回报是多少？

王艳梅自立门户后立刻接受她老板的经验教训，第一是托人买了一大堆身份证，分几个证券公司不同的证券营业部开设数百个户头，第二是每个户头每次下单不超出十手，第三是挑选无知少女而不是天真少女充当机器人而不是操盘手。王艳梅认为无知少女与天真少女貌似相同但本质不一样，后者有灵气讨人喜欢，因而很容易自我开窍或很快对外有交际，前者傻气不讨人喜欢，安全系数大得多。每次王艳梅要是建仓或出局，都是足不出户，电话指令无知少女们在指定的时间、按规定的价格、依限定的数量吸入或吐出，盘口上反映的完全是散户行为，即使是少数能够打开龙虎榜的通天人物，也分析不出坐庄迹象。王艳梅为了预防万一还特意将各个点的“机器人”分开居住，使她们之间根本就不认识，另外，她们接受指令的电话是只能打进不能打出，更绝的是，无论表现好坏，干三个月一律炒鱿鱼，免得日长生非。王艳梅也从不使用“对敲”来调控股价，她认为“对敲”固然方便，但成交额巨大，很容易被“老鼠庄”识破，弄不好就会替人家“抬轿子”，更要紧的是，如今有关部门的监管越来越严，一旦被查出就惨了！亿安科技就是例证。王艳梅要拉升一只股票，采用的是“击鼓传花”，而且是在不同证券公司不同营业部的不同账户间进行，几百个账户排列组合，绝对保证无重复。让你看不出，查不出，证据取不出，比“对敲”高明得多。

王艳梅虽然青出于蓝胜于蓝，比她过去的老板高明，但她也感到出局越来越难。王艳梅发现如今的散户越来越刁了，不轻易上钩，庄家弄不好会自己把自己给套住。王艳梅有时也想采用比微笑更进一步的公关行动，但很快就发现收效甚微，好像这一招也只能在特定的情况下对掌握某类大企业资金的“大哥”奏效，对自己掌握自己钞票的那种老板一点作用也不起。王艳梅没办法，很长一段时期被迫重蹈她过去老板的覆辙，替别人锁锁仓，从大庄碗里分一杯羹，或者有时干脆通过彭总这样的券商把钱借贷出去，虽然王艳梅只面对券商，再由券商把钱“透资”给大户，很安全，但她是绝不甘心这样小打小闹的。所以，王艳梅请彭总和许才江给支支高位出局的高招也不全是客套，她是真想学学有什么高位出局新招。

彭总刚才被自己的失言弄得很尴尬，半天没回过神，现在见许才江解围解得漂亮，不免有点如释重负，又听王艳梅请他支招，好像忘掉刚才的一幕，竟有点得意起来。这也难怪，王艳梅问得诚恳，而所问的恰好又是彭总的强项，男人毕竟是男人，有几个能扛得住美女的不耻下问？彭总仿佛已经完全忘了今天的使命，居然正儿八经地大谈起“高位出局经”。许才江心里着急，但也只能赔笑脸，不得有半点的表露。他知道，他们正在走一步险棋，一步极险的棋，这步棋是只能成功不能失败。前面说过，许才江从来不炒股，哪怕是在别人看来十分有把握的机会他也绝不动心，关于这一点，彭总和王艳梅都知道，并且深信不疑。今天，许才江正是想利用这点来实现他的高位出局计划。

彭总说得起劲，王艳梅听得认真，而且还不住地提点小问题。这也是王艳梅的绝招之一。提点对方容易回答的小问题既表明自己听得认真，又能充分调动对方的讲演积极性。其实，彭总谈的哪一套出局招数王艳梅没有使过？有些说不定还曾是她自己发明创造的呢。当然，他们今天准备用在她身上的这招除外，这一招是彭总绝不会说的，毕竟是老生姜。

许才江确实是从来不炒股，再好的机会也不动心。许才江知道，机会与风险最终是要对称的，除非你只做一次，从此撒手不做。但谁能做得到呢？打麻将有杠开的机会就有被人抢杠的风险，除非你杠开之后立刻起身走人，不玩了。许才江还真打算这么做。

自从上交所的那个小子发表了《股市黑幕》之后，许才江马上就敏锐意识到监管会加强，而且这次监管的力度肯定不小。因此，许才江认为，股市暴利的时代即将过去，并且很可能是一去不复返，在今后相当长的一段时期内，股市都将不温不火地平稳发展，慢慢实现价值回归，由投机市场逐步回归至投资市场。基于对国人秉性的深刻认识，许才江坚信，股市马上就会来一波空前绝后的大行情，以完成最后的疯狂。许才江发觉这才是他等待多年的“杠开后立刻起身走人”的绝佳机会。

许才江建仓了。

此事除了彭总之外谁都不知道。这最后的晚餐许才江不想与别人分享。但他没法不告诉彭总。他不告诉彭总他就没法大比例透资。既然是最后的晚餐，自然是不做则已，要做就大做一把。当然，彭总是完全可以信赖的，是绝不会把许才江“地雷的秘密”对别人说的。许才江并不是对彭总的人格有多大信赖，但他绝对相信彭总不会与钱作对。

许才江把自己的全部老本投在彭总的证券公司，彭总以超人的胆略给他数倍的透资，使许才江有了大做一把的本钱。风险自不必说，只要他的持股市值下跌20%，证券公司就会强行平仓！这一点许才江很清楚，彭总就是他亲爹也得这么做。

事态的发展似乎验证了许才江的天才判断。他刚在11元的价位吃进三分之一仓位的ST九钢，受ST郑百文复牌的强烈刺激，九钢股份仿佛吃了回春药，一路坚挺，想停都停不下来。许才江痛心疾首，大骂自己的胆量不够，赶紧抢仓，追到15元才把仓位补到三分之二。许才江这时打算歇一歇，并且想着在15元之上适当吐一点。他只想顺势而为，并不打算硬充老大。但是，说来也怪，许才江刚一停止进货，九钢股份也就在15元附近维持不动了。刚开始许才江并没有在意，任何一只股票涨急了都会停一停消化消化，甚至于有时候还要回头确认一下。许才江计算过，包含进出交易费和税金在内，他的成本是13.3元，即使现在出局也是稳赚不赔。但许才江绝非贪此蝇头小利之辈。他相信自己对大势的研判，基于这种研判，他相信ST九钢会冲到18元。许才江是聪明的。他看九钢股份在15元附近做盘整，当即放弃了部分出局的计划。他明白，他不是散户，一有风吹草动赶紧出逃，他是跑不了的，他一出逃，必将引发该股急剧下跌，那样他将血本无归。许才江耐心观察了两天，发现非但未升，反而向下微调。他豁然发觉自己可能是个举足轻重的人物，前几日ST九钢一路高歌可能与他的大量进货有直接关系！这一重大发现使许才江心情变得复杂起来。一方面他有点兴奋，没想到自己不知不觉成了“庄”，原来坐庄也不过如此，只要你使劲买它就会涨，一旦停买它就盘整，再一卖它准会跌。许才江真想试试，但他是理性的，他知道股市不是闹着玩的，万一“飞流直下三千尺”，后果不堪设想。

许才江终于亲身体验到了股海的险恶。

过两天，北京的同学传来最新信息：市场将有大动作，密切关注中科系列。许才江虽然并未持有中科系列股票，但他深知唇亡齿寒之理，中国的股市向来都受政策左右，牵一发而动全身，所以，这几天他天天盯着中科系列的中科创业、岁宝热电、莱钢股份。灾难来了。从前天开始，这几只曾经天天飘红的股票突然日日跌停板！许才江没想到加强监管会这么快动手。但他还抱有侥幸，他不相信“最后的晚餐”就此结束。难道那么多大机构包括社保基金都会血本无归？他不信，他要救市，他要用手中的剩余资金来激活九钢股份。于是，在昨天收市前一分钟，他突然在涨停板的15.7元位置下大笔买单，使ST九钢上了当日涨幅排行榜的前五名，总算打破沉闷露了脸。但许才江付出的代价可想而知——他必须将当日所有未撤卖单一口吃掉才能维持这一分钟的涨停板！

ST九钢仿佛真被他激活了，今天一开盘即上冲至16元。许才江心中一阵狂喜，发觉到自己能主沉浮了，顿时有了伟人的感觉。借着好心情，许才江计算了一下，如果此价位全部出局，他的收益将达到一个亿。这才只不过十天工夫！谁知好景不长，刚冲高一会儿又迅速回落。许才江的心情随着K线图上曲线的起伏而潮涨潮落，K线图仿佛成了许才江的心电图。

中午前后，九钢股份好像又受追捧，“心电图”由绿变红。到尾市时，受中科系列拖累，大盘有跳水迹象，ST九钢也不能脱俗，跟随跌破昨天收盘价，“心电图”再次显绿。在最后一刻，许才江于15.7元的价位下300手买单，才勉强维持不升不跌。但他心里清楚，如此一来自己的进仓成本会逐步抬高，越陷越深，早晚要破产。

许才江出汗了。

出汗的还有彭总。彭总的压力更大。彭总也没有料到这次监管来得这么迅速，这么猛烈，风还没起就直接下雨了。

许才江来找彭总，彭总也一筹莫展。俩人商量了半天，最好的办法也就是最古老最笨的办法：找个替死鬼来接盘。俩人不约而同地想到了王艳梅。第一，王艳梅手中有闲钱。第二，她是聪明人，至少她自认为她是绝顶聪明的。这件事一定找聪明人来接，找笨蛋不行，笨蛋不敢在这么高的点位入市，聪明人敢，聪明人更相信自己的判断力和应变能力。骗聪明人不骗傻瓜，这就叫逆向思维。第三，正因为王艳梅聪明，所以你跟她说定锁仓2000万，她会“自觉”地用隐蔽的账户再跟2000万，这样4000万就全出来了。另外还有一点是彭总和许才江都不愿点破的，那就是他们既要顺利出局，又不希望有人破产或坐牢。他们相信王艳梅一不会坐牢二不会破产。再说，这丫头本来就是赤条条地来深圳的，风光了这么多年，再赤条条地回四川也不冤枉她。一想到“赤条条”，二人异脑同思地想象出王艳梅赤身裸体的样子，笑了。

彭总和许才江都对本次出局计划充满信心。彭总是武汉人，知道什么是“做笼子”；许才江来自南京，从小就见过“卖狗皮膏药”。

这时候，许才江说闲话一般地问：“彭总，你看最近的大势怎么走?”

彭总说：“社保基金入市，B股开放，中国加入WTO，牛市不言顶呀。”

彭总说得在理，不仅许才江点头，王艳梅也连声称赞“对，对，对!”

许才江和彭总不敢掉以轻心，必须来个“回头确认”才牢靠。这也是他们事先演练好的。

于是，许才江在点头之后仿佛若有所思，又提出了“反对意见”，说：“最近好像有加强监管迹象，亿安科技、中科系列都出问题了。”

王艳梅望着许才江，又看看彭总，最后冲着许才江大幅度地点点头，表示赞同。

彭总并没有急于回答，而是淡淡地笑笑，端起高脚酒杯，在手中晃了晃，又对着灯光照照，仿佛在检验酒的成色，然后才慢悠悠地说：“这样的事哪年不来一次？正因为利好太多，股价飞涨，有关部门才出来浇点冷水，要不然不炒疯了?”

许才江吐了口烟，好像终于明白似的重重点了点头。

王艳梅拣了块鸭舌慢慢地嚼，嚼完了问：“我现在入市还能不能赶上趟?”

彭总和许才江心里都“咯噔”了一下，好似冷不防被别人窥见隐藏的秘密。

生姜还是老的辣。彭总不动声色，立刻反驳道：“不妥。”

就两个字，没有下文。说完自己呷了一口干红。这就是茶楼包厢的好处，自己想吃就吃，想喝就喝，想抽就抽。安静，随意，不像酒店那样正式、招摇、嘈杂。许才江和彭总对这次聚会的地点是经过慎重挑选的。他们要的就是这种不正式、很随意的效果。

彭总在等王艳梅往下问。

“为什么?”王艳梅果然往里面钻。

“入市总是有风险的，现在毕竟在高位。”彭总回答得很诚恳，很贴心，很在理。“即使要做你也应该替别人锁仓，少赚点，风险小。”彭总又补充道。

“还有这样的机会吗?”王艳梅似乎有点急，她不甘心放弃这次大机会。

“找他。”彭总伸手一指许才江。

许才江正坐在藤条沙发上享受腾云驾雾。他酒力不胜，但烟瘾不小，坐下来就一根接着一根。他刚才仿佛是在实践伟人所说的“事不关己，高高挂起”，一副漠不关心的样子。这时候，他见彭总把火引到他身上，才“不得不”有所表示。

许才江往烟缸里弹弹烟灰，咧开嘴笑着说：“我哪有什么好路子? 有好路子我自己干吗不做?”

“行了，行了，许大哥别卖关子了。谁不知道你路子通天，一天到晚忙你的存贷，哪有心思锁仓? 遇上大市不好，锁仓也是有风险的。”王艳梅半生气半讨好地冲着许才江发嗲。

“那也不一定，”许才江说，“昨天就有人介绍了一个绝无风险的锁仓机会，只是我答应别人的存款期限未到，动不了。”

“有这样的好事呀?”彭总声音拖得挺长，显然“不信”。

“许大哥，快说出来听听。”王艳梅很想知道是不是真有这样无风险的锁仓机会，她对许才江的能量从来没有怀疑过。

许才江“显然”是被几声“大哥”喊得飘飘然，“似乎”有点忘乎所以，满脸堆笑地看看彭总，又看看“小妹”说：“白帮忙?”

“谁说白帮忙？什么时候让你许大哥帮过忙?”王艳梅喊冤似的问。

“那你打算怎么谢我?”许才江故意把脸凑近一些问。

“事成之后给你10%。”王艳梅很“大气”地承诺。

“我不缺钱。”许才江又将脸挨得更近点。

“那你说怎么样?”王艳梅本能地往后躲了躲。

“你说呢？小妹。”许才江故意夸张地扮作色眯眯相。

“啊呀，你坏！彭总，你快看，这是什么大哥呀?!”王艳梅像是吃了天大之亏尽情调笑。

许才江见好就收，恢复正常的姿势，似乎有点抱歉地说：“吓着你了吧？是这样，有一只股现价16元，可以打压至15元让你锁仓2000万，然后他们拉升到21元，再公布重大重组消息。”

“这怎么说是‘绝无风险’？万一锁仓后不升反跌，被套进去怎么办?”彭总似乎很护着小妹，或者似乎有点嫉妒许才江的调情，反正是有意“拆台”。

“对呀，万一跌了呢?”王艳梅跟着发问。

“这没问题，”许才江吸口烟，十分把握地说，“庄家先付你10%的保证金，刚开始为了洗盘，上下有点波动是正常的，万一跌幅达到10%，你斩仓就是，保证金正好弥补。”

“这还差不多。”彭总仿佛是替王艳梅松了口气。

“条件呢?”王艳梅知道天下没有免费的午餐。

“事成之后你按双倍的保证金退还，其他条件没有，”许才江说，“他们是我的朋友，我帮他们贷过款，人家以为是我自己做，还谈什么条件。再说，我知道他们资金不足，反正没人锁仓这事他们做不了。”

“保证金怎么个给法？”王艳梅开始关心细节。

“直接打到你账户上，由证券公司提供担保，你再以账户上的资金向证券公司反担保，不然你把保证金卷跑怎么办？”许才江说得合情合理。王艳梅点头。

“先不着急，观察两天再说。”彭总继续“维护”王艳梅。彭总知道，这么大的事，他不说王艳梅也会看几天的。

“也不能拖得太长，他们也可能找别人。”许才江补充一句。

“就两天。”王艳梅说。

许才江继续抽烟，仿佛这空气含氧量太高，不混合点烟雾他适应不了。

“你说的是哪只股票？”彭总问。

王艳梅瞪着大眼盯着许才江，这正好也是她想问的。

许才江不说话，吐了个烟圈，看着彭总问：“我有什么好处？”

“不是说好了嘛，事成之后给你 10%。”王艳梅抢着回答，对“事成之后”之类的承诺她一贯爽快。

“那不行，”许才江说，“你现在一毛不拔，我先告诉你是哪只股，你多拖几天，拖到他们找别人做了，你再白坐轿子？”

“那你说怎么办？”王艳梅说，“你这相当于是先有鸡还是先有蛋的问题。”

许才江思索了一会儿，把烟掐灭，好像下了很大决心似的说：“这样吧，我也不要钱了。我现在就告诉你是哪只股，你我今天就把车换了，事成之后办理过户，否则再换回来。怎么样？”

王艳梅稍微想了一想，直起腰，伸出右手，对着许才江猛击一掌，夸张地大喝一声：“一言为定！”

“一言为定！”许才江也学着她的样子，迎上去对击一掌。

这个“条件”也是彭总与许才江商量好的。他们了解王艳梅，不提条件她反而怀疑，条件高了她会犹疑，提这个条件恰到好处。虽说王艳梅的奔驰 600 价值 220 万，但作为女孩子开起来并不比开宝马 728 实惠，尽管后者只值 98 万。王艳梅曾对人说过，奔驰是为配有司机的老派老板设计的，坐在后排舒服，开车的并不舒适，她自己就有体会，已经把驾座调到最前面，还是别扭；宝马是专为她这样的新贵设计的，新贵崇尚自由自在，自己驾车，而宝马的驾座视野宽阔，轻便舒适，后座反而被收缩的车顶弄得有压抑感。但说是这么说，她也绝不会白白拿奔驰去换宝马。今天许才江主动放弃10%的“期货”，改为用宝马换奔驰提前“贴现”，固然有其精明之处，但对王艳梅来说可谓正中下怀。

这时候，王艳梅好像怕许才江变卦，当即取出了车钥匙，对着彭总说：“彭总做证。”

“好，我做证。”彭总一语双关地说，“你们今天做什么我都做证，但你们此次操作的主要交易只能在我的三江证券进行。”

王艳梅保证没问题，许才江说恐怕有难度，估计他们不会答应。彭总也表示理解。

“说吧，哪只股?”王艳梅交换了钥匙就有了说话的资本。

许才江将脖子伸进三人之间的茶桌，彭总和王艳梅也跟着伸长了脖颈，三人几乎头挨头，很像小时候看的电影里特务接头。许才江左右看看二位，马上变了个脸，异常严肃地说：“绝对不能外传!”

王艳梅发誓似的使劲点头，脸也变得异常严肃。

“说吧。”彭总用不着发誓，嘴巴不紧做不了证券公司老总。

许才江这才一字万金地吐出四个字：“九钢股份。”

彭总听后马上露出笑容，身体向后一仰，说：“我早猜到了。”

许才江“疑惑”地望着他。王艳梅一脸茫然地问：“你怎么猜到的?”

彭总似乎有意卖关子，不急于回答，只是笑，边笑边用牙签扎起一条小沙丁鱼，鱼并未立刻送入口中，而是充当了音乐家手里的指挥棒，一边比画着“指挥棒”一边说：“你刚才说股价在16元附近，我便将这个价位的股票大概捋了一遍，好像这几天也就是ST九钢对大盘不理不睬，依然坚挺，不是它是谁?”

王艳梅不由自主地竖起大拇指，一派五体投地。许才江故作惊恐相，连声嚷道：“我的乖乖隆地咚，这以后谁还敢与你过招?!”

彭总受用着二人的吹捧，终于将那条充当指挥棒的沙丁鱼送入口中，边吃边说：“这股有戏。”

余下的两天里，许才江再没有主动与王艳梅联络，只是不惜血本地护盘。他相信贪财是商品社会里人的天性，更相信王艳梅是聪明绝顶之人，贪财而聪明的人绝不放弃任何一次赚钱大机会。

第三天上午，许才江近乎沉不住气了，他的资金即将告罄。突然，喜从天降——中科创业从跌停板直蹿涨停板！一股得道群股升天，大市迅速反弹，ST 九钢也跟着沾光，无须许才江护盘，自动从16 元涨至 16.6 元。许才江反应很快，赶紧下卖单，趁机在高位出货，能回一点是一点。这时候，心情也随之亮堂许多。

好事逢双。王艳梅的电话来了。许才江懒洋洋地问：“是不是要把车换回去?”

“瞎说什么呢，许大哥，”王艳梅天大冤枉似的说，“这几天每天在调资金。你问彭总，我已经把钱全部打进来了。”

“那就好，”许才江说，“你在哪里?”

“还能在哪里，就在彭总办公室。”

“好，我马上过来。”

许才江说着，就安排下面的人边抛边进，以抛为主，抛多了，股价往下掉了，就买几单抽一抽，好像放风筝一样，慢慢放线，放快了，风筝往下掉了，就使劲拉几下线，往上抽一抽，只要股价控制在 16.2 元以上就行。

王艳梅果然在彭总办公室。她这几天并没闲着，一直在暗中“拉拢”彭总，甚至通过彭总找到了九钢股份的董秘打探虚实。她只能拉拢彭总，不能走其他路子，消息一扩散就没戏了。这两天她与彭总的关系进展到什么程度许才江不好推测，但肯定比微笑更进了一步，这一点许才江一看便知。

王艳梅见许才江进来，先发制人：“你问彭总，这几天哪天不是在调资金。怎么样，什么时候操作?”

许才江看看彭总，像是征求他的意见，说：“彭总你看呢?”

“我这里没问题，”彭总显然是“向着”王艳梅，“她的钱已经到账了，你让对方把保证金划过来，然后尽快将股价打到15元，这么高的价位她怎么进?”彭总说着指着荧光屏，上面显示16.3元。

“最快也得两天时间，”许才江说，“如果说定，我今天通知他们在15.8元收盘，明天再打五毛，你也不在乎几毛钱，低于15.5元就可以进了，怎么样?”

王艳梅看看彭总，彭总点头。王艳梅说：“行。”

说话间，彭总取出备忘录，王艳梅显然是早就看过了，假装看看，签了字，随手推给许才江，推到一半又停住，问：“你签还是他们签?”

“当然是他签。”彭总说，“你没必要与对方见面，你只认保证金和你许大哥的面子就行了。”

许才江得好卖乖，仿佛受了委屈似的，嚷道：“话可说清楚，我没从对方那儿拿一分钱好处，他们以为是我自己做，要知道我用半台车把机会让给别人，肯定骂死我。”说完，趴在桌上签字，又向王艳梅要了账号，拨了一号码，故意将话筒离开耳根半寸，让王艳梅和彭总都能听见电话里的声音。王艳梅听清了，“对方”在电话里强调：“只能锁2000万，多了你负责。”许才江说：“不会的。”

许才江今天十分开心，在16元之上差不多走掉四分之一，大大摊薄了成本。到了收市之前，许才江还在一路打压，没想到ST九钢还真较劲，以至于许才江有那么一刻甚至暗想：说不定不用王艳梅也能顺利出局？那样岂不是自找麻烦白赔钱？又一想，还是保险为好，谁知道明天会怎样，赚一个亿够了，别太贪，再说，不是还换了辆奔驰600吗？这么一想，又下定了决心，加快出货，终于在双方约定的15.8元收盘。

王艳梅今天闭门谢客，双眼一分钟都没离开荧光屏，特别是最后一刻，她看见ST九钢准确地收报15.8元，她被彻底折服。她想，管他怎么回事，明天先拿他们的保证金进货。

明天，中科创业继续涨停，大盘是“山河一遍红”。许才江一开盘就将ST九钢拉到16元之上，先激活了再说。人都是贪的，他想在16元以上多出点货，最好能将这几天“护盘”的本钱全捞回来。这一天，可能几乎所有的卖单都是许才江下的。他很惬意，上午出了那么多货居然还飘红。到了中午，王艳梅来电话，问：“怎么回事?”答：“还早。”

下午，中科创业涨停板打开，大盘回落，许才江几个大单将ST九钢打到15.5元，打电话给王艳梅，问：“我可不可以不管了?”答：“试试。”

过了一会儿，王艳梅来电话，说：“不行呀，我一进货它就涨。”

许才江说：“别急，给你十个交易日，分账进，别露馅。”

在此后的两周内，大市基本平稳。许才江每天不急不慢地吐，王艳梅不急不慢地吃。当然，王艳梅以为她吃的都是散户，她并没有想到是“从来都不玩股票”的许才江倒给她的。到了约定的期限，许才江并没有全部出局，但本钱全回来了，余下的是纯利，他已无任何压力，不禁为自己的神来之笔激动起来。他觉得玩股票其实比“存贷”更刺激，更好玩，更能发大财。难怪在中国有那么多人炒股。

这天许才江请彭总。俩人自然皆大欢喜。许才江是守信用的，他已将证券公司的透资全还了，当然，他也没忘记彭总个人的那份。其实他不守信用也不行，账户是彭总控制的。彭总在盘算着今年本公司的交易量又上了一个台阶，明年增开几个营业部。

周一开盘，许才江发觉ST九钢多方仍然强劲，尽管都是散单，但同时出现的频率大。他心里明白，这是王艳梅在“违约”了，她绝对没有遵守“只锁2000万”的承诺。许才江不忍心让她陷得太深，在继续抛给她一些之后，温馨提示：“是不是超买了?”王艳梅指天发誓。许才江心里想：“鬼才信你呢!”不过他已有言在先，行了。

无巧不成书。许才江全部出尽后，股市又出事了。这次是银广厦，而且还波及东方电子、安泰科技等老牌绩优股。王艳梅十分着急，ST 九钢至今还没有实质性拉升，离 20 元相差甚远。她把许才江和彭总约到茶楼包厢。聚会形式与上次并无差异，但各自的心情今非昔比。彭总是得好又卖乖，仍然悠闲自得品红酒，反正你们谁进谁出他都收交易费，他就是靠你们进进出出大进大出来发财的；许才江多少觉得有点对不起王艳梅，其中也不乏惜香怜玉的成分，他现在真想帮帮王艳梅，哪怕自己做点牺牲；王艳梅只是着急，她还被蒙在鼓里，并不知道这完全是一场骗局，还是希望通过许才江和彭总打听到庄家更多的虚实，最好能催“他们”快点拉升。

彭总说：“现在股价不是还没有跌破 10% 嘛，你急什么？”

王艳梅说：“等跌破 10% 就晚了。那么多股，斩仓也来不及呀。”

“2000 万还算多？肯定能出完。”彭总站着说话腰不疼。

“要是 2000……”王艳梅可能要说“要是 2000 万就好了”，但她终于管住了嘴巴。王艳梅现在真正体会到了什么是哑巴吃黄连。

彭总和许才江故意不点破，喝酒的喝酒，抽烟的抽烟。

“你看这样行不行，”许才江说，“管他是什么情况，你从现在开市就慢慢地吐，能吐一点是一点，我尽力去催庄家快点拉升，不惜与他们翻脸，我骂他们，我就说我快破产了。”

“对，”彭总大概是良心发现，也跟着附和，“你现在应当调整思路，不要太贪，保本就行。”

王艳梅真心诚意地感谢二位大哥，如果此时他们中的哪一位提出比微笑更进一步的要求，或许她真答应。但许才江和彭总都是正人君子，并没有打算乘人之危，特别是许才江，他仍然觉得对不起王艳梅，只是不能说而已。

临别时，许才江再次提醒：跑一点是一点。

在此后的两天里，王艳梅只出不进，果然出掉一些，但相对于她吃进的 5000 万来说，实在是杯水车薪。王艳梅后悔了。她后悔自己太贪太贪了，居然进了 5000 万！两天后，王艳梅再次找到许才江。这次是她单独找许才江。女人感情细腻，她已察觉许才江是真正关心她，也只有许才江才能救她了。

没有第三者在场，许才江胆子大了点，也敢借着烟雾偷窥王艳梅挺拔的胸部。许才江不缺女人，但他更钟情漂亮而有智慧的女人。说实话，像王艳梅这样漂亮、富有、聪明的女人是可遇不可求的。许才江从心里喜欢、尊重她。然而男人对女人的喜欢与尊重又是一对矛盾体。喜欢她自然就想得到她，而尊重她又使你不敢或不忍轻举妄动。许才江明白，如果他现在把王艳梅揽入怀中她是不会拒绝的。他并没有打算一定要占有她，他只是想把她揽入怀中，拥抱她那柔软而富有弹性的身体，亲吻她的嘴唇……但他没有这么做。他觉得自己很对不起王艳梅，他现在想做的就是如何帮助她摆脱困境，哪怕自己做出牺牲。他这么想着就觉得自己很伟大，很有责任感，很讲良心，很男子汉。于是，心灵像被蒸馏过一样，纯净多了。

"我明天就逼他们拉升，记住，你千万别出货，否则他们拉不动，宁肯损失保证金，也会放弃的。"许才江打算把自己这次净赚的钱全部投回去，再将 ST 九钢拉升至 17 元以上。许才江估计王艳梅至少进了 4000 万，只要她不动，许才江还是能拉升一些的。

俩人出来时，王艳梅与许才江贴得很近，饱满的酥胸几乎抵在他的臂上。王艳梅并不是在勾引许才江，她是在真心诚意地感谢他，她觉得不这样不足以表达她对许才江的感激之情。但许才江并没有这个心情，否则当晚可能就分不开了。

第二天，许才江的眼睛盯着盘口，证明王艳梅已停止抛售，ST 九钢股价平稳。许才江思量着收市时来个突然涨停板，只要王艳梅捂住不动，这点不难做到。

王艳梅耐心受着一整天的煎熬，她不能打电话给许才江，尽管她这一天坐立不安，尽管她几次抓起了电话并开始拨号，尽管她拼命喝水，她还是忍住了。她相信许才江现在正在与"他们"交涉。

她不想让许才江小瞧自己，她要装着能沉住气。

到了收市前几分钟，王艳梅干脆关了电脑，不看了。她站起来伸伸腰，把胸罩拉开又弹回去，再用双手托托乳房，往中间挤一挤。这是她在独处一人时的习惯动作。她发现女人的乳房越挺、越往中间挤越性感，看得见摸不着的异性从半敞半闭的领口看下去，肯定被深深的乳沟所吸引。但王艳梅今天这样做并没有吸引谁或勾引谁，她只是习惯动作，最多只是想借此放松自己。

“丁零零——”手机响了。是许才江打来的，只有一句话：“看盘口。”

王艳梅弹过去打开电脑，“哇!”王艳梅跳起来，对着话筒喊：“我请客!”

这次照例只有他们两个人。二人似乎已经把彭总忘了，其实没有，至少许才江没有，他心里清楚，这皇帝的盛装是穿不长的，最多只能维持三天。

接下来的两天情况相似，ST 九钢好像又活了，每天刚开盘时冲一下，然后慢慢回落，到尾市时又突然拉升，如此维持了几天，王艳梅天天跟过年似的，昨天晚上在茶楼里还借着一个好听的笑话在许才江脸上“叭”的一口。许才江只是笑，苦笑，并没有得寸进尺。他看出王艳梅只是高兴得不能自制，并非打算与他发生什么。许才江经验丰富，他知道成熟女性如果想那个事就会一脸严肃地亲你，然后等你剥她的衣衫，像王艳梅这样欢天喜地对你脸上亲一口并非认真，除非男的借题发挥，否则没戏。许才江不打算借题发挥，他现在没这个心情。

许才江计划用来“赎罪”的资金已经花完，皇帝的盛装没法继续穿下去，王艳梅的节日也将结束。这一天，彭总主动把他们二位约上茶楼，严肃地告诉他们：这次动真格的了，监管力度前所未有，专门整治黑庄黑幕，你们手中有多少股票能跑就跑，跑多少是多少，这次越是大庄越自身难保，指数会破 1500 点！别指望“他们”救你了，谁也救不了你。

那一晚，他们谁也没有笑，实在笑不出。

次日，一开盘王艳梅就下大笔卖单，ST 九钢一路下挫。也许是彭总的消息领先一步，或者是许才江有意把出货的机会全部让给王艳梅，反正那一天王艳梅还真抛出去不少，并且价位不低。但是到尾市时，大盘开始跳水，连 B 股都跟着跳，ST 九钢自然未能幸免，与大多数股票一样在跌停板报收。第二天情况更糟糕，低开低走，继续收在跌停板。从第三天开始，王艳梅干脆于开盘前就在跌停板的价位下大笔卖单，只要有人买就只能先买她的，其他人一股也别想走。此时股价已低于成本 10%，她手上还有两千多万。

这天晚上，许才江主动约王艳梅。他想把车还给她，向她表示歉意，甚至于打算向她坦白一切。谁知还没等他开口，王艳梅先说话了："你不用自责，其实不怪你，按备忘录规定我进的 2000 万早跑了，损失没有超过保证金，现在套在里面的是我自己偷偷跟庄的部分，我太贪了，自食其果，活该！没你的事，你已尽力了，我知道，我很感激你！"

许才江什么话也没说，甚至忘了抽烟，站起身，坚定地跨出一步，弯下腰，把王艳梅从藤条沙发上扶起，一把拥进怀里，紧紧抱住，再低下头，贴着她的耳根说："嫁给我，行吗？"

王艳梅眼里涌出热泪，脸挨着许才江的胸膛点点头，说："好。不过有个条件。"

"什么条件？"

"我们俩做个笼子，把彭总这只老狐狸装进去。"

许才江听了心里一惊，马上就想象那是一种什么样的情景，顿时感到脊背上微微有一丝冷汗，紧搂着王艳梅的手臂自然松开了。

许才江最后答应王艳梅的要求了吗？或许，许才江并没有答应，因为他对股市上这种尔虞我诈自相残杀的争斗已经厌倦了，但是，如果他不答应，那么他该怎么样回应王艳梅呢？或许，许才江答应了，因为只要他答应王艳梅，他就人财两得，况且，这种尔虞我诈你死我活已经成为他的一种生存方式。如果他答应了，那么就有好戏了，彭总是证券公司的老总，券商被套，那是一种什么样的情景呢？他该怎样解套呢？难道他能请来巴菲特？别说，这样的事情还真有，比如陈开颜，他就真想到了寻找巴菲特。

第二章　寻找巴菲特

陈开颜通过叶子小姐寻找刘益飞，因为刘益飞号称是中国的巴菲特。陈开颜现在要找的就是巴菲特，他现在所面临的难题看来只有巴菲特能解决了，既然找不到真巴菲特，那就只能寻找中国的巴菲特。

陈开颜对叶子说："这一次不是几亿能解决的，可能要动用几十亿资金，到时候有你忙的啦。"

叶子小姐嫣然一笑，说："谢谢颜哥给机会了。"

陈开颜是深圳土著人，天生就是发财的命，他所在的蔡屋围村早就成了深圳市中心，他本人与全体村民不仅一夜之间实现农转非，而且不劳而获地成了财主。陈开颜能够由财主变成大老板，用他自己的话说，完全是因为他关心群众相信党。二十世纪八十年代末，深圳率先在全国试行股票发行，当时蔡屋围村的村民都有深发展的原始股配售指标，但大多数村民不想要，不但不想要，还有少数村民骂娘，说这是政府变着法子从他们手中套回人民币，但陈开颜不这么看，陈开颜说："不管是不是变着法子，我相信共产党的政策总会越变越好，你们不买我买。"于是，作为村干部的陈开颜一下子从其他村民手中买过来许多深发展的原始股，后来的事就用不着多说了，深发展经过多次的拆股、送股、配股，陈开颜轻轻松松地成了超级富翁。

超级富翁陈开颜没多少文化，但智商并不低，事实上智商与文化本来就没有多少关系。文化不高的陈开颜既然在股市上尝到了甜头，自然就一直做股票。用他自己的话说，人总是要做一点事情的，作为超级富翁，他所能做的当然就只能是投资，而投资股票最省事，既不要跟工商税务打交道，又不会产生劳资矛盾，麻烦少，轻松。陈开颜这一辈子都不会再缺钱了，所以赚钱不是目的，能够轻轻松松做点事，找点乐趣最重要。

本来陈开颜做股票并不是想赚钱，但做着做着性质就发生了变化，就像有些人打麻将本来就是玩玩，并不指望它挣钱，但是既然已经打上了，如果太不在乎钱反而就没有意思了，就达不到玩的效果了，所以本来不是为了从麻将上挣钱的人既然上了麻将桌就必须玩钱，而且还仿佛很较真，较真才开心。陈开颜既然玩上股票，慢慢也就认真了，有时买入一只股票比别人高出几分钱，居然也后悔半天，尽管他确实不在乎几分钱，但不服输的性格使他觉得自己很失败，于是陈开颜做股票越来越上心，越上心就越好玩。终于，实践出真知，陈开颜在股市上慢慢有了点名气。刚开始是好名气，但是后来这种名气也慢慢变味了，圈内的人给他起了一个不好的名字，叫作“机构杀手”。

这是二十世纪末的事。

二十世纪末中国的股市主力是各大机构，而各大机构手中的钱大都是国家的钱，这些国家的钱又掌握在少数超级操盘手的手中，于是与这些超级操盘手搞好关系十分重要。广东人对自己能用得着或将来可能用得着的人向来就是很大方的，而陈开颜本来就有钱，再加上他认为这些机构操盘手可能都是他将来能用得着的人，所以陈开颜对这些人特别大方，这种大方已经超出吃饭抢着买单这个层面，陈开颜对机构操盘手的大方表现在他私下愿意借钱给他们，不是借几万，而是借几十万甚至是上百万，并且常常是借了也不用别人还，甚至当这些操盘手在通过从陈开颜那里借来的钱和自己手中的信息嫁接发了财之后，而要加倍地还他的时候，陈开颜还说：“你什么时候向我借钱了？”如果别人说陈大哥你确实借钱给我了，是什么什么时候你借给我多少多少钱，陈开颜则眨巴眨巴眼说：“既然我能将那么多钱借给你，就是把你当成了朋友，当成了兄弟，就根本不打算要你还。”

陈开颜说的是真话，他确实不打算要那些人还。你说陈开颜傻吗？非也。陈开颜一点也不傻，不仅陈开颜不傻，而且这些机构操盘手也没有一个是傻子，傻子能当机构操盘手吗？于是，陈开颜的消息是最准的，哪个机构最近要炒什么股票，他们在什么时候建仓，什么时候拉升，什么价位出货甚至什么时候震仓都一清二楚，所以，陈开颜比任何一个“庄”收益率都高，并且陈开颜做事情极有分寸，从来不把事情做绝，比如他已经准确地知道某只股票的操作计划，陈开颜并不在最低价进货，也不是在最高价出货，更不会一下子跟进许多货，相反，他只跟进一点点，让庄并不感到很累，甚至根本察觉不出来有人跟庄了，反正陈开颜知道的消息多，用不着在一棵树上吊太重的负荷，所以常常是与“庄”共舞，尽显英雄本色。

这些当然都是初级阶段，后来陈开颜就慢慢地不满足于与“庄”共舞了，后来就发展到陈开颜自己喜欢坐庄，当陈开颜发展到自己坐庄的时候，陈开颜就成了“机构杀手”。

陈开颜有一个非常质朴的理论：股票总是要等到卖出去才能知道到底赚了多少钱。这个理论看起来十分简单，但绝大多数人不懂。大多数人花 10 万元买股票，买入之后该股价翻了一番，你问他赚了没有，他说赚了，你再问他赚了多少，他会说赚了 10 万。在陈开颜看来，只要你自己手中的股票没有完全卖出去变成现金收回来，即使你手中的股票价格已经翻了几倍，你还是一分钱没赚到，因为股票既然能涨几倍，也同样能跌几倍，还是那句话：股票只有卖出去了你才能知道自己赚没赚钱，赚了多少钱。根据这个理论，每次陈开颜要自己坐庄，他就必须事先买通几个机构操盘手，让他们在高位接自己的盘，陈开颜的这一操作被人称为“机构杀手”，因为操盘手在高位接陈开颜的盘，陈开颜是顺利出逃了，实现了他将股票变成现钱的操作理念，但那些在高位接盘的机构则死定了，这相当于陈开颜宰了机构一刀，所以称其为“机构杀手”并不过分。

但陈开颜是人，他不是神，既然是人而不是神，他就必然不能保证自己100%地每次都成功，他也会犯错误，甚至会掉进自己挖掘的金融陷阱之中。有时甚至是那些被他买通的机构操盘手本身就已经早先一步掉入别人下好的陷阱，所以这些人到时候非但不能帮助陈开颜出局，说不定还成了陈开颜的拖累。对于一般的小失误，陈开颜自己就有解套的办法，实在解不了套，大不了壮士断臂，陈开颜是那种赢得起也同样输得起的人，再说他有承担失败的实力。但是这一次的陷阱太深了，陈开颜自己爬不上来，不仅爬不上来，而且大有越陷越深的趋势，仿佛他掉进去的不是普通陷阱，而是下面有沼泽的深井，于是好汉不吃眼前亏，陈开颜打算请高手，这个高手就是刘益飞。

刘益飞也算是深圳人，但他并不是深圳土著人，是八十年代的移民，所以他的第一桶金来得自然不比陈开颜轻松，并且到目前其资产的拥有量也不抵陈开颜的零头。与大多数靠股票起家的人不同，刘益飞的第一桶金并不是炒股票赚来的，炒股票得要有本钱，但刘益飞一分钱本钱没有，一分钱本钱没有怎么能靠炒股票赚钱呢？现在的刘益飞或许行，但当初不行，当初的刘益飞是靠写书完成其资本原始积累的，所以刘益飞虽然不如陈开颜有钱，但精神上却反而比陈开颜富贵，用刘益飞自己的话说：他是靠卖思想发财的。能够靠卖思想发家的人，一定智慧过人，所以刘益飞有资格自我感觉良好。靠卖思想发财的刘益飞刚开始是专门写一些关于股票买卖方面的文章，后来写了一本书，较为系统地介绍了中国股市的方方面面，再后来这本书被一家英国的出版商买去，版税支付的是英镑，这就是刘益飞的第一桶金。

刘益飞确实是有一些思想的，不然他也不敢自称是中国的巴菲特。刘益飞对巴菲特投资理念核心要素如五项投资逻辑、十二项投资要点、八项选股标准和两项投资方式说起来头头是道，特别是巴菲特关于长期持有的思想，更是被刘益飞奉为圣经，事实上，刘益飞也确实是一直鼓吹长期投资，以至于管理层有一段时间对他还稍有嘉许，一些按刘益飞理念操作的庄股也一度被散户称为“善庄”。但陈开颜看中刘益飞的还不是这些，这些对陈开颜并没有实际意义。陈开颜寻找刘益飞的动机很单纯：帮助解套。陈开颜相信刘益飞有能力帮助他达到此目的，因为他早就听说刘益飞是中国证券市场上控制上市公司、操纵二级市场股价、影响舆论三位一体的超级高手，陈开颜现在需要寻找的就是这种三位一体的超级高手。

“机构杀手”陈开颜早就听说过刘益飞的大名，不仅听说过，而且可以说是如雷贯耳，但如雷贯耳没有用，关键是要直接认识，而且有时候直接认识都没有用，还要有交情，有交情才能相互信任，只有相互信任才能做成事情。陈开颜理解的交情不是在一起吃喝玩乐过，而是在一起实际合作过，只有在一起实际合作过的人才算有交情，否则不算。陈开颜有不少朋友都认识刘益飞，但陈开颜并没有委托他们做介绍，而是单单选择叶子，其道理就在于叶子既帮陈开颜拉过资金，也帮刘益飞拉过资金，这就让陈开颜放心，因为叶子算是跟他们俩都有交情。其次是叶子是个小姐，陈开颜认为充当两个男人之间的中介最好是个小姐，因为小姐一般不会火上加油，并且恰恰相反，小姐往往在关键时刻能够起到意想不到的润滑效果。根据陈开颜本人的实际经验，小姐本身就是一个润滑体。后来的发展证明，陈开颜请叶子小姐充当他与刘益飞的中间人是非常明智的选择。至于后来发生的成也萧何败也萧何事件，则另当别论。

叶子是武汉人，在深圳的职业算是“金融中介”。大约是二十世纪九十年代武汉有一段时间充当过全国资金市场的缘故，或者是武汉有一所全国著名的财经大学的缘故，反正有不少“金融中介”都来自于武汉。

叶子当然不是真名，因为这个名字一看就是叶子小姐自己起的，想她父母二十年之前也不会给女儿起这么个洋名字。说叶子的名字“洋”一点不假，只不过这个“洋”不是西洋，而是东洋罢了。现在东洋人比西洋人还有钱，既然国人见广东人有钱就觉得广东话比家乡话更亲切，以至于一些北方的歌星都学着讲广东腔，那么叶子叫一个东洋人的名字不也同样能起到与众不同和令人刮目相看的双重效果吗？其实叶子小姐的本意并非如此，叶子小姐的职业是“融资中介”，说白了是专门为坐庄的大户提供“炮弹”的，严格地说是为大庄们服务的，所以叶子小姐将那些大庄们比喻是红花，而自己则甘当绿叶，可见叶子小姐是个谦虚的人。

其实凡是做中介的人都很谦虚，难怪大专辩论会上有辩手说：伴随中介业发展的另一大好处是促进全民更加礼貌。辩手在说这句话的时候，居然获得了全场观众的热烈掌声，因为当时辩手举了一个例子，说不相信你们可以看看保险中介，所有的保险推销员都彬彬有礼。

话虽然这么说，但叶子毕竟不是保险推销员，一般的保险推销员也做不了金融中介，金融中介事实上是中国证券市场发展的必然产物。中国现在已经有专门的担保公司，担保公司的作用是在银行与企业之间架起一座桥梁，使企业发展中遇到的资金问题得以顺利地解决，但中国目前还没有“融资融券公司”，也就是说，在中国的证券市场和银行之间还没有一座桥梁或一条合理的渠道，这样，当大庄们需要资金时，就不得不通过像叶子小姐这样的“融资中介”来牵线搭桥。事实上，证券市场对资金的需求量比产品市场更大，所能承受的利息和中介费更高，因此，叶子小姐们的工作非常重要并且收益不菲。

叶子小姐此时当着陈开颜的面给刘益飞打电话，说：“飞鸽呀，是我，叶子。”

对方说什么陈开颜没听见，只见叶子小姐露出灿烂的笑，然后说：“那你打‘飞的’回来哦。”

这一下陈开颜听懂了，“飞鸽”是飞哥的意思，就像叶子小姐叫陈开颜“颜哥”一样，只不过叫“飞鸽”更俏皮一些，或者说“飞鸽”是他们俩之间的专用称呼，现在的年轻人谁知道呢？“飞的”就是坐飞机，陈开颜早听说刘益飞经常往返于深圳北京上海之间，来回乘飞机叫作“打飞的”，常常是上午从深圳飞上海，下午从上海飞北京，晚上又从北京乘飞机回深圳，乘飞机跟打的一个样。

叶子对陈开颜说："他晚上就回来，到时候我打电话给您。"

陈开颜说："要不要我跟你一起去机场接他？"

叶子想了一想，说："算了，我们谁都不去接他，在从机场到市区的路上，他肯定要有很多电话打，我们接他不但谈不成任何事，反而还会妨碍他。您说呢？"

"那好，那好，"陈开颜说，"还是叶子小姐想得周到。"

晚上见了面陈开颜才知道，刘益飞其实是个非常谦虚非常低调的人，这反而使得一身名牌的陈开颜自己觉得不好意思起来，仿佛真正的大老板们在一起，谁要是穿名牌谁反而显得土一样，就像几个真正的富婆在一起，谁要是穿金戴银就感觉谁俗一个道理。

叶子将二位相互介绍之后，就不声不响地离开了。叶子并没有走远，因为她人虽然暂时离开了，但是包并没有带走，包不但没有带走，而且放在最显眼的位置，仿佛这包会说话，它在告诉二位：我的主人叶子小姐并没有走，她只是暂时有意回避一下，好让你们二位更加方便地交谈。

他们二位果然更加方便地交谈起来。

陈开颜说："我被套住了。"

"多少？"刘益飞问。

"9000 万股，正好是流通股的 90%。"陈开颜沮丧地说。

"你不是早就联系好接盘的了吗？"刘益飞问。

"情况有了突变。"陈开颜更加沮丧地说。

"什么突变？"刘益飞问。

陈开颜这一下没有马上回答，而是在专心致志地泡工夫茶，仿佛他今天是专门来当服务员的。

刘益飞接过陈开颜递过来的工夫茶，说谢谢。心里想：不愧是"机构杀手"，这一次也太黑了点，居然敢吸纳一只股票 90% 的流通股，一只股票一旦 60% 的股票控制在庄家的手里，这个庄就可以控制该只股票的价格了，如果控制 90% 的股票，那是什么概念？那就是你想要这只股票的价位到多少就是多少，反正卖的和买的都是你自己，自己跟自己还不好商量吗？但是刘益飞转念一想，这或许也是好事，如果不是这样，“机构杀手”能来求我吗？我不是一直想在中国的股市上来一次巴菲特理论的实践吗？或许眼下正是机会。

“口蹄疫。”陈开颜说。

刘益飞知道了，其实陈开颜不说刘益飞也猜出来了。刘益飞知道深圳一家上市公司最近在香港暴发的口蹄疫中损失惨重，因为这家以养殖业为主营业务的上市公司去年进军香港市场，在深圳河的对面建起了一个大型的现代化养猪场，虽然同样是养猪，但是在香港的收益肯定比在内地大得多，因此中报曾预计的收益相当可观，没想到不久以前暴发的一场席卷全港的口蹄疫，使几乎就要到手的利润在顷刻之间化为乌有。刘益飞理解了，不管陈开颜当初许诺过机构操盘手什么好处，或者说已经给过人家什么好处，在这种情况下，人家无论如何是不敢接盘的，那也太明显了，太明显的事谁也不好做，陈开颜也不会强迫人家去做，强迫也没用，因为但凡要人家接你的盘，你必须将盘口做得非常漂亮，并且还要买通某些股评人士甚至是目标公司董秘，也就是要控制住舆论，要造成一片叫好声，在这种一片叫好声中，加上盘口漂亮的图形配合，机构操盘手才有理由为你在高位接盘，即使将来出了什么事，操盘手也好解释或搪塞。但是在暴发口蹄疫这样重大利空的背景下让人家接你的盘，那不是强人所难吗？再说舆论也不敢睁着眼睛说瞎话呀。

想到这里，刘益飞问：“你说的是‘深养殖’？”

陈开颜点点头，表示是的。

“你的建仓成本是多少？”刘益飞问。

“平均 18 元，”陈开颜说，“前段时间我已经把它拉升到 32 元，要不是该死的‘口蹄疫’，我早出货了。”

“现在价位多少？”刘益飞问。

“今天收盘 12 元，”陈开颜说，“要不是我不断地护盘，估计现在已经跌破 7 元了。”

“这么说你控盘的时候没有达到90%？”刘益飞问。

“那当然，”陈开颜说，“最高价位是我只控盘70%，后来由于护盘的需要，到20元以下时，抛盘重了我就接，想着反正在建仓成本区附近，债多人不愁，不接的话就会一直往下掉，亏得不是更多？”

刘益飞听到这里想笑，但是他忍住了，这时候他如果真要是笑出来就有幸灾乐祸的嫌疑。刘益飞心里想：仓位重反而是好事，将来无论是重组还是拉升反倒方便不少。

“如果再有抛盘你怎么办？难道还接吗？”刘益飞问。

陈开颜满脸痛苦状，非常无奈地摇摇头，说：“我就是想接也没有钱了呀。为做这只股票，我差不多按一比一融资的，如果再跌，券商就要平仓了，那我真是死定了。这不是没办法才找你的吗？”

“你这已经不是一般的解套问题，”刘益飞说，“这么大的套怎么解？况且‘深养殖’在这次口蹄疫事件中所遭受的损失是众所周知的事，想瞒谁骗谁都不行呀！”

“难道一点办法都没有了？”陈开颜几乎带着哭音问。

刘益飞继续喝着工夫茶，一边喝还一边眯起了眼睛，仿佛这样才有利于他的思考。陈开颜正将一壶刚烧开的水浇在茶具上，作为本地人，他知道这道工序不仅是为了卫生，更重要的是表示对用茶客人的尊重。但是刘益飞对这个尽心安排的特别尊重的动作好像并不是很在意，他注意力完全在思考上。刘益飞此时实际上已经忘记是在帮陈开颜了，他似乎是在做一道异常难解的数学题，不解开这道题他就不舒服。

刘益飞想了半天，终于说出两个字：“难呀。”

陈开颜不说话了，他甚至也忘记为刘益飞倒工夫茶，本来要做“韩信点兵”的手就那么悬在半空中。

“不是说你是中国的巴菲特吗？”陈开颜突然冒出了这么一句。这句话是自然而然冒出来的，陈开颜既不是自言自语，也不是有意说给刘益飞听，但就是这个自言自语一句话，触动了刘益飞的神经，刘益飞当时忽然有一种被银针正好扎在穴位上的感觉，浑身一颤。

大约正是那个一颤颤出了灵感，刘益飞猛一个激灵，豁然开朗了，但刘益飞并没有马上和盘托出，而是哈哈大笑，说：“你过奖了，我不是巴菲特，事实上我也不可能是巴菲特，而且我敢说中国根本就不可能有巴菲特，土壤不一样，同样的种子也难结出口味完全相同的果实来。”

陈开颜本来是没有心思和他谈论什么土壤与果实问题的，但突然发现土壤与果实问题好像与他手中的“深养殖”有点联系，至少都属于农业，于是竟然也顺着刘益飞的思路往下听起来。

陈开颜想听了，刘益飞却不想说了，刘益飞觉得对付陈开颜这样的人，如果你一下子就把锦囊妙计说出来，他反而会觉得你不值钱。前几年有一个老板请人为他写一本自传，不知老板是不是为了省钱，那个老板请的是一个大学刚刚毕业的小伙子为他执笔，结果写了半年还没完成，后来托人找到刘益飞，刘益飞一个月就完成了，那个老板不但不感谢，反而说：“这么快就写完了，能不能保证质量呀?”所以，现在刘益飞学精了，非得吊陈开颜一天。

刘益飞说：“办法总会有的，这样，我回去之后再仔细研究一下这只股票，然后再找北京的朋友了解一些上面的政策，再想想，想好了我们明天见面再谈，怎么样?”

“那好，那好。”陈开颜仿佛已经闻出了希望，连声说好。

第二天是陈开颜和刘益飞单独见的面，仿佛叶子小姐的阶段性任务已经完成，现在需要退居二线了。

刘益飞说：“我昨晚一夜没睡，仔细研究了‘深养殖’的有关资料，今天又从北京方面了解到了一些关于政策面的情况和香港政府对这次口蹄疫事件的处理意见和补偿问题，总算是有了结论。”

刘益飞在说这些话的时候，陈开颜就像刚上小学一年级时第一次听老师讲课，极其认真和崇敬，生怕漏掉一个字，仿佛恨不能把每一个字都吃进肚子里。

“让你受累了。”陈开颜说。

刘益飞看了一眼陈开颜，继续说：“这个结论就是：必须给深养殖动手术，动大手术。”

陈开颜差不多已经是股市方面的专家了，知道“动手术”就是重组的意思，其实这一点陈开颜自己也早就想到了，但想到了不一定就能做得到，尽管前几年有个超级企业家说过：只有想不到的，没有做不到的。并且这句话还一度被企业界人士奉为圣经，但最后随着这位超级企业家自己走进了监狱，人们又开始对这句话进行深刻的反思，终于发现在很多情况下想得到的未必能够做得到，至少不能够马上做到，比如现在那个关在监狱里的超级企业家，他现在最想做的事应当是走出监狱享受自由，但是他能够马上做到吗？所以，光是能想得到还不行，关键还是要能够做得到。陈开颜现在要的不是想得到，而是需要做得到。想到这里，陈开颜对刘益飞的崇敬心情略微放松了一些。

陈开颜问：“怎样动大手术？”

刘益飞或许本来就是接着往下说的，但听到陈开颜这么一问，反而影响了他的情绪，仿佛他已经感觉到陈开颜刚才那份崇敬劲儿有所松动。

情绪受到影响的刘益飞此时端过拇指大的工夫茶盅一饮而尽，然后亲切地注视着陈开颜，仿佛真如老师注视着自己的学子。

陈开颜显然被刘益飞看得不好意思起来，说：“你放心，这件事情我们合作，大家合作做。”

这也是行话，所谓“合作”就是利益共享，就不是简单地给点好处的问题，更不存在刘益飞替陈开颜打工的问题。这句话刘益飞爱听，所以听完之后刘益飞的脸色缓和了许多，至少不像老师注视学生时的脸色。

刘益飞笑着问：“怎么个合作法？”

“你说，你说。”陈开颜说。

“你昨天说如果不是你极力护盘，深养殖的现在股价应该是多少？”刘益飞问。

“7元左右。”陈开颜说。

“差不多，”刘益飞说，“我昨天认真分析了一下，差不多就是这个价位。”

“是的，是的。”陈开颜说。

“那好，”刘益飞说，“你按每股7元的价位划300万股给我，我给你300万定金，我们签一个合同，合同让证券公司做监证，并请证券公司监管这300万的股票，我可以拿这300万质押，但绝不可以在你原来的35元以下卖出这些股票，等到深养殖达到每股35元价位了，我可以在那个价位将股票卖出，然后将剩下的1800万还给你。”

陈开颜激动地说：“如果你能将深养殖拉回到每股35元，我这300万股送给你了，还要什么1800万。”

“好，”刘益飞说，“陈老板果然名不虚传，爽快，痛快！如果这样，那么我们合同上写清楚：如果到了每股35元，这300万股就自动归我了，我想留就留，想卖就卖，想质押就质押。”

“没问题，”陈开颜说，“就这么写。可要是达不到这个价位呢？”

刘益飞说：“达不到这个价位不但300万股票不归我，就是我自己那300万定金全归你了。”

陈开颜想了想，300万对他来说确实只是九牛一毛，但对刘益飞来说毕竟不是一个小数目，再说谁也不会拿300万开玩笑呀。于是说：“就这么定了，虽然300万对你不是什么大数字，但也能表达你的诚意了。得多长时间？”

“什么意思？”刘益飞问。

陈开颜说：“我是问多长时间能达到你说的每股35元的价位？”

刘益飞想了一想，说：“只要你自己保证配合，不会很长时间。”

“总得有个时间吧。”陈开颜咬住不放，那意思是说“总不能一辈子吧”，但是没有说出口。

刘益飞说：“其实最关心时间的应该是我，如果拉升不到35元价位，那300万股票就永远不是我的，而且我还白贴了300万人民币的定金。”

“那倒是。”陈开颜说。

“所以，”刘益飞说，“这个合同的实质是把我们绑在一条船上，我本来是在岸上的，现在花300万人民币买了张船票上了你这条船，而且是一条快要沉没的船，我上来的任务就是要救这条船，不救不行呀，现在我自己已经在船上了，要说担心的应该是我，怎么是你呢?”

陈开颜不说话了，他在想着刘益飞的这段话，尤其是这段比喻，想了半天，他觉得刘益飞讲的确实有道理，他妈的北方人就是会说。

想是想通了，但陈开颜心里好像还是没有底，但既然刘益飞已经说得这么清楚了，自己如果再问不是显得自己太无知或者太小气了？于是陈开颜就闭口不问了。

陈开颜闭口不问了刘益飞反而要说，刘益飞说：“我知道你急于想解套，但这只股票如果你想急于解套恐怕不容易，首先必须要控股，然后才能重组，只有重组之后才能从根本上改变其基本面，只要基本面改变了，并且我们控制董事局了，又持有90%的流通股，想拉升到35元还是问题吗？就是拉升不到35元，我们在二十几元的价位来一个十送十配十，不等于四十多了吗?”

陈开颜此时脸上的阴影已经一扫而光，人马上就精神不少，仿佛他手中那9000万的流通股已经涨到35元一股，并且顺利地出手了，他一下子就赚了十多个亿，一眨眼就几乎成了内地的李嘉诚了。

“所以，”刘益飞说，“你必须跟我配合，否则我们都完蛋了。”

“那是那是，”陈开颜说，“你尽管放心，从现在开始，一切听你的。”

刘益飞看着陈开颜，仿佛在思量这个农民出身的超级大财主会不会信守合同，在刘益飞看来，同样是有钱人，但如果一个人的钱来得太容易，他可能就不具备作为有钱人应该具备的某些素质。

刘益飞说：“即使涨到35元，你也不能擅自出货，大家必须统一行动。”

"那是那是，"陈开颜说，"如果我擅自出货，那不是因小失大吗？再说我向来把名声看得比钱重，我不缺钱，你说一个亿和十个亿对我有区别吗？"

刘益飞听着觉得也是这么回事。

刘益飞开始对他讲细节，说："这只股票我研究过了，60%是流通股，是一只真正的公众公司，而你已经掌握90%的流通股，所以实际上你已经绝对控股了，我们第一步工作就是改组董事局，由我们来当董事长。"

"那不行，"陈开颜说，"我不想当这个烂摊子的狗屁董事长，再说我这9000万股分布在一千多个户头上，我自己连一股都没有。"

刘益飞说："那没有关系，你自己不想当董事长我理解，你不想当也没有关系，我们可以找一个信得过的人来当这个董事长呀，中国现在什么都缺，可能就是不缺当领导的，至于那些股票分布在一千多个户头上，你不说我也知道，但这有什么关系呢？只要他们全部委托在我们几个人手中就行了，股东大会的投票跟你们村里选村长不一样，村里选村长是按人头算，每个人头算一票，而股东大会投票按股份算，每股算一票，所以不管我们去几个人，只要我们手中的股票多，就是我们说了算，我们要让谁当董事长谁就是董事长，然后再由董事长决定公司重组。"

"怎么重组？"陈开颜问。

刘益飞说："首先要改名字，由'深养殖'改为'深生物'，就说我们开始由养殖业改为生物制药业了。然后我们利用香港政府补贴的钱找北京上海的一些科研院所和大型制药企业合作，研制开发生产销售'鸡尾酒'。"

"生产鸡尾酒干什么？"陈开颜问。

"'鸡尾酒'是我们新药的名字，"刘益飞说，"你喝过鸡尾酒吗？"

"喝过，"陈开颜说，"就是几种酒兑在一起，一层一层的，每一层的颜色不一样，蛮好看的。"

陈开颜心里想，我不是没有见识的人，你真以为我是农民呀。

“那你有没有听说过‘艾滋病’?”刘益飞又问。他差一点就开玩笑问“你有没有得过‘艾滋病’”，但是话到嘴边又吞回去了，他觉得自己跟这个陈开颜还不是很熟，再说这个玩笑也实在是太过了。

“艾滋病谁没有听说过呀，”陈开颜说，“这与我们的重组有什么关系?”

“关系大了，”刘益飞说，“目前世界上对付爱滋病的最好办法就是‘鸡尾酒疗法’，其实就跟你喝的鸡尾酒一样，是几种药混在一起吃，我们研制开发的药就是将这几种药直接做在一起，比如一个胶囊里面分别放上一层一层的不同的药，直接一起吃下去，等于是改了一个包装，不就变成‘新药’了?”

陈开颜仿佛听出一点名堂了，说：“如果我们将公司改名为‘深生物’，并且能生产出治疗艾滋病的‘新药’，股价涨到三十五也不是没有可能呀。”

“不仅如此，”刘益飞说，“现在治疗艾滋病的鸡尾酒疗法中所用的几种药都相当的贵，一般的老百姓很难承受得起，所以南非等国已正式抗议，表示如果不大幅度降低药价，南非将自己生产这种药。”

“是啊，”陈开颜说，“既然他们自己能生产，干吗要花大价钱进口?”

刘益飞说：“这当然涉及知识产权问题。”

“那也不能见死不救呀!”陈开颜气愤地说。看来陈开颜还是很有正义感的。

“没办法，”刘益飞说，“有时候合法的未必合理，但是人类必须依法办事，不然这个问题解决了，必然又会产生更大的问题。”

有正义感的陈开颜听了这番话觉得很沮丧，好在刘益飞下面的话起到了及时安慰的作用。

刘益飞说：“不过我们有办法，我们将几种药放在一个药丸里，就每种单个药品来说我们并没有违反他们的知识产权保护。”

“国家会不会管?”陈开颜担心地问。

“我不知道,”刘益飞说,“但是将心比心,我觉得有关部门肯定是睁一只眼闭一只眼,毕竟我们这样做对国家对人民是有好处的,再说我们已经改变了原来单个药品的性质,就是要管,也是个打官司扯皮的事,即使判我们败诉,我们还可以上诉,再败诉再上诉,最后还有一个执行难的问题,七拖八拖,三五年过去了,到那个时候,更新更有效的治疗艾滋病的新药早就出来了,我们再模仿新药,旧药还打什么官司呀?”

陈开颜现在已经心花怒放,但是他多少还有点担心,问:“能生产出来吗?”

刘益飞笑着说:“现在的科学技术,我们又是跟国内一流的机构合作,什么药模仿不出来呀?”

入组深养殖董事会的工作没有遭受任何阻力,原来的几个大股东听说“中国的巴菲特”和“机构杀手”要入组,恨不能跪下来欢迎,他们已经将这二位名人视为救世主了,哪里还会反对。

新的董事会马上对外宣布公司更名和调整主营业务的决定,此决定得到临时特别股东大会的一致通过,发布公告的当天停牌,第二天一开盘就直接涨停板,由于没有卖盘,几乎全是买盘,能不涨停板吗?这也难怪,既然90%的流通盘都控制在陈开颜手中,只要他不抛售,二级市场哪里有卖盘?并且事情往往就是这样,越是没有人卖的股票越是有人抢着买,仿佛这卖股票的与买股票的人是实行总量控制的,此消彼长。深养殖的名字更改还没有报批下来,已经连续来了七个涨停板,等到大屏幕上的“深养殖”被改为“深生物”时,股价已经达到二十多元。这时候陈开颜想:事实上我已经解套了,即使我在目前价位抛出,也赚几个亿了。于是在买盘非常抢眼的时候,陈开颜就偷偷地向外悄悄地抛售一点点,尽管是“一点点”,那也是以百万股计的。由于陈开颜的股票分布在近千个股东代码上,并且由于买盘太强,陈开颜的抛售并没有阻止深生物股价上升的势头,所以刘益飞并没有发觉。再说刘益飞最近正忙着自己的事，也没有心思那么关注陈开颜的动向。然而天下没有不漏风的墙，陈开颜背着他偷偷卖股票的事还是让他知道了。

那一天刘益飞和叶子小姐在一起，叶子无意中夸了陈开颜，说陈开颜这个人确实很讲义气，最近他就提前将几个月前通过她的手融到的一笔资金还了，不但还了，还额外地给了叶子一笔不菲的奖金，感谢叶子为他介绍认识了刘益飞。说者无心，听者有意，晚上与叶子分手之后，刘益飞马上打开电脑，发现最近几天股价虽然仍然保持不断上扬的势头，但上扬的速度明显趋缓，再仔细研究一下成交量，发现自他跟陈开颜合作以来，深生物的累计成交量已经超过 2000 万，既然 90% 的流通股都控制在陈开颜的手中，流落在外面散户手中的股票总共不会超过 1000 万，那么这 2000 万的成交量从哪里来的？

刘益飞的这一发现非同小可，如果陈开颜照这个势头向外抛售，一方面深生物可能永远也到不了每股 35 元，如果那样，刘益飞手中的 300 万股就永远只能是一个不能兑现的数字，另一方面，等到下一届股东大会的时候，他们就达不到控股所必需的票数，就会被挤出董事局，一切又恢复原样。

刘益飞非常气愤，心里大骂陈开颜“农民”。但气愤没有用，骂也没有用，关键是要解决问题。刘益飞冷静地苦思冥想了一会儿，一边想着“老子一到 35 元马上出逃”，一边拨通陈开颜的电话。

“你那里说话方便不方便？”刘益飞故意捂住话筒假装紧张地说。

“你说。”陈开颜一边说一边从包厢往门外走。

“出事了。”刘益飞说。

“什么事？”陈开颜问。

“电话里说不清楚，你还是马上过来吧。”刘益飞说。

“你在哪里？”陈开颜问。

刘益飞说了一个地方。

几分钟后，二人碰面了。

陈开颜满面红光，刘益飞一脸焦虑，与两个月前完全倒了一个个儿。

“什么大事？”陈开颜笑着问，“什么事大哥我给你摆平。”

“不是我的事。”刘益飞低声而焦急地说。

“不是你的事你急成这样干什么？”陈开颜问。

“是你的事！”刘益飞说。

“我的事？”陈开颜想不出他能有什么事。

“是啊，”刘益飞说，“你的事我还能不着急吗？现在我已经上了你的贼船了，你要出事了我还能跑得了？所以着急呀。”

陈开颜见刘益飞这么紧张，自己也紧张起来，努力在想自己可能有什么事。想不出来。

“快说什么事。”陈开颜这一下真急起来了。

陈开颜真急起来刘益飞反倒不急了。

刘益飞这时候左右看看，仿佛怀疑这里有克格勃的人在盯梢。刘益飞这个动作一做，陈开颜更加紧张，仿佛自己真做了什么见不得人的事。

“这里不安全，”刘益飞说，“跟我走。”

刘益飞领着陈开颜来到停车场，示意陈开颜跟上他的车。陈开颜也糊涂了，不知道到底发生了什么事，老老实实跟在他车子的后面。

车到海边，刘益飞停下车，往海边步行了一段距离，停下来，掏出防风打火机点了一根烟，又将烟和打火机递给陈开颜，陈开颜示意不要，并且问：“到底怎么啦？”

刘益飞先是深深地吸了一口烟，然后说：“麻烦呀。”

“怎么麻烦？”陈开颜问。

刘益飞说：“他妈的，现在我们情况好了，股价也上去了，原来那几个股东又反悔了，说我们当时进入董事局是不合法的。”

“怎么不合法？”陈开颜问。

刘益飞又猛吸一口烟，说：“这帮小子说我们当时的计票方式有问题。”

“有什么问题？”陈开颜问。

“第一，”刘益飞说，“他们查出我们投票的股东代码卡许多是连号的，而且一连就是几十张甚至上百张，明眼人一看就有问题。第二，说我们的不同委托书委托人签字是同一个笔迹。假如前一个问题是线索的话，那么后一个问题就是证据，你说麻烦不麻烦？”

陈开颜傻了，这还真是个麻烦。股东代码卡是证券公司营业部连同身份证一起给办的，好像真是连号的，至于同一个笔迹，那更是没办法的事，陈开颜总不能真找一千个人来填委托书吧？

“那怎么办？”陈开颜真紧张了，他只出来一个零头，绝大部分还在里面，现在可千万不能再出事了。

“其实这种麻烦早晚会有的。”刘益飞说。

“怎么说？”陈开颜问。

“你的目的不是解套吗？”刘益飞说，“既然是为了解套，随着股价的抬高，你必然会慢慢出货，但是你现在手中的股票刚刚够控股，一旦你出了一批货，哪怕是出五分之一，你实际上就达不到控股数目了，这时候只要稍微有一点风吹草动，比如第二大股东或者十个以上的散户要求召开临时股东大会，在会上一清点票数，就发觉你已经不具备控股资格了，就会马上要求改组董事局，如果那样，我们‘鸡尾酒计划’不是为别人做嫁衣了吗？我们手中剩下的大部分股票不是又被套住了吗？”

“那怎么办？”陈开颜问。陈开颜此时已经感觉到问题的严重性，他自己心里知道，如果此时就发生刚才刘益飞说的那样的事，召开临时股东大会，那么他偷偷出货的事立刻就会暴露，如果那样，刘益飞肯定要和他翻脸，并且他手中的绝大多数股票又重新被死死地套住。陈开颜知道，股票涨起来有多快跌起来就有多快，因为同样的10%，涨和跌的基数是不一样的，有一个经纪人曾就这个问题专门跟他讲过一小时，所以陈开颜对这个问题认识特别深刻。

“拖。”刘益飞说。

“拖？”陈开颜问。

“对，”刘益飞说，“好在董事长和董秘都是我们的人，我们先拖住再说，只要先拖住不开临时股东大会就好办。”

刘益飞的话算是说到陈开颜的心里去了，陈开颜现在最怕的就是召开临时股东大会。但是拖又能拖多久呢？拖到最后怎么办？

陈开颜问：“拖到什么时候？”

刘益飞此时那根烟已经抽完，思路在海风的吹拂下仿佛也更清晰。刘益飞说：“我已经联系了北京的一家大机构，让他们来收购我们的法人股。只要他们收购了深生物一部分法人股，我们就能牢牢控制董事局。”

陈开颜一想是这么个理，彼消此长，只要我们能控制 10% 的法人股，就能够从二级市场上出逃 20% 的流通股，然后还照样控股。

“谈得怎么样？”陈开颜问。边问心里还想，他妈的这个小子不愧是中国的巴菲特，脑子就是好使，想得确实周到。

刘益飞说：“他们对我们的‘鸡尾酒计划’非常感兴趣，并且他们告诉我，实际上鸡尾酒疗法中的那几种药成本非常低，如果我们这个计划能够实施，将是百分之几百的利润。”

“是吗？”陈开颜又喜笑颜开了。

“但是现在有两个问题。”刘益飞说。

“哪两个？”陈开颜问。

“第一是要他们愿意买，第二是要这边的股东愿意卖。”刘益飞说。

说了等于没说，陈开颜想，这不是废话吗？任何交易不都是这两个问题吗？

刘益飞不管陈开颜怎样想，他仍然按照自己的思路说。

刘益飞接着说：“我跟北京的人说了，说我们的股票非常有潜力，涨到 60 元没问题。”

“他们怎么说？”陈开颜问。

“他们说，别说 60 元了，只要能涨到 40 元，我们就有信心了。”刘益飞说。

“你怎么说？”陈开颜又问。

刘益飞说：“我当然告诉他们没问题，但我心里还是有点担心。”

“担心什么？”

“你没发觉这几天突然增长势头放缓了吗？”

陈开颜心里一惊，仿佛自己做小偷被刘益飞捉住了一般。于是做贼心虚地打圆场：“任何一只股票涨急了都要放缓一缓，再说我们最近也没有出台新的利好，买家当然要看一看。”

刘益飞没有接陈开颜的话，他故意不捅破这层纸，他还要将计就计，于是说：“关于卖家这边，我觉得问题不大。卖还是不卖说到底就是一个价格问题，只要价钱出得高，没有不卖的道理。到时候大不了我们暗中补贴北京那边一点。”

“什么意思？”陈开颜问。

刘益飞说：“比如北京那边能够接受的购买价是每股 6 元，而这边股东的愿意出让的价格是每股 8 元，那么最好的办法就是我们暗贴买方每股 2 元钱，以促成这桩交易。”

陈开颜马上就在心里面算了一笔账：每股贴 2 元，二级市场可以套出两股，实际上就相当于每股少赚 1 元，行！

“我们现在做一下分工，”刘益飞说，“我明天就上去，再去跟北京那边交涉一下，给他们打打气，顺便催办一下‘鸡尾酒计划’，你在这边守住盘口，无论如何要保证上扬的势头，最好不要涨停板，要保持微微上扬的态势。”

刘益飞的分工很合理，但是陈开颜有苦难言，要想保持每天的上扬势头，就要护盘，所谓护盘，就是手里要有一定量的资金，一旦遇到有人抛盘，赶快就要接住，否则就要下跌。本来 90% 的流通盘控制在自己手中，这倒也不是什么问题，只要他自己不抛，几乎没有什么抛盘，现在他自己放出去一千多万股，结果就有了获利盘，那些比自己更农民的小散户，在 20 元左右接了自己的盘，现在已经涨到 23 元，如果再往上涨一点，比如涨到 25 元，很难保证他们不跑，一旦他们要跑，自己手中再没有资金接住，弄不好就会引发连锁反应，想到这里，陈开颜说："能不能再发几个利好配合一下?"

"不行，"刘益飞说，"要是我们现在就将利好出尽，到时候大规模派发怎么办? 利好出尽了也就该出货了。你手中的股票早晚是要派发的，就像你自己说的，股票只有卖出去才能说赚了多少钱，我们的利好要慢慢发，要留到你出货的时候才发。"

"我什么时候出货?"陈开颜问。他差一点就说"我已经出了一些货了"。

"等到北京那家机构进来以后，"刘益飞说，"这样我们即使出了一批货，还能保持在董事局的地位，只要我们控制董事局，就等于掌握了主动，总会有办法，实在不行就来一个大送配，不愁派不出去。"

刘益飞这么说着，陈开颜心里就高兴一些，借着这份高兴劲，陈开颜说了半句实话。

陈开颜说："我现在手中一分钱没有了。"

刘益飞听了这话没吱声，仿佛不相信。

"真的，"陈开颜说，"实在是没有钱护盘。"

刘益飞说："你可以重新质押呀。"

一句话提醒了陈开颜，对呀，可以重新质押呀! 陈开颜可以以自己手中的股票作为抵押，从证券公司按一比一透资，比如1000万只股票，在股票价格是每股12元的价位时，他可以透资1.2亿，现在股票价格已经涨到每股23元了，只要重新办个质押手续，他就可以透资2.3亿，刨去原来的1.2亿，账面上可用资金又有1.1亿，他完全可以拿这1.1亿护盘。陈开颜此时心里想：要是我前几天不为小利所动，不抛去那一千多万股，那么我手中仍然掌握90%的流通股，也就不存在护盘的问题了，现在倒好，要护盘就要买进股票，等于是自己在20元价位卖出去的股票，现在在25元以上再接回来，这不是给散户打工吗? 没办法，自己拉的稀自己吃。

刘益飞真的去了北京，并且将自己在北京住所的固定电话告诉陈开颜，以便陈开颜能随时掌握自己的行踪。

刘益飞和陈开颜每天保持电话联系，有时陈开颜晚上与他通话，刘益飞会忽然冒出一句：“你打我座机吧，座机听得更清楚。”

刘益飞刚开始是报告“鸡尾酒计划”的进展情况，并且说他想推荐国家医药管理局的一个处长来当深生物的总经理，说如果这样对他们的计划推进会大有好处。陈开颜说：“没问题，我不是说好一切听你安排吗？”刘益飞说：“不行呀，人家知道我只是个马仔，要从国家机关的岗位上下来，不见真佛心里没底呀，你看你要不要亲自来北京和处长见一面？”

后来刘益飞又汇报这边法人股收购的情况，意思差不多，好像只要二级市场股价能达到40元，他们马上就去签订法人股收购协议。刘益飞在电话中还特意要求陈开颜做做老股东的工作，让他们多少让出一部分法人股出来，就说如果他们不出让，这边“鸡尾酒计划”不好开展，别人一点股份没有，谁愿意出力呀？

这么七汇报八要求，深生物不声不响地爬上了每股35元价位。

这一天刘益飞给陈开颜打电话，说：“你帮我把那300万办一个质押手续，看能不能套出一个亿来，然后帮我再买进200万深生物。”

陈开颜问：“怎么？这么高的价位你还要进？”

“这个价位算高吗？”刘益飞说，“如果你要是觉得高，干脆帮我质押出钱之后，你倒给我200万怎么样？”

陈开颜没说话，仿佛在思考刘益飞的话，这样略微思考了一下之后，说：“这种事情还是你自己回来办吧，反正现在已经到了35元价位，那300万已经是你的了，你自己可以办了。”

其实刘益飞等的就是这句话！

“行，”刘益飞说，“你先替我跟营业部整一个合同，尽可能比例大一点，然后传真给我，如果没问题，我立刻飞回去签字。然后我们俩一起上来，怎么说你也是幕后老板，关键时刻还是要跟他们见一面。”

陈开颜说好。

刘益飞回去跟证券公司签了一份透资协议，同时要求收回原来的监管协议，营业部老总说收不收回无所谓，反正现在股价已经超过35元，那份协议已经自动失效了。刘益飞说那不一样，如果明天又跌回35元以下呢？

刘益飞说这些话的时候，陈开颜也一直在场，但他始终没有说话，仿佛这件事真的已经与他一点关系都没有了。

刘益飞见营业部不想退回监管协议，心里有火，当着陈开颜的面质问："这股票现在算不算完全是我的？"

营业部老总说："算，算，当然是你的。"

"那好，"刘益飞说，"我马上转走，全部转走，我到其他地方照样可以透资，照样可以继续做。"

营业部老总好像很为难，看看刘益飞，又看着陈开颜。

刘益飞说："是我的股票，你看他干什么?！转！现在就转！"

股票自由转入转出是投资人的基本权利，营业部不敢公然违规，只好给他办理转出手续。

第二天，深生物发布公告，报告"鸡尾酒计划"的最新进展，刘益飞趁机将300万股全部变现，并且当场给陈开颜打了个电话，说我们的合作到此为止。陈开颜问为什么，刘益飞说不为什么，我们当初不就说好了吗，我保证将深养殖拉倒每股35元以上，你现在看看盘口，差不多都接近每股40元了，我已经完成任务了。

"那么下一步呢？"陈开颜问。

"下一步就是你自己的事了。"刘益飞说。刘益飞现在也是亿万富翁了，他有资格这样对陈开颜说话。

"帮人帮到底嘛，"陈开颜说，"我们可以继续合作啦。"

刘益飞静了半天没说话，仿佛在认真思考陈开颜的建议，然后说："行，我们可以重新再签一个协议，继续合作，不过你必须对我公开你的所有账户，让我核实，否则你如果偷偷地出货我怎么办？"

陈开颜哑了。停了很长一段时间，陈开颜问："那么北京那边的事呢？"

“黄了。”刘益飞说。

“为什么?!”陈开颜急了。

“北京的人是通天的,”刘益飞说,“不知他们从什么渠道证实一个消息,说你根本就没有持有深生物90%的股份,达不到控股的要求,他们还把我骂了一顿,说我骗了他们。你说我冤不冤呀?”

这下陈开颜彻底哑了。

彻底哑了的陈开颜突然听到叶子小姐在电话那头小声地说话,心里恨恨地骂了一句:“骚货!”然后将电话轻轻地挂了。

陈开颜的感觉没有错,叶子小姐此时确实跟刘益飞在一起。

叶子说:“你干吗现在就收手?照目前这个势头,涨到五十没有问题。”

刘益飞伸手将叶子拥入怀中,腾出右手点着叶子的鼻尖子,说:“如果这个陈开颜真能按照巴菲特的长期投资理论行事,深生物当然可以长期持有,别说涨到五十,涨到六十也不是没有可能的。但是他不行,你想过没有,他上个月从哪里来的钱还给你那个客户的?”

叶子想了想,突然眼睛一亮,从刘益飞的怀中挣脱出来,说:“他那时候就开始出货了?!”

“是的,”刘益飞说,“作为深生物最大的股东,而且是绝对控股的第一大股东,他自己都有这样的短期心态,你让别人怎么敢长期持有?就算不断地再质押再融资再拉升,股价涨到每股100元又怎么样?融资成本往哪里摊销?你们这些融资中介的利润从何处出账?越积越多,资金链早晚有断裂的一天,一旦发生这种情况,股价就会像雪崩一样地坍塌。你知道这种情况叫什么吗?”

叶子想了想,说:“叫‘崩盘’。”

“对,”刘益飞说,“崩盘。”

刘益飞这样一确认,叶子的眼前马上就出现了雪崩的情景。

雪崩呀,那是一种什么情景?!谁能阻挡?!谁能躲过?!可再一想,是谁制造了这种雪崩呢?可能正是这些受害人自己。比如她自己,比如刘益飞,当然,更少不了陈开颜。一想到陈开颜,叶子就自然紧缩了一下。皇帝的盛装总有一天被戳穿的，深生物现在那么高的价位，但如果没有实质性业绩支撑，大庄家陈开颜其实就处于严重被套状态，而且价位越高他被套得越牢，因为他根本不敢出货，“纸上富贵”永远不能变现；相反，一旦有人出货，他还要赶快接着，否则，就真的崩盘。

看他这下怎么解套。叶子想。

陈开颜怎么解套我们暂且不论，我们先看胡君声是如何解套的。或许，等看完胡君声解套过程之后，就能为陈开颜找到解套良策了。

第三章　解　套

庄家也有被套的时候。胡君声现在就被套住了。

胡君声在常砥中身上是花了大价钱的，否则他也不敢贸然坐这个庄。

传统经济是三十年河东三十年河西，新经济是三年河东三年河西。三年前，只要手中有钱，有足够的钱，你想做哪只股票就做哪只股票。《沙家浜》里的胡传魁是“有枪就是王”，三年前的股市是“有钱就是王”。现在不行了，现在有钱只是必要条件，但不是充分条件。如今坐庄除了有钱之外，还必须学会直接与上市公司和媒体打交道，否则再多的钱也可以被淹没在人民股市的汪洋大海之中。

常砥中是华夏在线的董事长，胡君声在常砥中身上花大力气就是想让常砥中配合自己操作，其中“镇庄之宝”就是兑现今年十送十的计划，正因为有了常砥中这个十送十的承诺，胡君声才敢大举杀进华夏在线。

华夏在线流通盘是5000万股，胡君声现在已经持有3700万股，基本控盘。但现在常砥中突然被“双规”，没法兑现他的十送十承诺了，而如果没有这个十送十的计划，胡君声控盘也没有用。说到底，股票是要等到卖出去之后才能知道有没有赚钱，才能知道赚了多少钱，否则最多只能是纸上富贵。胡君声不要纸上富贵，他要实打实的收益。

华夏在线的建仓成本约每股8元，现在的价位是13.5元。纸上富贵是有了，但如果不能顺利地实现高位出局，一旦赶上非理性暴跌，账面收益顷刻之间就会化为乌有，弄不好还会跌破建仓价。这种情况是完全有可能发生的。事实上，中国的股市目前还处于“博弈期”，这样的非理性暴跌和非理性暴涨一样，每年都会来一次。胡君声不想成为这种非理性暴跌的受害者，他甚至也不想成为非理性暴涨的受益者。胡君声相信理性投资，他的“理性投资”与巴菲特的长线投资还不一样，主要是他不相信中国具备巴菲特理论的生存基础，再说他也没有巴菲特的那份耐心。胡君声的“理性投资”就是要搞定目标公司的董事局，搞定媒体，然后在低价位建仓，高价位出局。胡君声认为不管是这理论还是那理论，低买高卖才是股市的“真经”。巴菲特的长期投资理论是没有办法的办法，因为就实质来说，巴菲特长期投资理论事实上也是“低买高卖”，只不过由于国外资本市场发展太成熟了，太规范了，以至于他们没有中国股市市场每年必发的暴涨暴跌，所以巴菲特只能将操作周期拉长，改为“长期投资”。胡君声曾经权威性地指出：如果巴菲特来到中国市场，他一定会修正他的长期投资理论。

胡君声是谦虚的，他没有说“如果巴菲特来到中国市场，他一定会遵从我的‘理性投资’理论”。

我们不知道如果巴菲特真的来到中国会不会遵从胡君声的“理性投资”理论，但我们知道眼下他的理论出问题了。原因是他理论的基础发生了动摇，常砥中被“双规”了，十送十的计划没法兑现了。在不可预期的突发事件面前，他的“理性投资”理论失灵了！假如说胡君声的理论是一道非常科学的软件程序，那么突发事件就是一个突然侵入的病毒，再好的程序碰上厉害的病毒也要失灵。

胡君声确实是谦虚的。事实上，他已经想好了要在常砥中正式逮捕之前将华夏在线彻底清仓，套出现金，然后再寻找新的市场机会。胡君声是一个赢得起也输得起的人，况且他现在在这个价位出货也未必是输。但是他不像其他大老板那样唯我独尊，他在每一次做出重大决策前都要召集他的干将们在一起议一议。他觉得议一议大有好处。这些年来他的事业一直稳步前进，不能不说与他的这种谦虚的态度有着内在的联系。

邱助理就是他的核心干将之一。

邱助理比胡君声大两岁，也比他高一级。二人一直以校友相称，但事实上他们并不是一个学校毕业的，只不过两个学校正好门对门，加上后来院校合并，两所学校合二为一，说是校友当然也不过分。胡君声与邱助理以校友相称并且甘当“学弟”，只能说明他谦虚。其实校友又怎么样？不是校友又怎么样？关键是要两个人能合得来。如果能合得来，不是校友胜似校友，如果合不来，是同班同学也没用。胡君声与邱助理就非常合得来。

邱助理在“下海”之初就是给胡君声打工的，但当时胡君声只拥有一家非常不起眼的小公司，这种非常不起眼的小公司往往实行家族式管理，胡君声自己当总经理，他的弟弟当副总经理，老婆管财务，妹夫管业务。这样就没有邱助理的位置了。邱助理曾经跟胡君声开玩笑，说你能不能再有一个妹妹，这样我也可以成为你妹夫，关系就顺了。胡君声当然不可能再冒出一个妹妹来，就是真冒出来也肯定是假的，于是好讲好散，另谋高就，应聘去了王冠集团公司当了董事局主席助理。

眼下助理的概念正在发生异化，君不见众多的助理已经异化为“小蜜”吗？但拿助理当“小蜜”的往往是小老板，真正的大老板不是这样。事实上，邱助理在当王冠集团公司董事局主席助理时，实际权力大于集团总裁。道理很简单：王冠集团是一家真正的公众公司，所谓“真正的公众公司”就是它的股权相当分散，没有一个真正意义上的大股东。这样的股份有限公司从理论上说最符合现代企业制度，因为它不像有些一股独大的公司那样，上市公司实际成为母公司的“儿子”，作为“老子”的母公司可以通过关联交易的方式来侵吞上市公司的资产，甚至可以无偿地长期占用上市公司的资金。但这些都是外国的金融专家根据他们本国或西方国家的普遍现象总结出的规律，这些规律到了中国就不好使了。中国的实际情况恰恰相反，那些直接由国营大企业“改造”过来的上市公司，它们的董事长其实是当地组织部门选拔任命的官员，看起来似乎不合情理，但事实上正因如此他们是不敢乱来的，当地组织部门既然有权力任命他，当然也同样有权力免去他。但是王冠集团不一样，王冠集团是真正的公众公司，真正的公众公司就是没有“老子”的公司，没有“老子”的公司说话算数的老板只有一个人，那就是董事局主席，其他一切人员，包括总裁，都是给主席打工的。主席今天要你当总裁你就是总裁，主席明天不要你当总裁了，你就是“被裁”，尽管总裁与被裁仅一字之差。因此，在王冠集团王国里权力大小并不一定是按职位高低划分的，关键是看你对主席的影响力。邱助理对主席的影响力最大，所以邱助理在集团公司的实际权力最大。

王冠集团是当时深圳最大最早上市的股份有限公司之一。在邱助理担任王冠集团主席助理的那几年，他不但帮助主席成功地策划了多次增发和 B 股上市，而且一次又一次地打退了第一大股东的猖狂进攻，由于第一大股东持股也不足 10%，所以邱助理可以帮助主席巧妙地利用流通股的同等投票权牢牢坚守在主席的阵地上，没有退却一步！

“邱助理”这杆大旗就是那时候树起来的，而且万里长城永不倒。那几年，王冠集团的总裁和副总裁几乎是每年一换，但“邱助理”成了常青树，以至于后来胡君声成长起来之后再回过头来请邱助理来担任环球投资公司老总时，邱助理经长时间充分考虑，只提出两个条件：第一是改“环球投资公司”为“融券公司”，第二是他只当助理，不做老总。关于第二点，胡君声没有疑问，“邱助理”已经成为品牌，可以理解。关于第一点，胡君声不理解，于是邱助理解释：融券公司是银行与券商之间的桥梁。这种解释当然也只有胡君声能听得懂。胡君声不仅听懂了，而且马上恍然大悟，立即照办，“环球集团”正式更名为“中融集团”。

邱助理之所以好马愿吃回头草，就在于胡君声与他是心有灵犀一点通。

胡君声现在与邱助理一起听取大家的意见。邱助理在这一点上也与胡君声一样，相信大家都是聪明人，两个聪明人的智慧大于一个人，而一群聪明人的智慧多于两个人。

胡君声鼓励大家多多发表意见。

邱助理则抛砖引玉，说："据我看，华夏在线的基本面并没有实质性的变化，董事长'双规'应该是短期利空，我们不如暂且不动，以不变应万变。"

胡君声说："我担心新的董事长不容易在短期内养肥，而且新董事长一般要开创新局面，不轻易啃前任留下的剩骨头，所以我们最好还是早出来。"

胡君声与邱助理故意这样意见相左，就是想带动讨论气氛。如果像国营单位或者像王冠集团那样的上市公司召开董事会一样，领导的意见很一致很明确，下面的人肯定是照着领导的意见往下说，那么"议一议"根本就达不到目的。

果然，与会者见老板和老板的心腹都拿不定主意，于是都觉得自己是英雄有了用武之地，纷纷发表自己的意见，讨论热烈起来。

西安分公司的小马说："既然华夏在线已经有问题，不如杀跌出货算了。大家可以算一下，第一个跌停在 12 元左右，估计一路减仓可以卖出 200 万股左右，第二个跌停在 10.8 元附近，可以再卖出 150 万，第三个跌停还是在 9 元以上，我们可以多次打开跌停，如果成交量达到 1000 万左右，刨去我们自己回吃的 200 万，又实际出货 800 万。这时候中小散户看到连续多日跌停后，成交量突然放大，肯定会在低位补仓，以降低持仓成本，我们在次日正好把剩下的股票可以基本倒出去。"

资金部经理陈向阳听得心惊肉跳，如果采取这种办法出货，他得去跳楼了。陈向阳用他老婆的户头在一家营业部透资跟了这只股票，按照小马这样杀跌出货，庄家把跌停封得死死的，他想跑也跑不掉了。如果那样，营业部肯定会在第三个跌停板的位置对他的股票强行平仓，他马上就会变为负资产者！陈向阳现在正在闭眼祈祷，祈祷赶快有人提出反对意见，要是实在没有人站出来，他就不得不赤膊上阵。如果那样，精明的邱助理一定会闻出他偷偷坐轿子的气味来。陈向阳出汗了。

突然，上帝的声音出现了！

“如果杀跌出货，我们这次不是白做了？”

陈向阳不敢确定这声音来自何人，但他相信偷偷坐轿子绝不止他一个，因为在这个声音的后面马上就跟着一片附和声。陈向阳当场松了口气。

小马站着说话腰不疼，说：“如果按我刚才说的方法出手，基本利润也还是能保证的，关键是自己主动呀。如果一味地等待，资金回笼不了，没法重新寻找新的市场机会，那才是最大的损失！这个市场每天都有机会，有现金就能把握机会。”

胡君声和邱助理见大家畅所欲言，暗中得意，他们至少已经从大家的发言中嗅出谁偷偷地坐了公司的轿子。但这还不是他们的最终目的，他们的最终目的还是希望能都找出比一路杀跌出货更好的办法，也许根本就没有更好的办法，但他们不甘心，所以他们要试试。

胡君声说：“很好，大家还有什么高招？不妨说出来，啊。”

然而事与愿违，胡君声这样一鼓励之后，会场反倒一片寂静，没人说话了。

这样寂静一段时间之后，来自北京分公司的小丁说话了。小丁说：“我同意现在就出货的提议，但是不赞成杀跌出货的办法。杀跌出货是下策，不仅我们自己损失，而且会留下‘恶庄’的骂名，何苦呢？其实华夏在线这只股票本身是很适合坐庄的，否则我们当初也不会选择它，现在我们好不容易收集到足够的筹码，就这么轻易出去了？选择一个好的目标公司并收集到足够的筹码不是一件容易的事，既然我们已经在华夏在线上投入那么多精力，就不应该轻易放弃，总要有所收获才是，能有大的收获就不要寻求小的收获。我觉得眼下我们要逆向思维，将计就计。比如坐庄的人都非常痛恨‘老鼠庄’，但我们有没有想到利用‘老鼠庄’呢？我现在想了一个不成熟的方案，不知可不可以提出来供大家参考。”

小丁说到这里故意停下来不说了，表面上是谦虚，其实是故弄玄虚。

邱助理对小丁这一套很反感，他不理解聪明的人为什么往往总是让人不舒服，他想大概这是上帝的高明，上帝不能让优点全部被一个人占去，你身上优点多了，我就来一点缺点给你。然而反感归反感，但邱助理还是意识到小丁的讲话有料，于是鼓励他继续往下说。胡君声也催着“快说，快说”。

小丁得到老板和邱助理的鼓励，感觉更加不错，所以继续说。

“各位不知注意到没有，”小丁说，“由于竞争激烈，很多证券公司现在都采用返还佣金的方式吸引客户。于是一些股评人士在一些证券营业部开设工作室，拉一些大户，想以此赚取佣金。有些名气比较大的股评家工作室规模还相当大，而且还不止一个工作室，差不多就是私募基金了。如果我们将计就计，直接请一个这样的股评家来操盘，故意把‘猛料’暴露给他，那么——”

小丁在关键时刻的关键地方又突然停下来，仿佛他是一个调皮的机器人，关键时刻必须充充电，否则就没法继续工作。不过这一次他失算了。这一次邱助理没有继续给他充电，邱助理已经听出地雷的秘密来了。

邱助理在胡君声的耳边嘀咕了一阵子，嘀咕得胡君声直点头。

胡君声显然有些兴奋，将心里意会的东西一下子说了出来。他说：“好！我们马上聘请股评家来操盘。”

邱助理见老板已经说出来，只好做具体布置：“请股评家的事由我向老板推荐，陈向阳负责组织资金。其他人要集中起来，委屈一下大家，现在给你们十分钟时间跟家里打电话，必须在这里通话，打完电话后把手机关掉。然后谁也不准对外联系。”

胡君声给邱助理打气，补充说：“这件事情由邱助理负责，他是这次行动的总指挥。”

邱助理提出：“要不要让小丁担任副总指挥？”

胡君声说可以。

邱助理发现高傲的小丁投来异常感激的目光。

邱助理为小丁惋惜。他想：如果这个小丁多看点四书五经，多懂得一点做人的道理，那该多好呀！但是如果那样，他不就成了“丁助理”了？他成了丁助理，那么还有“邱助理”吗？

胡君声和邱助理及小丁三人密谋。他们决定请大名鼎鼎的K先生“操盘”。K先生不仅是股评人士，而且已经成了明星。胡君声他们要找的就是明星，是明星才有能力接这个大盘。

说股评人士K先生是明星并不是哗众取宠。如今股评也已经职业化，并且是一种新人辈出的新职业。这几年股市不怎么样，但股评新秀却涌现不少。特别是电视股评推广后，使有些股评人士一下子成了电视明星。这也不奇怪，在电视上露面的机会多了自然就成了明星，既然前几年做广告的都做成了明星，“燕舞小子”不就成了明星吗？那么这几年做股评的当然也可以并且应该能够成为明星。这叫作各领风骚三五年。事实上，如今电视也商业化了，电视台为了提高收视率，千方百计地迎合观众的口味，既然中国有那么多人参与炒股，电视台为什么不多开几个频道？因此，电视台在制造出一个又一个股评明星的同时，也制造了自己的空前的收视率。虽然现在有人批评股评家大多数与算命先生差不多，更有人一针见血地问股评家：既然你们那么有把握，还当股评干什么？干脆自己看好哪只股票好就买哪只算了。但即使是算命先生，也分三六九等，K先生至少算是“算命先生”中的极品。

K先生是作家出身，但他与一般的作家不一样，一般的作家抱着“人类灵魂工程师”这个头衔不放，K先生则觉得在商品经济大潮中，一切“家”都应当职业化，都应当服从商品经济规律。商品经济的规律就是等价交换的规律，就是商品买卖规律。既然教师可以出卖知识，大学可以出卖文凭，哲学家可以出卖智慧，那么，“人类灵魂工程师”为什么不可以出卖灵魂？于是K先生直接将文学当作商品，把有限的文学天才用于无限的经济活动中。刚开始是充当吹鼓手，谁给钱就替谁歌功颂德，当然能给得起钱的自然不是普通老百姓，普通老百姓买不起“金喇叭”，而K先生不是一般的吹鼓手，K先生是个只吹金喇叭的吹鼓手。只吹金喇叭的K先生后来又进一步发展成为枪手，干脆直接替别人著书立传。当然，这些“别人”也不是普通老百姓，而是那些有钱人，其中主要是“胆商”。

中国有一大批“胆商”。这些人是改革开放的第一批受益者，他们在别人还为争取“非农业户口”和“干部身份”而忙碌的时候，就敢于第一个吃螃蟹，于是发财了。事实上，这些“胆商”根本就不存在所谓的“下海”问题，因为他们原本就是站在海里的，见着海上漂来的财富难道还不会捞起来吗？这些“胆商”当中有相当一部分是当时中国社会的最底层，有些干脆就是劳改释放人员。但这些人智商不一定低，因此他们一夜暴富之后就要做一些与“上流社会”身份相适应的事。最初是在胸前挂上两支钢笔，后来发觉这样不行了，因为常常有人误认为他们是卖钢笔的，于是就花钱买文凭，先是买大专文凭，当大专文凭贬值之后，这些智商比较高的“胆商”就绕过本科，直接买MBA。他们中的一些先进分子甚至花大价钱买了美利坚合众国的MBA，但他们很快就发现MBA以更快的速度贬得一文不值，于是思前想后，最后决定著书立说。他们往往花钱请K先生这样具有开拓精神并勇于献身的作家替自己写书，然后在国家正规的出版社申请书号，再做精美印刷包装，然后费大力气练习签名，每当送出去一本，不但当场签上“赠某某某雅正”字样，而且向你诉苦：“没办法，盗版太多!”完全是一副受害学者的标准模样，令你不得不肃然起敬。

K先生就充当过一段时间这样的枪手。K先生发现当枪手比当作家简单，作家的写作需要消耗大脑，然而当枪手不需要，当枪手有时候需要付出的仅仅只是一把剪刀。

K先生是在他充当一个证券公司老总枪手的实践中接触、发现和认识股票的。那是他第一次发觉自己充当枪手吃亏了，因为那个老总后来居然靠K先生写的这本书发了大财，而K先生自己得到的仅仅是一个零头！但K先生从这件事情中受到启发：干脆自己直接写一些关于股票方面的东西。不管怎么说，写作的最终目的还是需要读者的，既然中国有那么多人热衷于股票，而每一个关心股票的人都需要这方面资讯，那么专门从事这项活动就一定有市场。

到底具有文学功底，K先生写的股评文章可读性相当强。于是，K先生很快就有了一定的知名度，被电视台邀请去做股评。电视股评做长了也就成了明星了。成为电视明星之后，主动向他咨询甚至直接请他当投资顾问的人日益增多，一些证券公司营业部为了吸引顾客，也专门请他去讲课，甚至欢迎他在那里开设工作室。每年K先生从各个证券营业部领到的交易费返还和奖金都以六位计数。还有一个证券公司基于他对本公司的特殊贡献，干脆授予他终身荣誉职员，除了不领工资之外，终身享受本公司正式职工的一切待遇。当小丁和邱助理找到K先生时，他个人已经拥有七八家工作室，直接掌握或间接影响资金总数达数亿元，不比一般的私募基金差。

K先生当时也正在寻找题材。手中的客户多了，总是需要一些真材实料的，老是说模棱两可的话也不行。就是瞎子算命，也还要碰对几次才行。所以，接到邱助理和小丁的邀请后，K先生并没摆什么架子，而是非常乐意地跟着二位来到中融集团。

邱助理先是对K先生一番恭维，对K先生说："我们经常拜读您的大作，并且组织员工天天收看您的电视讲座，受益匪浅。最近您推荐的个股又经常进入排行榜，不知有什么诀窍。"

"诀窍谈不上，"K先生说，"股市没有专家。最近的几次行情被我言中，纯属偶然。"

"不会吧，"邱助理说，"哪能次次都碰巧？再说您K先生的口碑一直那么好，难道这也是偶然？"

K先生显然还是凡人，经不住邱助理连续不断的高帽子，特别是邱助理讲到了口碑，更让K先生忘记了谦虚。这也难怪，K先生与所有的股评人士一样，都很关注自己的口碑，因为他们是靠"口碑"混饭吃的。当然，所谓关注也就是在意。很在意自己口碑的K

先生这时候说：“这一点我倒是问心无愧，我这个人对自己和对投资人都很负责任，绝不会因为收了庄家好处而说违心的话。”

邱助理见 K 先生已经捡起了高帽子自己戴上，赶紧趁热打铁，说：“是啊，我们中融集团现在正缺像 K 先生这样的人才啊。”

K 先生听出了弦外之音，愣了一下，没有马上接话。K 先生不接话并不是对邱助理的话不感兴趣，而是因为这话出自于一个助理之口。不管邱助理怎样牛，助理毕竟只能是助理，就像西方谚语中的“女人毕竟是女人”一样。像 K 先生这样重量级的人物，就是中融集团真心想请他，也轮不到助理跟他谈这个问题。然而，胡君声恰好在这个时候出现了。

邱助理将二位一做介绍，胡君声马上就切入正题。

胡君声对 K 先生说：“最近公司有些闲钱，邱助理和小丁他们鼓动我在证券市场做一把。我拿不定主意，想听听 K 先生您的高见。”

“高见谈不上，”K 先生说，“大家切磋吧。”

“别客气，”胡君声说，“要说做其他生意，我胡君声就不谦虚了，但要是说做股票，您 K 先生就不要谦虚了，好不好？”

“好好好，大家都不要谦虚。胡老板自己是不是已经有想法了？”K 先生说。

K 先生这样说也是有根据的。因为大凡像这样大老板直接请他上门的，与其说是请教，倒不如说是他自己已经有了主意，但是还吃不准，想听听专家的意见，或者是想让专家来论证自己的意见。

“专家不愧是专家，”胡君声说，“什么事都瞒不住你。不瞒您说，我倒是没有什么想法，只是这二位天天跟我说，说得我也动心了，但不敢肯定眼下是不是入市的最佳时机，所以想听听您的意见。”

K 先生听胡君声这么说，心中一阵窃喜，但表面上还不露声色。

K 先生先是抬头看看邱助理和小丁，二位一见专家抬头看自己，马上满脸堆笑，一副受宠若惊的样子。K 先生看到这个样子心里非常受用，似乎心情更好了一些，说：“经过这一次的大跌以后，现在已经进入底部区域，应该是抄底的时候了。”

胡君声邱助理还有小丁听到这里，互相看了一眼，仿佛抑制不住内心的喜悦，小丁更是好像沉不住气的样子轻声嘀咕了一句：“我说是这样的吧。”

小丁的声音虽然不大，但足以让 K 先生听得一清二楚。K 先生问：“胡老板你们应该是已经有所准备吧？”

胡君声看看 K 先生，又看看邱助理和小丁，然后仿佛下了很大决心似的说：“这一段时间他们重点调研了华夏在线公司，这家公司盘子不大，我想一不做二不休，干脆我们控股这家公司，然后包装一下，再给它注入一些优质资产，推出一个转增股本方案，您看这样行不行？”

K 先生打开手提电脑，调出华夏在线这只股票的基本资料，眼睛一亮，兴奋地说：“这只股票流通盘小，质地不错，如果包装一下，绝对是一个大牛股。拉到 30 元应该不成问题，保守一点也应该在 25 元以上。如果能有高送配，再做一两个填权行情也是可能的。”

K 先生在说这些话的时候，一直用余光注意着对方三个人的反应。他看见邱助理和小丁脸上都露出兴奋的样子，特别是小丁，边听还边冲着他直点头，兴奋中仿佛还包含着感激。但胡君声却好像还没有最后下决心。

K 先生问：“胡老板好像还有什么担心的吧？”

胡君声脸上努力挤出一点点比哭相好不了多少的笑容，说：“是啊，说句不怕伤着我这两个弟兄的话，我是考虑人呀。”

“考虑人？”K 先生问。

“对，”胡君声说，“考虑人。”

“怎么说？”K 先生又问。

胡君声这时候仿佛有点犹豫，看看邱助理和小丁，然后收回目光，对着 K 先生说：“项目当然不错，不瞒您说，除了您之外，我也从侧面找其他途径打听了一下，是可以做。但是即使是一个好项目，如果没有一个得力的人来操作，也不一定能成功。比如同样是在深圳开饭店，有的人赚老了，有的人赔傻了。”

胡君声说到这里有意停顿了一下，然后指着邱助理和小丁说：“我们这些人都是搞生产经营的，对资本运作虽有认识，但实战经验少。其实就我自己对股票认识来看，像我们刚才谈的那样操作，已经是一个完整的系统工程，没有一个专家掌舵我不放心呀。”

K先生见胡君声说得这样诚恳，也被他的真诚所感动，不住地点头，他差一点就想说“要是看得起，我过来帮您吧”，但他还是忍住了。多年的经验告诉他：这时候最好什么也别说，只有忍得住才能占主动。

四个人这样静了一会儿，邱助理说：“我知道我们不行。很多东西说起来容易，但要是具体操作起来，不请专家肯定是少不了走弯路，付的学费更多。”

“要不然这样，”小丁仿佛突然想起来似的说，“我们就请K先生来操作吧！”

胡君声听到这里看了K先生一眼，马上又虎着脸对小丁说：“胡说，K先生是你说请就能请得了的吗？”

K先生的心跳一直随着几位的对话而波动，刚才听到小丁的建议心里一阵狂跳，但马上克制住自己内心的喜悦。现在又听胡君声这么说，他再也忍不住了，马上表态说：“那也不一定。中国人不是讲究‘士为知己者死’嘛，难得胡老板看得起我，只要条件合适，让我来做你们的顾问也不是没有可能的。”

“那好，”胡君声大声说，“如果K先生肯屈就，我聘请你做我们的总策划。”

听了老板这番话，小丁好像比K先生本人还激动，马上拉起K先生的手，一个劲地摇，嘴里说着“欢迎欢迎”。

条件是优厚的。K先生看中的“条件”不是个人待遇，甚至不是工作条件，而是支配权，特别是资金的调配权和使用权。中融集团恰好在这方面给予他充分的自主权，包括开户证券公司的选择等。这一点也是很重要的，按照行规，只要是K先生选定的证券公司，将来的交易费返还肯定是打到K先生个人账户上的，而像这样一个操作，佣金往往是七位数。但K先生看中的还不是这些，他关键是看中了操纵权，有了这样的操纵权，他不仅掌握第一手最准确的市场信息，他还能左右华夏在线的几个波段，将来无论做好做坏，即使中融集团做亏了，K先生麾下的工作室肯定是稳赚不赔！只要工作室稳赚不赔，他除了从证券公司拿到佣金返还之外，还能与客户五五分成高于8%以上的超额利润。只要工作室稳赚不赔，他就能在客户中维持良好的信誉，当然就是所谓的“口碑”。如果那样，他的工作室就会滚雪球，越滚越大，那么他实际上就成了一个大型私募基金的大老板。你说这些东西不是比个人待遇和工作条件更重要吗？

走马上任后，K先生先是联络了几家证券公司，但结果并不理想。因为K先生同时提出了两个要求：一是大比例透资，二是大比例交易费返还。而按照常理，给了大比例返还就不能再给大比例透资，给了大比例透资就不能再给大比例返还，否则证券公司不等于为你打工了吗？但功夫不负有心人，最后K先生历经千辛万苦，终于在一个边远地区的小证券公司的小营业部达到了自己的目的：手续费返还50%，再按1比1透资。条件是每月做出1亿元的成交量。这一点小条件是难不住K先生的，反正不是自己的钱，就是1000万资金，他也能给你做出一个亿的成交量来。不就是五个来回嘛。其实证券公司答应K先生近乎苛刻的条件也是不得已而为之。如今证券营业部之间的竞争已经达到白热化的程度，而证券公司内部的竞争更加残酷，实行末位淘汰制，哪一个证券营业部连续三个月成交量处于末位，该营业部老总自动下台。答应K先生苛刻条件的那个老总就处于这个边缘。为了保住自己的位置，不得不大肚婆走钢丝——铤而走险。

K先生在汇报时当然不会说这些。他先是向小丁放风，说现在监管很厉害，我们要想万无一失，最好躲远点，因为每一次的检查都是从深圳上海北京这样的中心城市开始的，我们躲在边远地区，但信息触角伸向大城市，一旦发现检查，赶快收缩还来得及。

这就是K先生的高明之处。他先向小丁透风，他相信小丁肯定会将这些消息透露给邱助理甚至是胡君声。果然，当天下午小丁就对他的选择恭维了一番，并且“无意中”透露一句：“老板说了，专家就是专家，什么事情都考虑得周到。”K先生听了当然有一种得了便宜又卖乖的感觉。他发现：财运来了是挡不住的。

第二天，当心中已经有底的K先生将自己的计划向胡君声汇报时，胡君声二话没说，当场指示邱助理：立即将中融集团的100万股华夏在线股票转托管到K先生指定的证券公司营业部。K先生见胡君声这么信任自己，连问都没问一下，那一刻真有一种“士为知己者死”的想法。

有了这100万股，K先生马上按协议向营业部再透资1200万元。

邱助理说：“资金用完说一声，我再给你打过来。”

大约还是那个“士为知己者死”的影响，K先生并没有马上将账上的1200万立刻花完。他先是做了个周密的计划，准备在13元位置慢慢建仓。第一天他试了一下盘，盘面很轻，只用了几十万股就几乎拉到了涨停，然后他打压吸筹。几天之内，华夏在线保持了比较好的活跃程度，但股价并没有大幅拉升，仿佛一切比他预想的还好，他将成本控制在13元左右的计划也将顺利实现。资金快要用完时，邱助理主动打来电话，问他要不要资金，如果需要，马上就打过来。并说胡老板的意思是下个礼拜就开始拉升，免得夜长梦多。K先生由于担心自己麾下的工作室还没有完成建仓，所以对邱助理说不急，先稳定几天。

K先生已经向他麾下的工作室发出指令：卖掉所有的股票，腾出现金，全部在15元以内满仓吃进华夏在线。

兵贵神速。K先生终于在中融集团大资金打进来之前完成他自己麾下所有工作室的建仓工作。那一刻他也微微感到有一点对不起胡君声，他似乎也觉得自己这个老鼠庄跟得也太狠了，他甚至想到应该留点汤让中融集团喝，但是没办法，利润的诱惑太大了，以至于他不得不在两天之内让他的各工作室全部满仓，因为一旦集团的大资金进来，他不拉升是没有道理的，而一旦开始拉升，那就是开弓没有回头箭，他自己的工作室想跟都跟不上了。

建仓工作完成后，K 先生没等大资金进来，就舆论先行，开始利用他的影响和中融集团提供给他的巨大财力，在各种媒体上连篇累牍地宣传华夏在线的各种利好，并且不厌其烦地组织各种报告会，专门讲华夏在线。K 先生说华夏在线将有重大收购题材，而且有高比例送配计划，并断定华夏在线将是一只大牛股。有人提出疑问，说眼下大盘不好，问如果大盘继续下跌，华夏在线还能顶得住吗？K 先生略微怔了一下，说挺得住，并信口开河地说："大盘的研判并不重要，个股往往不理会大盘，这就是为什么在熊市里有牛股在牛市里有熊股的道理。作为散户，关键是要紧跟庄股，坐轿子，搭便车。华夏在线就是一匹供你们骑的黑马，就是请你们坐的轿子，就是让你们搭乘的便车！"

一时间，华夏在线成了抢手货，中融集团的资金还没有到账，K 先生还没有做拉升，华夏在线就在散户的推动下自动地由 13 元涨到了 15 元，也就是说，庄家还没有动，K 先生麾下的工作室就已经开始赚钱了，以至于 K 先生甚至怀疑胡君声另外还有一部分资金在其他营业部另起炉灶。K 先生暗中庆幸：幸亏吃得果断，要不然还赶不上这趟特快呢。

比 K 先生更高兴的当然是胡君声，本来准备杀跌出货的华夏在线，现在全部在 13 元以上顺利出局，他们的代价仅仅是 100 万华夏在线股票，成本不过是 800 万，而他们的利润是这个数的十倍！

在中融集团抛出华夏在线的最后阶段，大约是受到"大功告成"的思想麻痹，小丁他们抛得急了点，因而引起盘口的波动。K 先生看到盘面有异，立即接通邱助理的电话，反映华夏在线有异常。

邱助理说："不会吧，这件事只有我们几个知道，应该不会走漏风声呀。"

下周一，K 先生再次接通邱助理的电话，说资金用完了，如果要拉升的话，集团公司就要再划资金过来。邱助理问要多少，K 先生说先过来5000万吧。邱助理说没问题。

又过了两天，中融集团的资金还没有过来，而此时华夏在线已经出现微微下跌。K先生慌了，再次打电话给邱助理。

邱助理说："有点麻烦。"

K先生听了心里一炸，问："怎么了？"

邱助理在电话里半天没出声，然后才说："问题还没有搞清楚，等搞清楚了我再告诉你。"

K先生手中握住的电话还没有放下。他飞快地想了一想，马上打通小丁的手机。他相信小丁是崇拜他的。

"小丁吗？说话方便不方便？"

"你说，我往门口走。"

"怎么资金到现在还没有打过来？出了什么事？"K先生恐慌地问。

小丁停了一下，仿佛是看看此时此地说话是不是安全，然后压着声音说："坏了，老板发火了！"

"为什么？"

"他说已经有人告诉他，说我们内部有人偷偷地坐轿子，搞得我们现在人人自危。"

"老板有没有怀疑我？"K先生做贼心虚地问。

"那倒好像没有，"小丁说，"只不过邱助理好像是提了一下。"

"怎么说？"

"老板说这件事就是邱助理和我知道，邱助理说不对，说这件事K先生也知道。"

"还说什么没有？"

"没有，正在查。你要注意点。"

星期四，华夏在线在大盘的影响下开始明显下跌。由于没有大资金护盘，K先生"预测"的逆市而上的情景没有出现。各工作室都有点紧张，纷纷打电话询问K先生，K先生回答是正常的震仓，没问题。

黑色星期五，华夏在线董事长的经济问题曝光。华夏在线上午停牌，下午一开盘就出现在跌停板位置，并且卖盘封得非常死。

市场恐慌，中融集团的资金仍然没有到账，但是K先生并没有再给邱助理打电话催要资金，小丁主动与K先生联系还联系不上。

小丁、邱助理、胡君声三人相视大笑，举杯共庆。

下周一，华夏在线再次跌停板。证券公司营业部老总慌了，找K先生到处找不到。

周二，营业部老总下令强行平仓，但是卖不出去。

周三继续跌停板，而且是无量空跌。K先生麾下的各个工作室都发生恐慌，打K先生的手机他也不开机，于是这个恐慌就加了一个N次方。

周四，无量空跌，继续停板。

周五，由于强行平仓未果，营业部老总出事，引起管理层注意，一场由华夏在线违规操作引发的股灾终于全面爆发。

许多天之后，邱助理接到K先生的一个电话，K先生很内疚地说："真对不起，中融集团上千万资金我无法给你们一个交代了，还害得你们跟着背黑锅。"

邱助理大度地说："这件事也不能全怪你，谁也没想到这家公司突然冒出大的问题。'黑锅'谈不上，其实我自己也确实在13元偷偷买了一些，现在真是有苦说不出，谁让我贪的，活该！"

邱助理是在骂自己，当然是假意的，其实他自己的建仓成本是8元，正好在13元跑了，说不定接盘的恰好就是K先生，谁知道呢？这就是股市的妙处，比赌场还安全，赌场还不准看牌，但股市没有这个规定，真正的庄家自己想怎么看牌就怎么看牌，想选哪一张牌就出哪一张牌，想什么时候出就什么时候出。另外还有一个最大的好处，就是股市上的钱赔了都不知道赔给谁了，不像赌场，知道自己的钱被谁赢走了。被输家知道自己赢了钱也不是好事，因为怕别人记恨在心。股市上你不用担这个心，比如现在，输家K先生好像还欠了赢家邱助理似的，你说好玩不好玩？

在K先生听起来，邱秘书好像是在骂他，但是他并不生气，要生气也是生自己的气。邱秘书骂得对，谁让我贪的，活该！

K先生现在在骂自己，而且是真骂，不是假骂。

胡君声请大明星解套操作非常成功。邱助理和小丁当然都受到了特别嘉奖，皆大欢喜。但是大明星K先生呢？K先生麾下那些工作室呢？还有外面那些听信了K先生的鼓动而贸然买进的散户呢？

事实上，任何一次解套的成功都是新一轮被套的开始。没有被套何来解套？尽管解套和被套听起来差别不大。

第四章　善　　庄

1

王星焰刚刚在大班台上坐下，秘书琳娜就进来通报，说他的同学找他。

“同学？”王星焰问，“大学的同学还是中学的同学？叫什么？”

“姓李，”琳娜说，“叫李东，他说是您小学的同学。”

琳娜说着还递上一张名片。王星焰接过名片，并且对着上面看了半天，也没有看出什么名堂。

“李东？”王星焰问，“小学同学？”

“是。”琳娜说。

王星焰实在想不起来他哪里有个叫“李东”的小学同学了，就是真的有，那也肯定从来没有来往过。

“他说是哪个小学的吗？”王星焰问。

王星焰这样问也不是苛求琳娜，自从万利通公司上市之后，王星焰也成了不大不小的名人，于是认识和不认识的，记得的和不记得的，有交情的和没有交情的，通过写信、打电话甚至找上门来的不在少数。刚开始的时候王星焰还蛮高兴，还能热情接待，甚至还能从这些热情接待中再次确认自己功成名就的感觉，个别以前确实关系比较好的，王星焰还专门给安排在二级公司工作。但是后来发觉这样不行。因为他发现，凡是主动找上门来的，基本上都是有求于他的，而从来没有能够给他提供什么帮助。虽然王星焰本来也没有打算要同学给他什么帮助，但是他也不能无限制地帮助这些认识或不认识的人呀。并且王星焰发现，那些过去跟他关系真的还比较好的，或者现在混得有点出息的，并没有来找他，相反，来找他的总是那些印象不深的，甚至是完全没有印象的，有时候对方说了半天，王星焰能够回忆起来的，也只是对方所提到的那些人和事，而关于对方自己，王星焰还是一点印象都没有。于是，王星焰后来就专门向琳娜做了交代：凡是自称是我同学的来找我，一律先挡驾，报上姓名来，是否接待或怎样接待，听我的吩咐再说。琳娜到底是在香港工作过几年，这套规矩并不陌生，所以处理起来倒也没有什么差错，并且常常矫枉过正，把本来属于王星焰要接待的同学也给礼貌地打发走了。但是今天这个情况有点例外，今天要求见王星焰的这个李东，琳娜不但没有自作主张地将其打发，而且是王星焰一来上班马上就做了通报。

“他是刚刚从加拿大回来的。”琳娜说。

琳娜的回答看起来是所答非所问，其实是挑重要的说。在琳娜看来，来访者小学在哪里上的并不重要，关键是看他现在在哪里。比如中央来的肯定比省里来的重要，外国来的比国内来的重要，至于现在说这个李东，是从加拿大回来的，那么当然就比从内地来的重要。回答老板的问题，要先拣重要的说。

果然，王星焰来了兴趣。

“大头？不对呀，大头怎么叫‘李东’呢。你能确定他是从加拿大回来的？”

王星焰确实有个大学同学在加拿大，外号叫“大头”，但是大头姓居，叫居元朝，怎么着跟这个“李东”也难发生联系。

“差不多吧，”琳娜说，“要不然先叫他进来？”

“好，噢，等一下，今天上午有什么安排吗？”

“上午没有，”琳娜说，“中午要跟南海基金的韩总吃饭。”

王星焰想了一下，说行，你让这个李东进来吧。说着还扬扬手中的名片，仿佛这个李东此刻就在他手上了。

王星焰最近心情不是很好，现在的生意是越来越难做了，特别是在资本市场上，那种只要股票上市就万事大吉的时代已经成为过去的过去，王星焰感叹自己的运气不好，没能赶上那个股票市场完全是卖方市场的好时代。王星焰实在搞不懂，中期业绩做得那么好，万利通为什么还是跌破了发行价，搞得王星焰灰头土脸的，都不好意思见承销商。

王星焰有点想不通，既然国民经济每年都能保持7%到8%的增长速度，为什么作为中国企业精英的上市公司还普遍不景气呢？如果上市公司都这么不景气，那么哪些企业景气呢？王星焰想象不出偌大的中国，还有哪些效益好的企业没有上市，说实话，如果还有什么像样的国营企业没有上市，那么也轮不到他的万利通上市。在中国，企业股票上市流通其实是一种待遇，就像以前什么级别的领导可以看什么文件一样。既然是待遇，那么只有等国有大中型企业基本上该上市的都上市了，不该上市的通过适当的包装也上市了，实在连包装也不能上市的就拉郎配找一个条件好点的公司“捆绑”上市，这之后，才能轮到他这样的民营企业。既然好的公司都上市了，而上市公司又普遍不景气，那么国民经济那7%到8%的增长是怎么来的？王星焰不敢设想国家统计部门弄虚作假，事实上这种事情也不好弄虚作假，弄虚作假一年可以，如果年年弄虚作假，窟窿越捅越大，最后怎么收场？王星焰只能感叹自己才疏学浅，跟不上形势。

按说从真正市场规律的角度说，股票的价格高低对上市公司本身的经营不应该有直接的影响，但是具体到王星焰这里不是这么回事。万利通是民营企业，准确地说是王星焰的私营企业，私营企业上市之后，就不是王星焰一个人所有了，而是大家所有，准确地说是凡是持有万利通股票的股民都是企业的老板，所以，王星焰现在还真关心本公司股票的价格，只有股票的价格高了，他才可以顺利地实现他的套现计划，或者说是“利润提前兑付计划”。计划非常简单，就是来一个大分红，每股分配六毛。由于王星焰是绝对大股东，自己一个人差不多就占了60%的股份，只要每股分配六毛，王星焰就能提前套回上亿的现金，将来无论国家的宏观经济政策和经济形势怎么变，无论万利通经营得好还是不好，王星焰都已经把自己的全部投入提前收回，并且锁进了私人保险箱，等到国家关于“私人财产神圣不可侵犯”的法律条款一通过，他自己也等于进了保险箱。关键是他这样做天经地义，合理合法，还可以标榜自己是“最替广大股民利益着想”的董事长。从前，管理层批评上市公司尽玩虚的，动不动就来一个高送配，股民赚了一个响声，并没有得到实惠，实惠还是被上市公司自己得了，理论界甚至一针见血地指出：某些上市公司的高送配的目的就是从证券市场上再次圈钱。现在好了，现在王星焰反其道而行之，不搞高送配，直接派发现金，而且是大量派发现金，真正替“广大股民”的利益着想，看管理层和理论界还有什么可说的。

管理层和理论界真的不好说什么了，因为王星焰是最大的股民，绝对控股的股民代表，真正代表了最广大股民的根本利益，因为这个“最广大股民”中的绝大多数就是他自己。

既然派发的钱主要是以上市公司的名义派发给王星焰自己，所以王星焰当然关心上市公司的股价，如果股价太低了，即便他以自己手中的股份可以控制股东代表大会，他也不好意思每股派发六毛钱现金。王星焰发现，无论做什么事情，光合法还不行，还要合理，只有较高的股价才能支撑较高的派发，这就是“理”。所以，王星焰现在真的替万利通的股价着急，替中国低迷的股市着急，希望中国的股市走出低迷，希望万利通股价能上升到一个足以支撑每股派现金六毛的适当价位。

王星焰这么想着，琳娜已经把客人带进来了。

果然是从加拿大回来的。是不是从国外回来的，不用看护照，一看神态就知道。王星焰发觉自己看人的本事比看中国的经济形势要准。

“哎呀，果然是你呀，王兄。”来人夸张地说。边说还边夸张地走近王星焰，双手伸得老长，迫不及待地要与王星焰拉手。

王星焰虽然还没有想起来他是谁，但是已经肯定对方确实是自己的同学，有两个证据，一是面熟，有遥远的过去某个熟人的影子，二是这个人说的普通话里面有王星焰家乡方言的尾子。王星焰知道，学一个地方的方言不难，难的是说普通话的时候要带上那种方言的尾子，这种“尾子”其实是学不来的，必须在那里长期生活过才行。如此说来，这个客人至少是自己的老乡。于是，隔了大班台，王星焰把自己右手伸过去，同时脸上露出有节制的微笑。

“你好！”王星焰说。边说边想，这个人到底是谁？

“还是没想起来？”对方问，“董正华记得不？”

“记得记得。”王星焰说。董正华当然记得，小学的班主任嘛。这样一说，王星焰的脑子似乎清晰了一点点，至少把检索的范围缩小在他小学六年级的那个班。

“你是我们班的？”王星焰问。

“是啊，三班的，班长是田东升。”

“对呀，班长是田东升呀，”王星焰说，“前几年我还见过田东升呢。”

越说越近了。

“工宣队李师傅记得吗？”对方再次提醒。

“记得呀。”王星焰说。王星焰这么说着的时候，就已经有点抱歉了，因为这么多人都记得，居然就是把人家加拿大华人给忘记了。

“李师傅就是我爸爸呀。”对方说，“想起来了吗？”

“噢……你是李……李文宝？”

“对对对，那是我小时候的名字，一上中学就改了，改叫‘李东’，东方红的‘东’。”

王星焰终于想起来了，彻底想起来了，其实只要他上来就说“李文宝”，王星焰肯定早就想起来了。王星焰就是把谁都忘记，也绝不会忘记“李文宝”的。

2

李文宝确实是王星焰的同学，准确地说他们同了一年的学，但是那一年他们之间经历的事却让王星焰刻骨铭心，终生难忘。

王星焰那年十二岁，上小学六年级。王星焰跟哥哥一起住在他姐姐家里。本来王星焰是跟父母一起下放的，小学快毕业那年，王星焰回到城里，住到姐姐家。

王星焰回到城里后遇到了许多不适应。比如说话。王星焰在乡下的时候，普通话比老师还标准，所以，一旦学校有什么活动，站起来说话的总是王星焰，但是，现在的情况正好相反，现在王星焰说的是“乡下话”。王星焰不知道自己什么时候学会了说“乡下话”。其实，王星焰说的还是普通话，只是普通话的尾子带了一点点乡下话。不要小瞧了这一点点“尾子”，就是它，让同学们把王星焰排斥在外。

首先遭遇排斥的是演样板戏。那时候机关学校工厂农村甚至是部队都排革命样板戏。因此，排样板戏不是什么新鲜事，王星焰在乡下的小学里就排过，不但排过，而且还是主要演员，演革命现代京剧《沙家浜》中的郭建光。巧了，现在在城里的学校也排《沙家浜》。按说王星焰以前排过这个节目，并且担任过主角，所以这次的排演应该少不了他，但是他不但被排斥在主角之外，而且还被排斥在配角之外。这么说吧，连个普通战士甚至是匪兵都没有让他演。

王星焰不服，觉得他们太小瞧人了，甚至是太欺负人了，于是，王星焰主动找到老师，当着办公室许多老师的面，拿出自己在乡下演《沙家浜》时候的剧照，给董老师看，并且说：“我演过《沙家浜》，演的是郭建光。”

王星焰这样一说，当然是语惊四座，几个老师还有一两个同学马上就围过来，看王星焰拿出来的那几张剧照。

“真的呢。”其中一个说。

“我唱得比他好。”王星焰说。说着，王星焰就唱起来。奇怪，王星焰一唱起来，乡下的尾子就没有了，而且确实比那个同学唱得好。

“我看他唱的是好一些。”教音乐的罗老师说。学校的音乐老师也是学校文艺宣传队的具体负责人，当然也是排样板戏的具体负责任，所以罗老师的话自然有一定的权威性。

“我还会翻跟头。”王星焰说。说着，径直走出办公室，一个小助跑，当场来了一个侧手接后手翻。

“我看他行。”罗老师说。罗老师在这样说的时候，还特意看看董老师，仿佛是专门征求董老师意见。

结果，真的让王星焰演郭建光了。但是此后不久，不知道是什么原因，罗老师突然被抓起来了，是工厂的民兵来抓的。那时候学校归工厂管，工厂的民兵小分队相当于现在的治安办，但是比现在的治安办权力大，可以抓人。

罗老师被抓起来之后，《沙家浜》自然就停排了。又过了一段时间，罗老师又回来了，但是回来之后她就不教音乐了，而是劳动，什么事情都干。其中有一件事情王星焰记得特别清楚，就是刷旗杆子。那时候的旗杆子是木头的，被刷成白色。罗老师身上挂了油漆桶，先爬上旗杆的顶端，然后再开始刷油漆，从上面往下刷。刷一截往下移一截。本来罗老师可能是不想爬上去的，但是工宣队李师傅不知道说了一句什么话，突然之间让罗老师有那么大的胆量，有那么大的能力，居然还真的爬上去了！爬上去之后，旗杆突然摇晃起来，吓得罗老师在上面哇哇大哭，惊得其他几个老师赶快跑到旗杆下面，使劲抵着旗杆，仿佛这样就能保住旗杆不摇晃，或者保住罗老师不从旗杆上掉下来。王星焰记得几个老师当中就有董老师，而且董老师当时的脸上也挂了眼泪。王星焰当时不明白董老师为什么也要哭，但是董老师流眼泪的形象却永远铭刻在王星焰的心中。

王星焰还记得班长田东升当时也夹在几个老师当中。田东升没有哭，一脸的严肃，像个大人。其实田东升本来就比王星焰他们大，个子大，年龄好像也大一些，不然不会叫他当班长的。

许多年之后，准确地说是王星焰大学毕业正式参加工作之后，王星焰又一次碰到田东升，说起这件事情，田东升还骂王星焰是傻×。田东升告诉王星焰：罗老师就是因为王星焰才受的那些苦。因为被王星焰顶替下来的那个“郭建光”是工宣队李师傅儿子，叫李文宝。

不知道是不是受罗老师漆旗杆那件事情的激发，王星焰突然有很多东西想表达，但是又不知道通过什么途径可以表达，最后想到了写日记。为了写日记，王星焰还专门去商店买了一个笔记本。那时候王星焰身上已经有了零花钱，自从离开父母来姐姐家生活之后，他就有了零花钱。零花钱是母亲给的，每月一块。这每月一块的零花钱主要用来理发和看电影，或者是偶然买一根甘蔗之类。王星焰现在就要用这一块钱来买笔记本。

王星焰已经去商店里看了三次了。他看上了两种笔记本。大小和纸张的质量也差不多，一种是牛皮纸封面的，一种是塑料套。塑料套的当然好看，但是要卖七毛钱一本，而牛皮纸封面的是每本四毛一分钱，差不多要贵三毛钱。三毛钱，是两场电影和三个乒乓球的钱。最后，王星焰还是买了牛皮纸封面的笔记本。

晚上，当王星焰把那本崭新的牛皮纸笔记本展开的时候，心里一阵激动，突然之间感觉自己是个大人了，甚至是个伟人了。王星焰立刻就想到鲁迅，想到雷锋，还想到王杰、门合、刘英俊、欧阳海、蔡永祥等一大批英雄人物，他们好像都是写日记的。

王星焰在崭新的笔记本上写下年月日之后，头脑中马上就影现了罗老师爬上旗杆的情景。王星焰就想写这件事。于是，王星焰就写了：“前几天教音乐的罗老师爬上了旗杆，罗老师一不怕苦二不怕死，我要向罗老师学习。”

虽然只有几个字，但是总算开张了。因此，再见到同学的时候，王星焰感觉自己高大了许多，心里想：我都写日记了！当然，只是想想，并没有说。

但是，只想不说是难受的。王星焰骨子里还是希望自己的秘密被同学发现的。于是，总是把日记本带到学校里，想显摆。

这一天课间休息的时候，同学们在教室里面打闹，一不小心把王星焰的日记本从桌子上面碰到了地上，并且这个碰的人不是别人，恰好是李文宝。是李文宝就算了，碰了也白碰，谁都知道李文宝的爸爸是工宣队的李师傅，大家都让他几分，不但同学让他几分，连老师都要让他几分。于是，王星焰就自己弯腰从地上把日记本捡起来。如果王星焰就这样弯腰捡起来，而什么话都不说，那么或许灾难就过去了，但是就在王星焰自己弯腰把日记本捡起来之后，突然意识到这是一次机会，具体地说是一次向同学们显摆的机会。于是，王星焰说："别把我的日记本弄脏了。"听起来是随便的一句话，其实是在向同学们宣布：我王星焰写日记了。

"日记本？"李文宝问。

"日记本。"王星焰说。王星焰说的声音蛮大，仿佛不光是说给李文宝一个人听的，而是要说给全班的同学听，特别是说给龚广琴这样的女同学听。

果然，王星焰的话引起了同学们的注意。王星焰甚至已经感觉到那边的几个女同学往这边看了。

"不是吧。"李文宝说。李文宝这样说，主观上可能是不愿意在王星焰面前认输，作为学校工宣队李师傅的儿子，李文宝不能老是在一个从农村转学来的同学面前认输，上次在演郭建光的事情上李文宝已经输一次了，这次肯定不能再输，所以李文宝肯定要极力否定和贬低王星焰。但是事与愿违，李文宝这样一说，反倒帮了王星焰。

"你看是不是，你看是不是。"王星焰说。边说还边把日记本打开，让大家看他手里面到底是不是日记本。

当然是的。只要打开一看就知道确实是日记本。

那一刻，王星焰的虚荣心得到了极大的满足，因为几乎全班的同学现在都知道王星焰写日记了，而且是用钢笔写的。

正当王星焰有点得意忘形的时候，麻烦来了。

“好啊!”李文宝大声说，“你拿自己的日记冒充毛主席语录!”

李文宝的这句话像一声炸雷，当场将班上炸得鸦雀无声，除了王星焰的心跳之外，其他声音立刻全无，仿佛空间突然被凝固住了。

“反革命!”李文宝说，“反革命！现行反革命!”

后来据田东升说，王星焰的脸唰的一下像一张白纸，就像突然之间被人抽干了血一样。

是的，李文宝说得没错，按照当时的情况，王星焰是现行反革命，因为王星焰居然给自己的日记本的牛皮纸封面上套了一个毛主席语录的外壳，这就等于是拿自己的日记来冒充毛主席语录，这难道不是现行反革命?!

王星焰被带到工宣队办公室之后，几乎已经傻了，大脑当中一片空白。

谁都知道，工宣队办公室是坏学生去的地方，好好的学生是不会被请到工宣队办公室的。直到事情过了这么多年，王星焰还是没有想通当时学校的工宣队到底相当于什么。像保卫部?像政治部?像工作组?像纪委?像特派员?好像都有点像，又好像都不像，总之真的说不清楚，只能说是在当时特定的历史时期一个特定的组织。那时候每个学校都有工宣队，具体到他们这个学校，大约是太小了，所以所谓的工宣队其实只有李师傅一个人，并且这个人还属于他们这个小学和旁边的一个中学一起的，按照现在的理解，就是当时往中学和小学一共只派了一个工宣队，队部在中学那边，这里只是一个点，这个点上就只有李师傅一个人。但是不要小瞧了这一个人，就是这一个人，他还具有代表性，代表工人阶级已经占领这个上层建筑了。也是，连一个小学都进驻了工宣队，还不是整个上层建筑都被占领了吗?

李师傅作为工人阶级的代表进驻学校之后，虽然也抓了一些事情，但是这些都是一些鸡毛蒜皮的小事情，比如像罗老师，家庭出身富农，本人又不好好改造，还追求资产阶级的情调，日记当中写了一些风花雪月的东西，凭这些东西当然可以先把她抓起来，当然也可以强制她做一些像油漆旗杆这一类足以让她威信扫地让她当众出丑的事情，但这些都不精彩，都不足以让人津津乐道。而属于同一个工宣队领导的那个中学，到底是工宣队队部的所在地，工作就有声有色，不仅查出老校医是国民党残渣余孽，而且还查出一个老师居然拿扫地的扫把在伟大领袖的画像上面掸灰，一下子，历史的现行的都有了，用当时的话说，就叫一下子就把阶级斗争的盖子揭开了。那是多大的成果呀！所以，李师傅一直瞪着大眼注视着学校的每一个人、每一件事，就像饥饿的狼在黑暗中寻找猎物一样，眼睛都放绿光了，这一下好不容易抓住了一个，兴奋得都不知道从哪里下嘴了。

“你说怎么办?”李师傅问。李师傅显然是问王星焰的，因为当时工宣队办公室里面就他们两个人，其他人都在外面，前后窗户上全部都趴满了看热闹的学生，但是在办公室里面的就只有王星焰和李师傅两个人，既然只有他们两个人，那么李师傅当然是问他的。

“你自己说怎么办?”李师傅又问了一遍。当然还是问王星焰的。

王星焰显然是吓傻了，吓得已经听不懂李师傅这句话是什么意思了。王星焰不知道该怎样回答。

这时候，董老师来了。董老师是慌慌张张地赶来的，董老师那脸上的表情仿佛是她自己干了坏事。

“你看看，你看看，”李师傅说，“你看这是什么性质的问题。”

董老师平静了一些，或者说是努力使自己平静了一些。一脸严肃地接过日记本，先翻过来调过去看了看表面，然后又打开里面，一目十行地扫描起来。扫着扫着，脸上恢复了一点血色。

“写的倒是革命日记，”董老师说，“写革命日记当然是好事，但是你为什么要用语录本的封面套在上面呢？这是什么性质的问题你知道吗?！如果你要爱惜革命日记，完全可以买一个带塑料皮的日记本嘛，干吗这么小气？你要好好检查！好好斗私批修！”

董老师这样说着，就毕恭毕敬地走到李师傅的身边，把展开的日记本给李师傅看，边给李师傅看边说：“算小，要狠狠斗私批修，先在班上做检查，然后开批判会，您要不要亲自参加？”

董老师说的声音很小，仿佛是跟李师傅在说悄悄话，有意不让王星焰听见。

“他父母是做什么的？”李师傅问。

“没有父母，”董老师说，“他跟他姐姐姐夫生活，上海人，小气，所以才干出这种事。”

董老师的后半句说的声音更小，但是显然是已经与李师傅找到了共同语言，因为罗老师就是上海人，李师傅不喜欢罗老师。这时候李师傅听董老师这样一说，仿佛明白了一个道理：难怪罗老师要这小子演郭建光呢。明白了之后，李师傅就有了一种发现真理之后的高兴，脸上也缓和了不少。

李师傅的脸上是高兴了一些，但是王星焰却更加糊涂了。我怎么是没有父母呢？怎么又成了上海人呢？王星焰想不通，想不通就使劲想，使劲一想还真想通了。“没有父母”是父亲交代的，父亲送他和哥哥来姐姐家的时候，就特意向他们交代了，说他们到学校报到的时候，就说自己没有父母，是跟姐姐姐夫生活的。说“上海人”大约是大姐跟老师说的，父亲新中国成立前是在上海，大姐就是在上海生的，所以大姐说自己是上海人当然没有错，但是王星焰是在这个小城市生的，王星焰根本就没有去过上海，总是说要去，但总也没有去成，既然连去都没有去过，怎么能说是“上海人”呢？王星焰想不通。

“他姐姐姐夫是干什么的？”李师傅问。

“工人。”董老师说。董老师在说出“工人”两个字的时候，声音明显提高了不少，仿佛理直气壮，就像如今深圳的一些老姑娘，好不容易找了一个男朋友，你问她男朋友是做什么的，她说“老板”一样，理直气壮，气壮山河。

3

李师傅没有参加他们班上的批判会，班上的批判会由董老师主持。董老师首先把王星焰臭得一个钱不值，说他自私、小气，舍不得买带塑料皮的日记本，买一个牛皮纸封面的，然后又把语录本的封面拿来做日记本的封面等等。

董老师说完了之后，就是王星焰自己的检查。王星焰真的不想承认自己是小气是自私，想着家里面反正那么多的语录本没有用，卸下一个封面套在日记本子上面不是蛮好的嘛，但是又一想，承认自己自私和小气还好一点，自私和小气还都是人民内部矛盾，如果不是承认自己自私和小气，那是什么性质的问题？这么一想，差点又吓傻了。于是，王星焰好像明白了一点。明白了一点之后，就有点感激董老师，感激董老师臭他，感谢董老师指责他小气，感谢董老师指责他自私。于是，王星焰就顺着董老师的话臭自己，说自己自私，说自己小气，说自己要斗私批修，等等。

王星焰自己检查完了之后，就是同学们发言。首先发言的就是李文宝，李文宝说：“反革命！现行反革命！”

李文宝好像其他话不会说，反反复复就这两句话。但是不要小瞧就这两句话，威力极大，大到董老师眼看就不能控制批判会的方向了。好在已经到了放学的时间，于是董老师宣布今天的会先开到这里，明天接着开。

放学之后，王星焰没有走，跟着董老师来到办公室，继续接受老师的训斥。这好像已经成了规矩，学生犯了错，就被剥夺了与其他同学一起放学回家的自由，必须在放学之后还要来到办公室，接受老师的进一步训斥。但是今天王星焰这个错犯得太大了一点，大到董老师已经无话可说了。直到这个时候，王星焰才知道他所犯的错误的严重程度，因为李文宝刚才已经说了，并且说得非常清楚：

反革命，现行反革命。如果真的按李文宝说的这样来定罪，那么后果是什么样的呢？王星焰想象不出来到底是什么样子。王星焰在回城里之前，也就是大约一年之前，曾经见到过一次现行反革命。

那一次他是跟妈妈和哥哥一起去县城，在从县城回乡下的时候，在县城汽车站看见几个年轻力壮的专政队员押着一个人从车上下来，那个人看上去非常虚弱非常肮脏，上身穿了一件非常肮脏的破棉袄，棉袄好像是灰色的，但是上面显然沾了许多的污物，被捆绑他的绳子勒得变了形，并且鼓出来一团瘪进去一块；头发很长，并且很长的头发上满是污垢，不是一根一根的散头发，而是一撮一撮的，像是先用糨糊搓了一把，然后又撒了一把土灰一样；下身穿了一条单裤，单裤也是灰色的，看样子还蛮新的，就是太脏了；关键是那双脚，脚上没有穿鞋子，光脚，脚背上有明显的污垢，并且已经结成了壳一样，脚掌呈弯曲收拢状，仿佛想尽量收缩成一团。从车上下来之后，原来的几个人把他交给另外的几个人，给王星焰的感觉是这个人是下面哪个镇子上的，现在由镇子上押送到县城来，并且就在车站交给县城的专政队员。在交接的过程中，不知道是不是那个人反抗了一下，或者他根本就没有反抗，而接收他的专政队员纯粹就是为了给他一个下马威，反正王星焰是亲眼看着接他的这几个专政队员把那个人推倒在地拳打脚踢了一顿。在几个专政队员对这个人进行拳打脚踢的时候，王星焰还看见这个双手被绑在后面躺在地上的人双脚本能地搐动了几下，立即被其中的一个专政队员在他脚背上踩了几下。这时候，王星焰清楚地看见那个人的每一个脚趾缝里面都是血红的。整个过程非常快，非常的安静，现场除了其中的一个专政队员说了声“让你不老实”之外，再也没有其他声音，包括从头至尾那个人都没有发出一声的叫喊和其他声音，原来十分喧闹的汽车站那一刻变得那样的安静，安静得有点不正常了，连汽车都没有了发动机的声响。只是在那个人被押走之后的很长时间，才有一个同样从那个车上下来的旅客说了一声：“反革命，现行反革命。”与刚才在批判会上李文宝说的一样，只不过那个旅客说的声音小，李文宝说的声音大，那个旅客声音里包含同情，李文宝的声音里包含仇恨罢了。

王星焰恐惧了。恐惧跟吓傻了还不一样。吓傻了就是知道自己犯事了，而且事情犯得很突然，被吓蒙了，但是这个事情到底严重到什么程度还没有来得及想，所以就是一种空洞的害怕，没有深度，相当于股票的无量空跌。而恐惧是一种具体的害怕，有深度。比如现在，王星焰就能想象出灾难往下发展的具体情景，这个情景就是一年前在县城汽车站见到的那一幕，那一幕比罗老师爬旗杆要惨烈得多。奇怪的是王星焰这时候脑海中影现的那个被人打倒在地并且踏上一只脚的现行反革命并不是他自己，而是他的父亲。这么一想，恐惧就更具体了，更加深了。于是，王星焰哇的一声哭起来。

王星焰是不轻易哭的，王星焰上学之后好像就没有哭过，但是他现在哭了，并且一哭起来就不好收住。这时候学校已经放学，大部分的学生已经离开学校，只有少数几个学生因为什么特殊的原因暂时还没有走。小学不大，至少没有王星焰的哭声大，所以王星焰一哭，整个学校都知道了。那些还没有走的同学慢慢往老师办公室这边聚拢，但是没有敢走得太靠近，仿佛王星焰是得了一种什么传染病，同学们好奇，想看，却又害怕自己被传染，于是只好远远地看着。

王星焰已经哭上了瘾，从一开始想到自己的父亲被打倒在地伤心地哭，到后来感到自己十分委屈地哭，最后从老师和同学们的目光当中受到启发，觉得只要自己使劲地哭，或许这件事情就不了了之，就牵扯不到父亲那里，只要牵扯不到父亲那里，那就哭吧。

别说，心理暗示还真的有效，王星焰果然就狂哭不止。不是装的，是真哭。王星焰还第一次知道自己具有哭的才能。事实上，这个才能一直保持了好多年，从此以后，只要遇到需要哭的场合，比如忆苦思甜，需要哭，只有哭才表示你有阶级感情，别人哭不了，王星焰没问题，想哭就哭，因为只要他把小时候在县城汽车站看见的那个现行反革命想象成自己的父亲，他就能流眼泪。

实践证明，哭也是一种能力，关键的时候能哭出来，并且真哭，哭得眼泪哗哗地流，也能起到意想不到的作用。事实上，王星焰当时在哭的时候，他们班长田东升和组长龚广琴就已经找李文宝交换意见了，意思是差不多就行了，王星焰这小子今后再也不会神气了，总之，王星焰的哭声使李文宝出气了，加上田东升和龚广琴在边上一表示同情，李文宝也就不打算再坚持说王星焰是反革命了。只要李文宝不坚持说王星焰是反革命，灾难就不会继续发展。

果然，王星焰的哭声终于惊动了李师傅。李师傅板着脸过来，先把门口围观的同学轰走，然后吼着说："哭什么哭？批判得不对呀?!"

王星焰还是哭。

"他是害怕。"董老师说。

"害怕？害怕就不要做呀！"李师傅说，"你看你这个熊样，哪还有一点男子汉的样子。"

"他是这个样子的，"董老师说，"胆小鬼。"

"行了行了，"李师傅继续虎着脸说，"你把他送回去，交给家长，让他好好写一个检查，家长要在检查上签字，明天早上把检查送来。"

那一晚上，王星焰一家人是彻底地不能睡觉了。先是一家人狠狠地把王星焰批了一通，然后又一起出主意，最后大姐夫突然想起来了，问大姐："他们那个小学是哪个厂管的？"

大姐不说话，拿眼睛看着王星焰。

"机电公司。"王星焰说。

大姐夫眼睛一亮，说："大小张好像就是机电公司的吧。"

大姐夫这样一说，全家人眼睛都亮了一下，连正在帮王星焰写检查的哥哥也停住了笔。

"我去，"大姐说，"我把他们都叫来。"

不大一会儿，二姐二姐夫，三姐三姐夫，还有小姐姐，全部都来了。大家表情严肃，像是召开紧急会议。事实上也确实是召开紧急会议。会议很快取得了一致。首先，大家都觉得父亲是有远见的，这种情况下说没有父母最好，没有父母就没有历史问题，只要没有历史问题，王星焰毕竟是个孩子，这个问题就能大事化小，小事化了。其次，老师是同情王星焰的，知道他没有什么反动思想，就是想要点小聪明，有点虚荣心，不是真的有什么政治问题，关键是工宣队的李师傅，现在就是怎样做李师傅的工作。大姐夫刚才说得没有错，大小张确实就是机电公司的，所谓的“大小张”，其实就是二姐夫的哥哥，二姐夫姓张，他在跟二姐谈恋爱的时候，大姐大姐夫他们就喊他小张，但是这个小张还有一个哥哥，也经常跟他们在一起玩，所以他们喊小张的哥哥就叫“大小张”。机电公司不大，大小张跟这个李师傅肯定认识，就是不认识，一说起来也会认识，但是二姐夫不希望把他哥哥扯进来。

“把他扯进来反而麻烦。”二姐夫说，“是跟他讲实话还是跟他讲假话？如果说实话，他肯定不敢去找李师傅，这种事情不是一般的事情，说小能小到一点事情都没有，说大能大到一家人都吃不了兜着走。”

“那你说怎么着？”二姐问。二姐是板着脸问的。其实几个姐姐姐夫自打到这里之后就没有开过脸，一个个像家里死了人一样。

“你让我把话说完嘛。”二姐夫说，“再说我哥哥那个人我知道，他敢说谎说我们没有父母吗？”

二姐夫这样一说，大家还真的觉得他讲得有道理。于是，你看看我，我看看你，又一起看看二姐夫，仿佛今天这个事情就摊上他了。是啊，两个弟弟都住在大姐这里，现在遇到了事情，也该其他几个姐姐姐夫出力了，做老二的首当其冲。

二姐夫也感觉到自己的责任重大，努力地在想。突然，他盯着三姐夫，说：“小马，你不是专政队的吗？你能不能通过专政队那边找点关系？”

三姐夫紧张了一下，还没有说出话来，三姐马上就说：“什么专政队不专政队呀，早撤销了。”

三姐这么一说，大家都想起来了，连王星焰也想起来了，是啊，怎么“群众专政队”在一夜之间就消失了？

“要不然这样，”二姐夫说，“明天早上我送老巴子去学校，我找李师傅，大家都是工人，多少他会给点面子，看情况我再顺便提一下老大，他要是给面子，我提了他就会给，他要是不给面子，就是老大亲自出马也没用。”

“老巴子”是当地的土话，就是老小的意思，二姐夫的意思是他明天早上送王星焰去学校，去见李师傅。

大家听二姐夫这样一说，感觉还是一个办法，并且越想越觉得这个办法好，这样既利用了大小张的面子，又没有把他扯进来。

“那二姐你们就先回去吧，”三姐夫这时候终于说话了，“我们留下来，帮着老巴子把检查写得深刻一点，不要让人家抓住什么。”

那一刻，王星焰第一次体会到庞大家族的好处。

4

李文宝现在就坐在王星焰的对面，当然，他现在不叫李文宝了，叫李东，而且还有一个王星焰不知道重音该放在第几个音节上的英文名字，但是，不管他叫什么，王星焰想，也不管他现在是哪国人，李文宝就是李文宝，本性是不会有多大变化的。王星焰又想不通了，像李文宝这样的人怎么能出国了，并且看样子混得还不错。想不通就使劲想，或许使劲想一下也许就能想通了。果然，王星焰突然想通了：皮厚也是一个人能成事的基本素质之一。这个李文宝或许无才无德，但是他皮厚呀，如果不是皮厚，现在王星焰发达了，田东升没有找上门来，龚广琴没有找上门来，罗老师听说回上海了，王星焰想找都没有找到，居然这个当初打算置他于死地的李文宝主动找上门来，这难道还不是皮厚吗？皮厚的人什么事情都能做得出来，既然什么事情都能做得出来，那么就很难说他不会抓住一次机会。

王星焰这时候估计，李文宝现在主动找上门来绝不是来混一顿饭吃的，更不会是求他安排工作，肯定是又要抓什么大机会了。

“我手上有一笔好买卖，”李东说，“反正跟谁做都是做，我想不如咱们老同学之间做。”

果然，寒暄之后，李东迅速直奔主题。都说深圳文化是效率文化，在王星焰看来，一切商人都崇尚效率文化。这么想着，王星焰就想笑，并且果真就笑起来。

“你笑什么？”李东问。

王星焰又继续笑了一会儿，然后才说：“笑你果然不出我所料，突然冒出来找我绝对不是为了叙旧的，肯定有什么生意上的事。”

“这还要‘预料’呀？”李东说，“我从加拿大这么远跑过来跟你叙旧？我们俩有什么旧好叙的？当初我骂你是反革命，现行反革命，你都恨死我了，还跟我叙旧？”

“你都还记得？”王星焰问。王星焰在这样问的时候，最后的两个音还拖得老长，并且特意向上拐了一下，很像弦乐当中的上滑音，明显带有讽刺的意味。

“记得，当然记得。”李东说，“说忘记都是假的。不过我不是来跟你叙旧的。我告诉你王星焰，只有无所事事的人才一天到晚想着叙旧，像你我这样整天忙得不可开交的人，哪有心思叙旧。”

王星焰不说话了，无话可说。

他不说话没有关系，他不说话李东要说话，李东是有话可说。

李东说：“你一定觉得我很皮厚对吧？”

王星焰更无话可说，不需要说了，他想说的话对方已经替他说了。

“你一定非常记恨我和我父亲是吧？”李东继续说。

王星焰还是不说话，还是注视着李东，心想，看你往下还要说什么。

“其实你应该感谢我父亲，知道吗？”李东说。

王星焰愣了一下，他不知道该感谢李师傅什么。那时候凡是整人的，都说“这是为你好”，或者说“这是对你负责任”。其实也不是“那时候”，现在也差不多。

“幸亏是我爸爸，”李东说，“如果换上别人，不但你完了，连你爸爸也跑不了。你说你没有父母就没有父母了？告诉你，我爸爸知道你有父母，不仅知道你有父母，而且还知道你父母当初为什么会回避。”

这倒是王星焰没想到的，所以这时候王星焰心里一惊，仿佛又找到了几十年之前的那种感觉，于是身体稍稍往前倾斜了一点，眼光也少了些傲慢，明显摆出一种想继续听下去的样子。

王星焰想听了，李东却不说了。

李东这时候端起茶杯，喝了一口茶，说还是祖国的茶好喝，并说他妈的不知道为什么，中国的茶到了外国就不是那个味道了。骂完，从自己口袋里掏出烟，象征性地对王星焰做了一个礼让的动作，然后就抽起来。

“你爸爸当初知道我父亲的情况？”王星焰终于忍不住了。

李东不慌不忙地先吐了一口烟，说：“你以为呀，那天你姐夫送你来学校，还把他大哥亮了出来，他大哥跟我爸是师兄弟，经常上我们家，顺嘴一问就问出来了。你别以为我爸爸多坏，也别想着我爸爸多好，人就是人，人没有好坏，只有性格的差异。我爸爸就是看不惯知识分子，看不惯上海人，但是并没有打算把谁整死，只是想出出气，或者想杀杀这些人的威风罢了。要是换上别人，处在他那个位置，也不见得做得比他好。”

王星焰这下是真的没有话说了，他在想，想着这个李东说的或许有道理。如果当初李师傅真的知道我爸爸的事情，而故意装糊涂，那么这么多年来我还真的是错怪他了。

“你自己没有毛病？”李东既然已经把话匣子打开了，想一下子关上没那么容易，“写个破日记，还要拿到班上来显摆，给谁看呢？不该整整你？这么说吧，我爸爸那是保护你呢！包括保护罗老师，罗老师的那些日记，要是落到别人手中，她还能回到学校？好了好了，不说这些了。我这次回来不是向你解释这些事情的，是你自己摆出一副仇人相见的样子，我才跟你说两句。我们还是谈正事，闲话以后有时间慢慢聊，好不好?”

王星焰还没有回过神，还想着以前的事。现在听李东问他好不好，稀里糊涂地点了头，算是表达“好”的意思。当然，中国人说“好”跟外国人理解的还不是一个意思，好在这个李东还不是地道的外国人，所以对李东的点头还不至于误解。

“你知道‘热钱’吗?”李东问。

王星焰又点了一下头，这个点头不是表示“好”，而是表示“知道”，准确地说是表示“知道一点”的意思。王星焰确实是知道一点，而且也只知道一点，知道“热钱”是国际资本市场一种游资，哪里有可乘之机就往哪里钻，比如几年前爆发的东南亚金融危机，直接原因就是国际游资搞的鬼。

“国际游资现在瞄准了人民币你知道吗?”李东又问。

这下王星焰没有点头，但是也没有摇头，就是说他还没有来得及消化李东向他灌输的这条新信息，或者是王星焰根本就不知道这个信息，但是他不习惯在别人面前承认自己无知，小时候的某些缺点还没有完全克服，一不留神就流露出来，比如爱显摆，比如爱慕虚荣。

“那会怎么样?”王星焰问。王星焰这样问表示他关心这件事情，而并不表示他无知。表示关心某件事情当然比表示对某件事情无知要好。其实这也不能说王星焰的虚荣心有多么重，王星焰是真的关心这件事情，因为如果热钱真的瞄准了中国资本市场，那么对他肯定有影响，不仅有间接影响，而且还有直接影响。他的公司现在上市了，既然上市了，那么就是开放的，既然是开放的，那么就容易遭受侵入。

“也不会怎么样，”李东说，“中国不是东南亚，中国目前还实行外汇管制制度。索罗斯的那一套办法只能对经济成分中泡沫严重，并且已经采用了联系汇率制度的国家和地区才奏效。不过这里面有一些商业机会，倒可以为我们利用。”

“哦，说说看。”王星焰说。

王星焰已经是商人了，所以对“商业机会”这四个字特别的敏感，就像酒鬼对酒的味道敏感一样。

“我现在是加拿大魁北克镍矿资源保护基金会的亚洲代表，”李东说，“为了更好地保护好魁北克的镍矿资源和生态资源，我们基金会也会在适当的时候做一些投资。”

“是投资还是投机？”王星焰问。

李东愣了一下，说：“都一样，投资也是投机，投机也是投资。其实一切投资都带有投机的性质，投资的最高境界就是投机，如果能投机，谁愿意投资呢？”

“那不一定，”王星焰说，“投资的风险小，投机的风险大。”

“风险小了回报率也就小，”李东说，“风险大了回报率也就大，这就是经济学当中的一个最基本的原理，叫作风险与收益对称原理。”

“行了行了，”王星焰说，“你不要跟我说原理了，你就说是怎么做吧。”

“好，我说正题。”李东说，“简单地说就是我准备参股你的万利通，这样对我们双方都有好处。”

“说说看。”王星焰鼓励道。

“我已经研究了你的公司，”李东说，“并且还研究了你这个人。不瞒老兄，我能够争取到亚洲代表这个机会，还就是因为我们俩是同班同学。”

“说正事。”

“好，说正事。”李东说，“根据我们的研究，认为你现在关键是要套现，具体地说就是想尽快地把自己的资源变成现金，这样，你等于把今后几年甚至几十年的利润先支取了，将来万利通如果经营得好，你继续得好处，如果万利通经营得不好，反正你早回本了，没你什么事。”

王星焰心里一炸：怎么自己的想法他们都知道了?！但是嘴上却说：“这我倒没有这么想过。我只是想着我就是万利通，万利通就是我。万利通就是我的事业，万利通好，我就好，万利通不好，我也好不了。如果没有万利通，我活着还有什么意思?”

“好了好了，”李东说，“这套话你对那些小股东说，对你的员工对你的马仔说，别跟老同学来这一套。当初你那个日记本往桌子上一摆，我就知道你是什么意思，就琢磨着怎么放倒你，知道了吧?”

王星焰又愣了一下，仿佛是被什么东西刺了一下。

“一码归一码，”王星焰说，“小时候是小时候，现在是现在，现在我真的没有你想的那么复杂。”

“好，”李东说，“就算你单纯，那么我就班门弄斧教你复杂一次。转让一部分万利通的股份给我，一方面你立马套现，另一方面可以正好炒作一把。‘外资介入’肯定是个不错的题材。只要股票的价格炒上去，你马上来一个分红派息，自己给自己分红，把公司的钱安全合法地装到自己口袋里，还可以冠冕堂皇地说‘给股东最实在的回报’，多好。”

王星焰以为自己在做梦，一定是自己心里面想这个问题想疯了，所以就做了这么一个怪梦。如果不是琳娜这时候进来，王星焰真的就以为自己在做梦了，并且还要继续做下去。

琳娜进来是提醒时间的，提醒王星焰中午还要跟韩总吃饭，提醒得很礼貌，问王星焰要不要取消中午跟韩总的饭局。王星焰看看李东，好像是有点犹豫不定，李东说：“你照去，不要轻易取消约会。我一两天走不了，中午你该干啥干啥，我们晚上接着聊，晚上我们再聚，我请你。”

“当然是我请你。”王星焰说。

“我就是这个意思。”李东笑了，笑得很开心，仿佛是打赌赢了。

5

李东走后，王星焰带着琳娜一起去特区饭馆，去那里跟南海基金的韩总吃饭。本来这样的饭局琳娜是不参加的，但是今天例外，因为今天要见的这个韩总李东并没有见过面，是琳娜的关系，或者说是琳娜帮着王星焰牵的线，所以当然少不了琳娜。

韩总这样的人现在吃香，不是一般的人想见就能见到的。王星焰约了几次没有约上，今天好不容易约上了，还是个中午。王星焰一路想着心事下楼。已经坐到了车上，突然问："为什么安排中午？"

琳娜愣了一下，说："晚上韩总要陪厦门来的副市长，您忘了？"

"哦，是，是的。"王星焰说。

王星焰突然有点不想见这个韩总了。他妈的，有什么了不起的，王星焰想，不就是一个打工的嘛，高级打工仔，还在我面前摆谱。

王星焰约韩总吃饭是有目的的，具体地说是想让韩总帮着关照一下万利通。这年头，只要基金关照哪只股票，哪只股票就像是朝中有人，亏不了，所以现在这些基金的老总们一个个神气得不得了。但是今天上午李东自己找上门来了，李东来了要谈购买万利通股份的事情，如果果真如此，那么还真是一个"外资并购"概念，吃香得很，万利通不但不会跌，而且很可能还会掀起新一轮的飙升，如果这样，王星焰想，我求你他妈的南海基金个屁呀。

这么想着，王星焰的腰板马上就直了一些，要不是考虑做事情善始善终和留一条后路，真的就说不去了。

到了特区大酒店，来到预订的房间，没想到韩总已经到了，不但韩总到了，而且琳娜的哥哥也已经到了。王星焰这时候才知道，原来琳娜的哥哥跟韩总是同学。

王星焰见客人已经先到了，心情马上就好起来，就感觉客人并没有小瞧他，就感觉这个韩总也不是什么"他妈的"了。于是马上上去又是握手又是抱歉，抱歉自己来迟了，几个原本并不认识的人，立刻热情得像是多年不见的老朋友。

“差点我就想改在晚上，”韩总说，“又怕不礼貌，所以还是中午来了。”

“是吗，”王星焰说，“没关系呀，晚上更好啊。”

“我也是刚接到消息，”韩总说，“厦门那边出了点事，市长下午就走，正好，晚上我也不用陪了。”

“也不要高兴得太早，”王星焰说，“厦门市长是走了，说不定长沙市长下午又来了，你还得陪。”

于是几个人都开心地大笑，饭局还没有开始，气氛似乎就已经接近高潮。

其实王星焰这样说也不纯粹是开玩笑，甚至也不纯粹是奉承，如今是这样的，政府官员都喜欢跟老板交朋友。万利通上市不久，正好赶上家乡的那个市来深圳搞招商活动，王星焰还没有打算到家乡去投资，就已经被安排在市长的旁边，俨然成了市长最重要的宾客，而且市长也像今天他们几个一样，一见如故，像是老朋友。王星焰有一个外甥在下面的郊县当政府办公室主任，一直想往上挪一档，找了很多关系也没使上劲，那次王星焰就顺便跟市长提了一下，马上问题就解决了，弄得王星焰现在想不跟市长做朋友都不行了。

王星焰今天跟韩总和琳娜的哥哥也就是打算先交一下朋友，联络联络感情，如果没有李东上午说的那档子事，或许王星焰还想着有求韩总，请韩总在二级市场上关照一下万利通，如果那样，王星焰或许还就放不开了，现在有了李东，有了李东这档子事，王星焰就没有什么事情有求于韩总了，至少暂时没有什么事情有求于他了，既然没有什么事情有求于他了，那么王星焰就彻底放开了，该吃就吃，该喝就喝，该说就说。但是关于李东说的那件事情他没有说。到底是做老板的，哪些事情该说，哪些事情不该说，哪些事情能说，哪些事情不能说，他还是知道的。不但知道，而且还能控制得住。像现在，他就知道李东的事情不能说。不但现在不能说，而且他还想到了这件事情不能跟琳娜说，因为如果跟琳娜说了，那么就等于跟韩总说了，谁让她哥哥跟这个韩总是同学呢。以前王星焰只知道琳娜的哥哥在政府工作，还并不知道这个在政府机关工作的哥哥在金融界有这么多千丝万缕的关系，看来这以后还要注意点了。

王星焰这样想并不是怀疑琳娜会出卖他，而是担心她会在不经意当中走漏了消息。王星焰发现，现实生活中许多人传话传出来是非，其实并不一定是传话人存心想怎么样，而是无意中说漏了什么，所以，最好的防范就是缩小知情者的范围。王星焰以前就经常碰到这样的事，某一个人把秘密告诉另一个人，告诉那个人之后，又反复叮嘱："这件事情你千万不要说出去。"王星焰想，既然如此，干吗要把秘密告诉他呢？

当然，琳娜不是那种喜欢传话或容易走漏消息的人，但是最好的保密者还是根本就不知道这个秘密的人。王星焰现在就是要让琳娜成为根本就不知道他跟李东之间秘密的人。

事实上，琳娜是王星焰最满意的秘书。王星焰自己高台跳水下海当老板差不多整整十年了，十年里，换的秘书比他老婆换的保姆还要多，像琳娜这样一干就是两年的，还是第一个。琳娜气质好，能干，除了文笔过硬、精通电脑和外语没有问题之外，关键是她知道什么事情该怎么处理，或者说她知道事情的轻重缓急，知道处理一件事情的分寸。王星焰发现，有些能力是学不来的，好像是天生的，比如琳娜判断事情轻重缓急的能力和掌握分寸的能力，王星焰就发现不是通过学习就能掌握的。再说秘书吃的也是青春饭，等一个秘书通过学习把这些东西都掌握了，估计她也做不了秘书了。

王星焰对琳娜满意的另一个原因是琳娜不漂亮。王星焰发现不漂亮也是好秘书的一个重要的要素，秘书如果太漂亮了，不但老婆不放心，而且自己也很难保证坐怀不乱，说不定哪一天秘书就会自动转化为"小蜜"，秘书一旦转化为"小蜜"，那就不是原本意义上的秘书了。

这里还要特别说明一下，琳娜是原本意义上的秘书，既不是

“小蜜”，也不是董秘。万利通公司有董秘。和绝大多数上市公司的董事会秘书一样，万利通公司的董秘也是一个男的。王星焰发现，董秘应当是男的。按照《上市公司章程指导》，上市公司董事会秘书与上市公司的总裁副总裁一样，属于上市公司的高层管理人员，是代表董事会与公众和监管机构打交道的人，在某些事情的处理上，权威性甚至在公司总裁之上，这样的人当然大多数是男的，女的也经不住别人提问呀。而原本意义上的秘书最好是由女人做，男人往往没有这么好的耐心与细心，男人往往也不会心甘情愿地做“下人”，至少有能力的男人不愿意做“下人”，而没有能力的男人还做不了这种角色，所以必须是女人。但是又不能是太漂亮的女人，因为太漂亮的女人喜欢撒娇，喜欢撒娇的女人做事情不踏实，做错了事情你还不能批评她，因为她会把你的批评当作发嗲的契机，说不定就把角色搞混淆了，一不小心被老板当作“小蜜”，或者她自己把自己当成了“小蜜”。王星焰没有“小蜜”，至少现在没有了，现在王星焰是大老板了，是大老板就不需要有“小蜜”。王星焰发现，“小蜜”当中之所以有一个“小”，就是因为她是小老板的专利，大老板不需要，大老板应付身边的崇拜者还应付不过来呢，哪有心思去养“小蜜”？大老板身边往往自动围了一批真正崇拜他或假装崇拜他的女人，但不管是真正的崇拜者还是假装的崇拜者，大老板被崇拜者围着总比被“小蜜”缠着得意，所以大老板根本不需要也完全没有必要去养“小蜜”，比如现在的王星焰，就没有必要没有心思养“小蜜”，所以，琳娜是王星焰原本意义上的秘书，不是作为上市公司高级行政职务的“董秘”，也不是作为小老板情人的“小蜜”。

从特区大酒店回来后，王星焰跟他原本意义上的秘书琳娜说他要休息一下，没有什么重要的事情就不要叫醒他，然后，就躺在办公室的沙发上眯盹起来。

“眯盹”是王星焰家乡的方言，就是半睡半醒的意思，好像一边在睡觉，一边又在考虑问题，或者说是一边在思考问题，一边在做梦。王星焰发现，只有在“眯盹”的时候，他的思路才最清晰，因此，凡是遇上重大决策和重要思考，王星焰就要安排自己“眯盹”。比如十年前，王星焰的“第一桶金”就是在“眯盹”的状态下思考出来的。

1993年，王星焰作为人才被引进到海南，在海南省某部门下属的一家房地产开发公司担任副总经理。由于王星焰是副处级，所以只能做副总，但他是主持工作的副总。那时候海南的房地产生意非常好做，王星焰刚刚在澄迈的老城花三万块钱一亩买了一千亩海滩地，一转手就是五万块一亩卖出去。事实上那一千亩地到底在哪里他还说不清楚，买卖的只是一套批文和图纸，钱也只是付了一份定金，2000万就到手了。信不信由你，那时候的钱就是这么好赚。但那时候王星焰还不是老板，那时候王星焰赚的钱全部属于国家的，准确地说是属于某部门下属的那个房地产开发公司的。

2000万赚到手之后，王星焰站稳了脚跟。这时候，他考虑最多的一个问题是如何让自己个人的腰包也鼓起来。贪污王星焰不敢，贪污的风险太大了，这种红线不能踩。王星焰那段时间就天天动脑筋。王星焰动脑筋的时候，就使自己处于半睡半醒的“眯盹”状态，王星焰相信自己处于“眯盹”状态的时候大脑才特别的清醒，或者说才能冒出许多奇思妙想来。终于有一天，王星焰想通了：不是把国家的钱变成自己的钱，而是要充分利用自己掌握的国家的资源来为自己创造财富！这样才能来得安全和没有风险，也才能对得起自己的“良心”。

想通了之后，王星焰就疯狂地交朋友。王星焰发现疯狂地交朋友就可以充分地利用自己掌握的国家资源，比如自己作为“政府官员”的身份。那时候王星焰相信一个真理：朋友就是财富。他相信，朋友多了，他自然就能有发财的机会。果然，王星焰的慷慨大方和“政府官员”的身份很快就为他在当时的海南房地产界交了一大批朋友并取得了广泛的信任。这时候，他私下里为自己注册了一个公司。那时候海南提出了一个革命性的口号，叫作“以超常规的方法获得超常规的速度”，既然是超常规，那么注册公司就相当的容易，容易到根本不要注册资金，只要缴纳相应的费用就可以。

公司注册完毕后，王星焰找到一个好项目，是一个真正的好项目，就是比当初澄迈老城的海滩地还要好的好项目，但是这一次他并不打算让由他主持工作的公司做，而准备“自己做”，准确地说就是由他自己私下注册的那个公司做。

由于身份特殊信誉良好，在找好下家的前提下，王星焰与上家签订了“合作开发协议书”。所谓的“合作开发”，其实就是土地买卖，因为上家是拿固定回报的，并且固定回报要在一个星期之内拿足95%，只留下5%的尾巴，跟全部付清也差不多。由于王星焰“政府官员”的身份和前面所做的铺垫工作到位，对方并没有对王星焰的“三无公司”认真考察，稀里糊涂地就与王星焰签了合同。然而合同是签了，但王星焰并没有钱支付定金，而要是支付不了定金，上家是不会给他批文和红线图原件的，如果下家见不到这些原件也同样不会付给王星焰定金。王星焰还是玩不转。

王星焰想到了开空头支票，凭王星焰当时的地位和影响力，开个空头支票上家也会把原件给他，但如果那么做，王星焰不仅名声很坏，而且弄不好还要吃官司；王星焰也想要小聪明，故意将支票上的某个号码填颠倒，或将公司名称中某一个字写成繁体，但如果被人当场识破怎么办？对方也绝非等闲之辈，这些雕虫小技不一定骗得了他。思前想后，到手的钱不能不赚，要冒险，又要尽可能做到万无一失，于是开动脑筋，“眯盹”了整整一夜，终于想出了妙招。

第二天，王星焰按时来到对方公司，客客气气拿出空白支票，递给对方，说：“这东西我总是填不好，错一点都不行，劳你大驾了。”对方接过去看看，说：“我也填不好。”然后叫来会计，要她填。这是王星焰预料之中的，如果对方自己填，就显得太小气了。会计在填写支票时，王星焰与对方说着闲话，说这块地皮周围的环境和发展前景，说省委省政府班子可能要变动，说中国城马上就要开张，听说老板从俄罗斯搞来一批大洋马。说着说着，红线图和批文原件就已经到了王星焰手上。当然，王星焰绝不会抓起就跑。这时候会计已经将支票填写好，王星焰接过来非常大度地略微瞟了一眼，马上就“爽快”地盖章，先盖财务专用章，再盖自己的印鉴章，反正整个公司都在他身上装着。盖完后，递给对方，说：“你再看看?”对方说不用了，一边将王星焰盖了印的现金支票交给他的会计，一边对王星焰说：“晚上聚聚?”王星焰边将批文和红线图往公文包里装边说：“今晚不行，下午我要去北海看块地，明天吧，明天是周末，我请你。”对方说：“还是我请你。”王星焰说：“一样。”这时候，王星焰与对方击掌握手，王星焰就要出门了，但他的账上几乎一文没有！突然，王星焰转过身来，仿佛又想起了什么，将手伸向会计，说：“我再看一下。”接过支票，边看边说：“这东西一丁点都错不得。”对方和他的会计显然是被王星焰认真负责的态度感动了，根本就没注意王星焰的手指“不经意地”在自己的额头上有一个轻轻捋过的动作，这是王星焰“眯盹”了一夜精心策划的动作！也难怪他们没注意，在炎热的海南，这是个人人都会有的习惯动作，但它却帮王星焰在支票的关键地方留下了一点小小的水迹。够了！

拿到批文和红线图，王星焰以最快的速度跑到下家，签合同、收支票、交批文和红线图。

当王星焰在银行办理入账手续时，“大哥大”响了，是上家打来的，王星焰任它响，先办完手续再说。办完手续，王星焰主动回过去电话，问他什么事，对方说支票有问题，王星焰说：“不可能呀，我们不是反复看了吗?”对方停了片刻，说真有问题。王星焰问什么问题。他又停了片刻，说大写的数字上有汗迹。王星焰问什么汗迹。他说可能是会计不小心弄上去的。王星焰“噢”了一声，马上安慰他说：“没关系，我给你重开一张就是。”接着，王星焰开玩笑地说：“这回你可要她小心了。”对方显然比王星焰紧张，问王星焰现在在哪里，他带财务过来，现在就重开行不行。王星焰想了想，说：“我现在过海了，在去湛江的路上。”对方说你不是说要去北海看地吗，王星焰说：“是的，但今天海口没有飞北海的航班，我就先来湛江，湛江的半球集团对我们刚才成交的那块地有点兴趣。”王星焰又补充说：明天就回来。

事后证实，幸亏王星焰没说去了北海，对方给王星焰打电话时，已经追到了机场，发现当天没有去北海的航班，才紧张出一身汗。

第二天下午王星焰“回到”海口，马上就给对方打电话，对方约王星焰在东方娱乐城吃饭。酒足饭饱，王星焰一点手脚都没做地在新支票上盖了章，收回那张沾上汗迹的旧支票。王星焰将它留着做永久的纪念。王星焰想，等你们星期一去银行入账时，我那笔进账该到了。

从那以后，王星焰就特别相信“眯盹”，并且也确实是“眯盹”伴随着他一路成长。值得一提的至少有三件事，一是“做大”，二是“进军高科技”，三是“上市”。至于今天李东跟他谈的这件事情，当然也很重要，但是毕竟还没有实际发生，只是一种设想，所以暂时还不能把它算在内。

6

淘到第一桶金之后，王星焰就没有必要再在从副处到正处的道路上做艰难的攀登了。王星焰甚至发现，正处这顶帽子现在基本上已经演变成车把式手上的那串胡萝卜，主管领导一直举着它在王星焰的眼前晃来晃去，每次谈话的时候都要有意无意地提那么一两句，无非是“你好好做，等时机成熟了……”一类的陈词滥调，仿佛是在胡萝卜的表面又刮了一次皮，露出了更鲜的表皮，存心让王星焰看了眼馋，但就是不往王星焰嘴里面送。算了，王星焰想，老子干脆不吃了。这一桶金能换多少胡萝卜呀，够吃一辈子的了。

后来的发展证明，王星焰的决定是英明正确的，不但对他自己有利，也对国家有利。如果当初王星焰不是决定不吃那串鲜亮的胡萝卜，而是继续等，那么他肯定就要继续运作，只要继续操作，就肯定还是继续买卖地皮或项目，如果那样，那么他们公司肯定就要被套死了，不仅把以前赚的利润赔进去，还要把国家的本金赔进去。当初海南这样的例子并不新鲜。因为就在此后不久，国务院颁发了一个关于整顿房地产市场六条措施，海南的房地产一夜之间来了个一百八十度的大转弯，几乎所有的炒家全部被套，从此之后永世不得翻身的也不在少数。但是有一个人没有被套，或者说有一个公司没有被套，这个人就是王星焰，这个公司就是王星焰担任副总经理主持工作的那个公司。事实上，在王星焰想着自己下海的那段时间里，他基本上就暂停了项目的运作。王星焰当时的想法非常简单，自己下海之后，干干净净地给继任者留2000万的利润放在这里比什么都好，好看，直观，而且还没有任何拖泥带水的事情。如果是买了一个项目，那么后任肯定会认为他在这样项目中拿了好处，那么今后只要这个项目遇上了一点麻烦事情，肯定还要来找他，所以王星焰那段时间就没有运作，并且想好了，一旦主管领导再亮出那串胡萝卜，王星焰当场就说：你留着自己吃吧。当然，领导并没有再亮出那串胡萝卜，王星焰也没有对领导说让他自己吃，王星焰主动辞职了，主动下海了。但是正因为王星焰那段时间没有运作，所以才使他们公司躲过了那场大萧条，甚至就是到现在，原单位的人还念叨王星焰的好，所以当初海南房地产界的朋友至今还传诵王星焰的神奇。其实只有王星焰自己知道，神奇个屁，歪打正着。

下海之后的王星焰来到了深圳，因为那时候他们在海南房地产界的大多数朋友都来到了深圳。当然，也有出国的。王星焰也想到要去国外，但是想到自己大学毕业之后费那么大劲也没有出得了国，现在已经淘到金了，不需要再到美国去刷盘子，也不要再到日本去背死尸，还是随大溜来深圳吧。

王星焰到深圳之后，马上就感觉到了深圳与海南的不同。深圳也热，但是热得有道理，热得有章法，而且是多点开花，不像当初海南房地产一枝独秀，一旦国家宏观调控银根紧缩，马上就迷失了方向。王星焰现在回过头看当初的海南，大家多少都带有赌的心态，赌国家既然建设这么大的一个特区，肯定会给一个比深圳更“特”的政策，比如进一步开放，一直开放到泰国和澳门那样的程度，后来发现不是那么回事，于是又集体失去了信心。不像深圳，深圳背靠内地，面朝香港，只要一国两制存在，那么深圳就必然充当两种制度的桥梁，别的不说，就是过境贸易过境人员和来料加工这一块，也足以维持她的繁荣，加上国家对她特别关照，居然把证券交易所放在这里，一下子活跃了资本市场，又占了赤湾和盐田两个良港，可以充当江西和湖南的出海口，所以，深圳的繁荣是建立在坚实基础上的。正因为如此，当初在海南拼搏过的那些人，一到深圳，马上就感受到了春天的气息，那些比王星焰早一步到达的人，已经沿深南大道一字排开，跑马圈地，破土动工，一下子就把王星焰想做大的欲望给烧起来了。

所谓“做大”当然就是当大老板，其实人人都想做大老板，但是绝对不是人人都能做大老板的。不但绝大多数人根本做不了大老板，而且绝大多数人对大老板是怎么回事可能都不知道。在绝大多数人看起来，什么是大老板，有钱就是大老板。错了！大老板不一定要有钱，有钱的也不一定就是大老板，事实上，很多大老板一分钱没有，不但一分钱没有，而且还欠了一屁股的债，甚至比一般的小老百姓还穷，但照样是大老板。为什么？因为他“做大”了。对，“做大”就是大老板。

“做大”是老板们的行话，在老板的圈子里，不说谁有钱谁没有钱，更不说谁有多少钱，只有老百姓才关心谁有钱谁没有钱，谁有多少钱，而老板们不关心这个，老板们关心的是你做得有多大，或者说关心你资产规模有多大。举个小例子，同样是开饭馆的老板，张老板的饭馆有二十张台，王老板的饭馆有八十张台，不用说，王老板肯定比张老板“大”，至于王老板开饭馆的钱是不是在外面借的，甚至说王老板的大饭馆是不是真的比张老板的小饭馆赚钱，别人不管。所以，真正的老板都有一个共同的特点，就是想“做大”，而且越是大老板越想“做大”，如此才能实现资本的滚雪球现象。

美国《财富》杂志曾经做过一个调查，调查老板与老百姓的根本差别在哪里，最后的结论是：价值观。具体地说，就是普通人想着有钱，老板想着“做大”，如果按照普通人的想法，比尔·盖茨早就可以收手不做了，那么有钱了，子孙万代都用不完了，还做干什么？难道比尔·盖茨现在还是为了挣钱？当然不是。是什么？是想做大。想“做大”是一切老板的本性。王星焰虽然不能跟比尔·盖茨相提并论，但是他们的心态是一致的，就是一心想着“做大”。

实践证明，开发房地产是实现“做大”的最佳捷径。香港的李嘉诚是靠做塑料花起家的，但他是靠房地产做大的。深圳的王星焰是靠做私活起家的，他也是靠房地产开发做大的。这里要注意，“房地产开发”跟“炒地皮炒项目”不是一回事。“炒”赚的是差价，“开发”赚的是“做大”。这是王星焰悟出的道理。王星焰“做大”的欲望被烧起来之后，并没有急于动手，而是“眯盹”，眯盹了一个多月之后，“眯盹”出一个道理：“开发”房地产相当于开银行。开银行了还不是“做大”了吗？

王星焰当时只有一两千万，只要开发一个房地产项目，马上规模就做到一两个亿，这就是“做大”。至于他这个价值一两个亿的楼盘当中到底欠了施工队多少钱，又欠了材料供应商多少钱，没关系，房产证上反映的只是王星焰的名字，或者是王星焰的公司的名字，不可能再加上施工队和供应商的名字。如此，在其他老板的眼里，甚至是在银行行长的眼里，王星焰就不是只有一两千万的老板了，而是资产规模上亿的老板了。

事实情况也大抵如此。王星焰“眯盹”清楚之后，立即跟广州军区企业局合作，开发了一个楼盘项目。企业局出地，地价省了，或者说地价暂时不用立即支付了，王星焰实际只花了一些用于规划设计和报建的费用，然后就是一天到晚坐在奔驰600里面到处乱跑，最后土石方工程和土建工程都有人垫资干。打桩的时候搞“内部认购”，正负零的时候开始卖楼花，主体工程完工的时候正式发售，正经的钱他几乎一分钱没有掏，“以楼养楼”，一栋大楼就起来了，至于这栋大楼当中到底有多少要返还给企业局，至于他返还给企业局的到底是现金还是直接分割楼盘，至于他的售楼款当中到底有多少需要支付给施工单位和材料供应单位，至于他是不是还欠了人家设计院的设计费和报社的广告费，甚至还拖欠了多少税款，别人不知道，至少跟他一起从海南来的那些做房地产的老板们不知道，金融界的朋友们也不知道，或者说这些东西人家并不关心，但是有一点大家是知道的，那就是：王星焰开发了一栋大楼！从此，王星焰就是大老板了，他在朋友圈子里面的信用等级以及在银行的信用等级都会从 B 级上升到 A 级，甚至是 AA 级。因此，王星焰的下一个项目就可以做得更大。或许他的实际资本并没有增加多少，但是他的负债能力却提升了十倍。至于负债能力有什么用，老百姓不懂，老板懂。这么说吧，在老板们的算盘里，一个人到底有多少钱属于他自己的并不重要，关键是看他能实际控制和掌握多少钱，负债能力强，表明他能控制和掌握的资金就多，他就是大老板了。

这就是“做大”。王星焰就是靠“眯盹”悟出了道理，然后迅速地做大了，终于成了大老板。

7

成了大老板之后，王星焰又迅速做了几个房地产项目，使“大老板”更加名副其实。相当于原来的“大老板”只是一个框架，现在被真材实料塞满了。这个时候，王星焰开始想到了进军高科技。

王星焰要想做得更大就必须进军高科技。首先，王星焰的公司并不具有房地产的开发资格，所以严格地讲，王星焰并不是真正的开发商，而只能算是投资商，只能以合作开发的名义挂靠在具有房地产开发资格的公司下面，这样就很难真正做大。其次，即便王星焰真的做大了，财大气粗了，可以想办法争取到房地产开发资格，或者干脆就花大价钱收购一家具有开发资格的房地产开发公司，国家也不支持私人房地产公司上市，公司不能上市，多数是很难真正成气候的。要想成为上市公司，必须打高科技这张牌。第三，特区内已经几乎没有闲置的土地可以开发了，勉强开发，成本太高，利润空间已经大不如以前，所以必须寻求新的发展空间。因此，王星焰进军高科技似乎是必然的选择。正因为是必然的选择，所以王星焰才没有仔细地“眯盹”考虑，所以一开始他走了不少的弯路。

王星焰的第一个弯路是投资一个农机项目，项目推荐人是当初他在建设兵团时候的一个忘年交。

王星焰在建设兵团的时候，其实并没有正经地做什么农活，而是一天到晚忙着文艺宣传队的事，在宣传队拉二胡，在宣传队当乐队队长，在宣传队编一些小剧等等。但是宣传队是临时性机构，并没有固定的编制，所以，当时王星焰的关系还是挂在下面连队，在农活最忙的时候，甚至还要回连队劳动一段时间。连队离团部远，来回不方便。这时候，他们乐队拉小提琴的老丁主动张罗着帮他调到他们连。如果能调到老丁他们连，当然最好，老丁在机械连，机械连就在团部边上，不但往返方便，而且即便回连队劳动，也不会做农活，可以捣鼓捣鼓拖拉机之类，总比做农活轻松和有兴趣。老丁说话算数，说调还就真调了。原来，拉小提琴是老丁的业余爱好，他的正经职务是机械连连长，并且他的资格非常老，据说如果不是他的兴趣不合潮流，现在的职务不在团长之下。这话王星焰相信，要不然也不会放下一个连队的工作不管，跑到宣传队来跟一帮小青年凑热闹的。

王星焰关系调到机械连之后，与老丁的关系自然就相当不一般。在宣传队，王星焰是老丁的领导，在连队，老丁是王星焰的领导。他们约定，互称老丁和小王，不要称职务了。

老丁是个喜欢动脑筋的人，或者说是个喜欢捣鼓技术的人，按他的资格，行政十九级，本来完全可以在团部挂一个副团虚职，但是他喜欢捣鼓机械设备，于是坚决要求下到机务连，到了机务连也不抓行政管理，还是一头钻到业务上，搞了不少的小改革小发明。

别的连队，连长和指导员总是合不来，合不来的原因是都想争权。那时候连队很有权，入党、提干、推荐上大学、推荐招工等等，第一关就是连队。当时机务连没有这个问题，机务连一切由指导员说了算，连长老丁不是捣鼓小提琴，就是捣鼓农业机械，乐此不疲，根本就不想揽这些权。王星焰到了机务连之后，按照现在的标准，相当于是“连长助理”，没有具体的工作，就是一天到晚跟老丁泡在一起。宣传队有活动的时候他们俩一起在宣传队，宣传队没有活动的时候他们俩一起在连部。王星焰跟着老丁不仅学会了开拖拉机和汽车，而且还弄懂了许多机械原理。恢复高考之后，王星焰顺利地考上大学了。王星焰因此就非常感谢老丁，感谢老丁在他复习备考的时候给予了许多关照，感谢老丁教给他那么多机械知识，使王星焰的物理考试得心应手。老丁说：“跟你讲实话，就是不恢复高考，你也照样上大学。”王星焰问：“凭什么?”老丁说：“就凭我们俩的交情，我还不推荐你上大学?”这话王星焰也信，信老丁跟他的交情，信老丁不但在连队说话算数，就是在团部说话也算数，老丁要是推荐他，错不了。

其实，王星焰真正要感谢老丁的，应该是在王星焰入党的问题上，因为王星焰的入党几乎是老丁一手包办的。

当时王星焰虽然主要工作是在团部宣传队，但是编制在连队，具体地说就是在老丁当连长的机务连，因此，王星焰入党的问题，只能在机务连解决，而机务连跟其他连队不一样，其他连队是知识青年多，机务连是退伍军人多，并且大多数都是从越南回来的汽车兵，每次打篮球的时候，穿的背心上面都印有“抗美援越”的字样，仿佛是展示他们昔日的辉煌。那时候兵团的退伍兵跟知识青年之间多少有点矛盾，也没有什么大矛盾，就是有点互相看不起，这点小矛盾平常没有什么，但是到了诸如入党提干这一类敏感的时刻，就暴露出来了。比如入党，入党的关键一关就是支部大会讨论通过，王星焰第一次支部大会讨论就没有通过。没有通过是必然的，王星焰是知青，不是退伍兵，而且几乎没在连队正经劳动一天，还有这么多从越南回来的退伍兵没有入党，怎么能轮到他？事实上，当初小组讨论的时候，就差点没有通过，是老丁在里面做工作，老丁说：“没有劳动怎么了？什么叫劳动？宣传毛泽东思想不是劳动？当初你们部队上有没有文工团？是不是文工团的人就不能入党？”老丁毕竟是连长，老丁一认真，小组就通过了。但是，到了支部大会就没有这么便当了，支部大会讲究民主，只要有一个人坚决反对，老丁都没有办法。再说，反对王星焰入党的人何止一个两个呢？

第一次支部大会没有通过后，老丁没有说话，而是一屁股坐到指导员家，并且坐下来就不走，一个劲地抽烟，抽他自己带的烟，也抽指导员敬给他的烟，连指导员老婆一个接着一个哈气也装作没看见。

“行了，”指导员说，“我去做工作。”

指导员在越南的时候就是连长，知道连长跟指导员的关系，所以，老丁的面子他一定给。

就这样，王星焰才入了党。

王星焰是个念旧的人，这些年无论是在上大学，还是在科研单位搞技术或当主任，以及后来在海南做生意，在深圳当老板，都与老丁保持着联系。王星焰成为大老板的时候，正是老丁离休的时候。离休之后的老丁仍然闲不住，竟然将自己以前捣鼓的一些东西申报了专利，并且在电话中向王星焰透露了想把专利产品变成商品的意向。

“要多少钱？”王星焰问。

“几十万吧，”老丁说，“钱少就小干，钱多就大干。”

“这样，”王星焰说，“我先给你十万，先做着，尽可能设计得更完善。”

“不能说给，”老丁说，“算借吧。”

王星焰想了想，说：“借不行，借钱你压力太大，干脆算我投资吧。”

“好好好，”老丁高兴地说，“算投资算投资。”

其实不管算什么，王星焰给了之后根本就没有打算让他还，甚至也没有图什么回报，因此，他们之间连一个协议都没有，甚至王星焰都不知道老丁投这十万块钱到底开发什么产品。十万块钱，对王星焰来说也太不值得大惊小怪了，冲着老丁的面子，怎么说也不止十万块钱。

十万块钱很快就花完了，光是做一套模具就要十二万。

老丁在电话里面把情况跟王星焰说了，王星焰二话没说，又给了十万，反正现在银行电汇方便得不得了，二十四小时就到。直到先后给了六十万之后，王星焰才觉得这事有点不合规矩，至少应该弄清楚老丁到底是做什么，加上这时候王星焰正好想进军高科技，并且知道如今高科技已经改叫“高新科技”了，把“新”也包括了进去。老丁不一定能折腾出什么高科技，但是“新科技”应该是没问题的，要是连“新”都谈不上，还折腾干什么？于是，王星焰专程回去一次，想着如果产品市销对路，干脆多投入一些，不但投钱，而且投精力，甚至可以考虑把厂子建在深圳，建在深圳高新技术产业园区，做好，做大，做上市。

回去一看，非常失望。

原来，老丁投资的是一种农用喷雾器，与传统喷雾器相比，主要的改进是安装了一对脚踏泵，具体地说就是配了一双特制的鞋子，鞋子的脚后跟是脚踏压力泵，操作的时候，利用人在行走时候的脚力作用，产生气压，这个气压通过两根导管从人的脚后跟通到背后的压力容器上，如此，就不需要专门用一只手来不断地加压了，两只手都可以用来掌握喷杆，可以一个喷雾器上同时接两根喷杆，不但功效提高一倍，而且鞋跟部的压力泵巧妙地利用了人体在行走过程中产生的压力，不需要额外的力，可以说是“废力利用”，使人更加轻松，走起来还一弹一弹的，蛮好玩。王星焰还特意试穿了一次，蛮好玩。

好玩，但是不好用。在水泥地上走几圈还可以，如果下到地里，高一脚低一脚，还有土坷垃，不把农民的脚给崴了？再说，水田肯定是不能用了，只要一沾上水田里面的烂泥巴，马上就把脚后跟给糊住了，弹起来之后没有办法回位，而现在中国农村大多数地方是夏天种水稻冬天种小麦，总不能让一户农民买两套喷雾器吧。再说两个脚泵蛮复杂，保本的价格也要一百多块，比传统的喷雾器贵多了，所以生产出来后，一台还没有卖出去。

“不怪你，”王星焰说，“怪我，是我自己没有弄清楚是怎么回事就乱投资，怪我。”

“什么叫‘乱投资’？”老丁一听不高兴了。

“我这就是乱投资，”王星焰说，“我讲过了，不怪你，你千万不要有什么不过意。”

“我没有什么不过意的，”老丁说，“怎么能叫‘乱投资’呢？我这可是被授予国家专利的。”

王星焰愣了一下，想了想该怎样措辞才不伤害老丁。

老丁见王星焰不说话，更加坚信真理在自己这边，说：“不投资可以，但是你不能侮辱我的东西。”

王星焰又愣了一下，并且又想了想，才说：“不存在‘授予专利’的问题，专利不是荣誉，甚至不能代表你的东西先进，专利只是表明你所申报的技术在国家专利局还没有被申报过。”

“你说什么？”老丁的声音大起来，“国家专利还不能代表技术先进？既然不能代表技术先进，国家为什么会授予我专利?!”

既然已经对上话了，王星焰也就忘了礼貌，这时候王星焰见老丁声音大起来，他也提高了嗓门，大声说：“我说过了，不存在‘授予专利’的问题。专利就是你申请，专利局受理，是‘受理’，‘受理’与‘授予’有本质区别!”

“受理就是授予，”老丁说，“电视上经常说‘授予专利’。”

“那是误导。”王星焰说。

“中央电视台也误导？”老丁说。

“我不敢说中央电视台误导，我是说电视广告是误导，与哪个电视台无关。”

“可‘授予专利’是中央电视台的广告上说的。”

“那只能说明电视台广告部的人无知。”

“无知能上中央电视台?”老丁不服。

“行了,”王星焰说,“我不跟你说那么多了,我说过了,不怪你,是我自己投资不慎。”

“恐怕你还想说交友不慎吧?”老丁说。

王星焰彻底愣了一下,想笑,笑不出来,想哭,又哭不出口。真是哭笑不得。

“这话扯远了,”王星焰说,“我们就事论事。”

“就事论事,你说,我这东西哪里不好?”

“好,我说,我说。”王星焰说,“第一,服务客户选择有问题,现在人民公社撤销了,国营农场也分田到户了,你的服务对象实际上是一家一户单个的农民,你知道中国的农民人均才有多少地吗?手压式的喷雾器就足够他们用的了,犯得着要这么先进的东西吗?农民买东西常常跟他们自己的东西比,你这一台喷雾器的钱是他们一季稻的钱,他们舍得买吗?”

“买不买是他们的问题,但是你不能说我的东西不好。”老丁还是不服。

“好,我再说第二点,说东西。”王星焰耐心地说,“东西没有什么好不好的,关键看实用不实用。你这东西好坏先不谈,单就背在身上,脚后面还拖了两根管子,脚底下还一弹一跳,一手握一根喷杆,搞得像电影上防化兵一样,你自己背着到地里面走一圈看看。”

老丁不说话了,但是气还是老粗,像刚卸了套的老牛一样。

王星焰见老丁已经冷静下来,最后心平气和地告诉他:专利只表明某项技术的独一无二性,不能代表先进性,即便有些专利技术确实具有先进性,那么也不能代表它具有实用性,更不能代表它具有商业开发价值。

不管怎么说,王星焰的第一次投资新技术算是花几十万打了一个水漂。

8

接受教训，王星焰第二次投资高新技术立足于高起点，并且这次他打算亲力亲为。

这一次王星焰没有找老同志，而是找年轻人，他相信无论是新科技还是高科技，相对来说还是年轻人掌握得更快一些。不要说老丁了，就是王星焰自己，他都觉得自己已经老了，至少在开发和掌握高新科技方面是肯定不如年轻人了。

这一次王星焰搞的是真正的高科技，具体地说就是搞“超维纳斯”。

要说这事，还真与微软的总裁比尔·盖茨有关。那一年比尔·盖茨来深圳，在深圳五洲宾馆做了一个报告，鼓吹了他的“维纳斯计划”。所谓“维纳斯计划”，就是在普通电视机上面配一个机顶盒，电视机就可以上网了。这个计划曾经鼓噪一时，计划的基点是认为电视机已经在中国普及，但是电脑很难在中国普及，至少短期内不能普及，但是上网确实又是潮流，而且普通电视只要配上一个机顶盒之后，连 VCD 和 DVD 全部都省了，因为网上面什么电视节目都有，还用 VCD 和 DVD 干吗？想一想用一个 VCD 或 DVD 的价钱为电视机配一个机顶盒，电视机既能代替电脑上网，又能代替 VCD 和 DVD，多划算？讲究“划算”是全世界华人的共性。比尔·盖茨就是在研究了华人的这个共性之后才跑到中国来的，具体地说就是跑到中国的深圳来，来鼓吹他的“维纳斯计划”，因为深圳正好有一个高新技术产业交易会，相当于高新技术方面的广交会。在深圳鼓吹了，就等于在中国鼓吹了。

由于想着要进军高科技，所以那天王星焰也去了。别人去听比尔·盖茨的报告每张门票要一千块钱，王星焰没有花钱，王星焰不是在乎这一千块钱，王星焰在乎面子，王星焰觉得自己这样的人物还要花钱买票来听报告，实在是没有面子。为了这个面子，王星焰宁可交了两万块钱，抢着加入了深圳市总商会，并且担任了常务理事，然后接受深圳市总商会的“邀请”，作为特邀嘉宾隆重出席。没办法，老板也是人，是人就要面子。比尔·盖茨的“维纳斯计划”最后流产，就在于他对中国的文化没有吃透。他以为他了解中国人了，其实差远呢。他只知道中国人讲究“划算”，不知道中国人更讲究“面子”。其实比尔·盖茨没有研究中国的历史，比如中国当代史，具体地说是中国改革开放之后的历史。中国改革开放之后，人们的生活好起来，十二英寸黑白电视机迅速普及，这时候，自以为对中国文化研究得相当透彻的小日本高瞻远瞩，马上生产了大批十四英寸彩色电视机，谁知道一台都没有卖出去，亏大了。为什么？就因为中国人讲究“面子”，要不然不买，要买就一定要买十八英寸的彩电！其实在当时的电视节目制作水平下，彩电与黑白电视机的真正区别在哪里？就在“面子”。十八英寸的彩电当然比十四英寸的彩电“面子”大。如今上网也一样，上网是一种潮流，而潮流总是与时尚联系在一起的，既然讲究时尚，要不然就不上网，要上网就绝对不会用电视机上网，用电视机上网，多寒碜呀！所以，比尔·盖茨的维纳斯机顶盒和十几年前小日本的十四英寸小彩电一样，在中国几乎一台都没有卖出去，所谓的“维纳斯计划”当然夭折。如果比尔·盖茨研究了中国的历史，哪怕他只研究当代中国改革开放之后这二十年的历史，那么他就应当知道中国人的“面子思想”比“划算思想”更根深蒂固，那么他就不会鼓吹“维纳斯计划”了。

其实不仅比尔·盖茨对中国的文化研究不透，很多中国人自己对自己的文化也研究不透，包括王星焰。王星焰当时就觉得比尔·盖茨的“维纳斯计划”非常好，不仅认为非常好，而且还想积极参与，后来，他果然就投资搞了“超维纳斯”。“超维纳斯”，多气派呀，用王星焰当时自己的话说，这叫作“站在巨人的肩膀上”。谁站在巨人的肩膀上？王星焰。站在哪个巨人的肩膀上？比尔·盖茨。多牛！听了就牛。

那天在比尔·盖茨的报告会上，王星焰认识了倪铁，准确地说是倪铁认识了王星焰。

王星焰当时坐在贵宾席，倪铁来到贵宾席，挨个发名片。当然也就发给了王星焰。王星焰刚开始没有注意，这种情况太多了，每次出席公共活动，回来的时候总有一大堆名片，绝大多数回来就扔了，有些吃不准有用没用的就交给琳娜处理，只有极少数能真正进入王星焰的视野。这一次倪铁的名片就进入了王星焰的视野，因为这个名片非常特别，正面是公司的名称与倪铁的大名，背面是一句话。正面的公司名称是“超为纳思策划公司”，背面的话是“超维纳斯技术寻求资金合作”。由于王星焰对比尔·盖茨的“维纳斯计划”非常感兴趣，正愁着没有办法介入，所以倪铁的这张名片立即就引起了王星焰的关注。

事不宜迟，一个电话过去，先做了自我介绍，倪铁马上就反过来对王星焰发生兴趣。

“非常巧，”倪铁说，“跟比尔·盖茨的‘维纳斯计划’不谋而合。”

“技术上复杂不复杂?”王星焰问。王星焰这样问表明他非常内行，有些策划听起来非常好，真正做起来根本行不通，特别是比尔·盖茨搞的东西，是一般人想搞就能搞的吗?

“知道了就不复杂，不知道就复杂。”倪铁说。

“什么意思?”王星焰问。

“关键是创意，”倪铁说，“创意非常巧妙。”

王星焰愣了一下，倪铁的话让他不舒服。他觉得“维纳斯计划”是高科技，是技术活，不是什么创意就能完成的。不知怎么，王星焰对“创意”和“策划”一类的词没有什么好印象，总觉得虚头巴脑的，不实在。这时候王星焰再审视了一遍倪铁的名片，“超为纳思策划公司”中的“超为纳思”让他感兴趣，因为与“超维纳斯”同音，可见匠心，但是“策划”两个字让他感觉刺眼，不如直接叫

“超维纳斯高新技术开发有限公司”好。

“要不然见面谈谈？”倪铁建议。

“也行。”王星焰说，“你来我公司吧。”

王星焰报出了公司地址，并且约定了时间。王星焰心里想，在我自己的公司，你总不能把我卖了吧。别说，还真差点把他卖了。

倪铁来了之后，谈了他的超维纳斯计划。很简单，就是从证券公司营业部花几百元一台的价格购进大量的淘汰电脑主机，然后稍微改装一下，直接连接到电视机上。或者说，就是直接拿电视机当电脑的显示器。

“再差劲的电脑也比机顶盒强。”倪铁说。

王星焰显然是被说动了，一想，真是这么个理，淘汰的电脑也比机顶盒复杂。这还真是一个绝妙的创意，看来自己确实是年纪大了，思想保守，对创意和策划有偏见。

“你把这个秘密告诉我，就不怕我自己去做？”王星焰问。看来王星焰不仅被说动了，而且被感动了。

“不会的。”倪铁说。

“何以见得？”王星焰问。

倪铁笑了一下，说：“要看什么人。您这么大的老板，犯不着做小人的事情，再说我也不是漫天要价，您何必为一点小利背信弃义呢？不会的。绝对不会的。”

“你要多少‘小利’？”王星焰问。

倪铁又笑了一下，笑得蛮真诚，说：“我给您打工，具体帮您操办这件事，您按您公司部门经理的待遇待我。该奖励就奖励，该处罚就处罚。另外，为这个项目，我专门注册了‘超为纳思策划公司’，注册资本才10万元，如果可能，您拿10万把它收购过去，算是对我策划工作的肯定，也免得将来事业做大了，在知识产权问题上扯皮。”

“就这些？”王星焰问。

“就这些，”倪铁说，“我还这么年轻，能有10万还有一份好工作，我已经相当满意了。再说只要我真的有本事，将来钱是挣不完的，要是没有本事，您给我 100 万也没用。”

“好，痛快！”王星焰说，“我这就给你 10 万，马上把公司变更过来，变更成‘超维纳斯高新技术开发有限公司’，我给你保留 20% 的股权，你作为新公司的董事总经理，我们好好干一番。”

后来，王星焰当时的秘书还问他，既然对方没有要求 20% 的股份，您干吗主动给他股份？王星焰说：“问题就在这里。”

“哪里？”秘书问。

王星焰看看秘书，说：“没有这 20% 的股份，他就是‘对方’，有了这 20% 的股份他就是‘我方’了。如果这个项目搞不好，20% 的股份一分钱不值，搞好了，给他 20% 是应该的。”

据说当时那个秘书对王星焰的这番话推崇至极。

关于这个项目后来的命运就不用说了，既然比尔·盖茨都掉到了沟里，那么站在他肩上的王星焰能有好吗？还是那句话，不是技术问题，技术上一点问题没有，拿电视机当作电脑的显示器能有什么技术问题呀？外行也知道没有问题。关键是文化，是文化上出了问题，文化上出了问题，那么就是根本上出了问题，或者说是出了根本问题。失败是必然的。哪怕技术上非常合理，也行不通。

据说这次失败之后，王星焰才充分领略了文化的重要，并且他在商会和其他场合多次讲述这一段经历，讲述老板对中国文化研究的重要性，讲述企业文化建设的重要性。

9

两次投资失败后，王星焰清醒不少，同时也糊涂不少，这种既清醒又糊涂的状态，跟“眯盹”差不多。于是，王星焰就真的开始“眯盹”了。当然，就是那种半睡半醒的状态。做梦就是思考，思考也像是做梦。

实践再次证明“眯盹”之重要。通过“眯盹”，王星焰承认，老丁没有错，倪铁也没有错，错就错在王星焰自己。王星焰甚至由此推广，推广到凡是投资失败，打工的都没有错，错在老板自己，因为一切错误都可以归结为决策错误，而所有的决策最终都是由老板做出的，其他的一切人，不管是老丁还是倪铁，都只有建议权，甚至有鼓动权，但是绝对没有拍板权，最后的拍板人都是老板自己。那些出了差错之后把责任推给属下的老板，不是真正的老板，因为真正的老板应当明白，打工的其实是承担不了任何责任的，“承担”也是一句空话，大不了就是走人，像倪铁这样走人。让打工的承担责任，只能说明老板自己没有勇气，没有勇气的老板还能算是真正的老板吗？

如此“眯盹”了几天之后，王星焰慢慢开始清醒了，是那种“眯盹”之后的清醒。清醒的王星焰认为自己进军高科技的战略没有错，连续两次的投资失败也不是一点收获没有，特别是“超维纳斯”项目，几乎已经摸到成功的额头，并且通过这个项目，使他相信，在一定条件下，创意和策划还是有用的。恰好在这时候，琳娜应聘成为王星焰的秘书。琳娜成为王星焰的秘书在王星焰进军高科技的道路上起了至关重要的作用。

琳娜是王星焰从一百多个应聘者当中亲自挑选的。准确地说是被王星焰碰上的。也幸亏被他碰上，否则，如果完全任由人事部按部就班地搞，琳娜恐怕连初选都过不了。前面说过，琳娜并不漂亮，而在人事部那帮人的心目中，给老板配秘书，第一个条件就是漂亮，只有在漂亮的前提下才看其他条件，而如果不漂亮，其他条件连看都可以省了，直接让她回去等通知。当然，那肯定是一份永远也等不来的通知。不错，老板也是人，并且是男人，曾经还有人做过调查，调查显示老板的性能力甚至普遍超过一般的人，换句话说，“老板都是好色的”这句话有理论根据。王星焰是老板，并且也是男人，王星焰也不例外。但是，好色不一定非得找漂亮的女秘书，女秘书的主要职能是协助老板解决工作上遇到的问题，使老板的工作更加有效率，而不一定非得解决老板的性问题。老板的性问题有很多途径解决，并且在王星焰看来，真正的大老板根本就不存在性问题，就是有，那么也是“性过剩”的问题，既然“性过剩”，那么完全可以让秘书全职地解决老板工作上的问题。王星焰招聘琳娜来，就是要让她全职解决工作上的问题。既然如此，那么外表是不是漂亮就不是那么重要了。

后来的发展证明，王星焰挑选琳娜担任自己的秘书是正确的。从某种意义上说，正因为选择了琳娜，才有了万利通，才有了万利通的上市。当然，这个秘密只有王星焰自己知道，其他人一概不知。王星焰也不打算把这个秘密告诉任何人，特别是不能告诉琳娜本人。如果琳娜本人知道了这个秘密，她还不居功自傲吗？所以，王星焰会永远保守这个秘密。

琳娜当然不是她的真名，琳娜身份证上的名字叫林腊梅，但是自打有身份证开始，“林腊梅”就成了身份证的专用名字，除了身份证之外，其他场合一律叫“琳娜”，所以我们现在认识的也就是“琳娜”，而不是“林腊梅”。

琳娜是浙江人，但是长相和身材一点都不像浙江人，脸大，身架也大。大约是大得配套的缘故，所以看上去非常协调，虽然谈不上美，也不让人讨厌。事实上，现在在深圳，跟这些来应聘老板秘书的年轻漂亮的女孩相比，琳娜算是不漂亮的，但是当初在北京上大学的时候，至少她算是比较漂亮的，否则也不会分配到中资公司，然后又被派往香港工作了几年。正是香港的这段经历，对琳娜产生了深刻的影响，不仅使她具备了只有香港写字楼小姐才特有的那种气质，而且也使她开阔了眼界，所以，当香港工作任期结束被重新派回内地的时候，她没有急着回北京报到，而是在深圳做短暂逗留。短暂逗留的目的是看看有没有适合自己的发展机会。

那天琳娜在走廊上与王星焰迎面擦肩而过，一个不经意的非常有分寸非常有礼貌的礼让动作，使王星焰马上就意识到：这是标准的写字楼小姐，性格温和做事细心，有礼貌有分寸，肯定在国际大公司干过。其实走廊很宽，两个人相向经过时，根本不需要躲让，琳娜的那个礼让的动作，完全是一种习惯，习惯是装不出来的。正是这个习惯动作，使琳娜成为王星焰的秘书。

琳娜帮着王星焰做的第一件事情是整理王星焰的名片。在琳娜看来，老板的首要工作是处理和协调公共关系，而名片是公共关系的神经系统，所以她认为这件“小事”非常重要，而且比较好切入。

王星焰的名片整整一抽屉，既有政府部门高级官员的名片，也有酒楼领班的名片，杂乱无章，良莠不分。琳娜凭着自己的感觉和经验，将这些名片进行了清理。第一次清理是把感到特别没有用的和特别有用的分别放在两边，特别没有用的当然及时扔掉，免得侵占空间混淆主次，特别有用的专门放在一个名片夹子里面，并且赶在圣诞之前给他们寄贺卡，贺卡上面还钉上王星焰的名片。至于介于重要和不重要之间的，抽空又进行了二次清理和三次清理，并且将最终清理出的有用的名片按行业、按姓氏、按职位高低做了编排，使琳娜能在最短的时间内找出老板要找的名片，每次使用了这些名片之后，还专门在背面做简要记录。这件事情看起来简单，其实工作量相当的大，并且由于王星焰的名片太多，即使琳娜花费大量时间这样做了，也还是常常感到不尽满意。于是，琳娜照着电视上的广告替王星焰买了一个商务通，并且按照她的编排将名片的内容全部输入进去。

商务通确实比名片夹方便，储存量大，查找方便迅捷，用起来也时尚。有了商务通之后，王星焰甚至不需要琳娜帮忙，自己也可以随时随地查找出自己所需要的公共关系资料，甚至在兴趣来了的时候顺手就将新接受的名片储存进去。

这一天王星焰不忙，自己动手往商务通里面储存信息，储存着储存着就眯盹起来，眯盹起来之后，大脑中的两个板块突然被击穿了，连在了一起，他马上就惊醒了，让大脑中的商务通和“超维纳斯”在清醒的状态下继续碰撞，并且立刻就产生了火花——压缩“超维纳斯”的空间，扩展商务通的功能！于是，“万利通”的雏形形成了。

深圳虽然没有名牌大学和正规的科研院所，但是IT人才并不缺乏，因为如今的人才已经具备了候鸟的某些功能，哪里热往哪里飞，据说北京一所著名大学的导师在指导学生毕业之后的去向的时候，还总结出了“四项基本原则”：第一，在大城市和小城市之间，选择大城市；第二，在沿海与内地之间，选择沿海；第三，在南方与北方之间，选择南方；第四，在特区与非特区之间，选择特区。按照如此四项原则，深圳即使一所大学都没有，也会人才过剩。王星焰在自己的大脑中形成“万利通”的雏形之后，马上就通知发展部招聘IT方面的专门人才，并立即给他们下达任务，将老板的思想火花理论化、系统化、数据化、图形化和文字化。这些新招聘进来的人为了表明自己的能力，在最短的时间内完成了王星焰的构想意图，于是，一个新的掌中宝诞生了！

“万利通”名称借鉴于香港的“八达通”，香港的八达通是一种交通卡，由于“八达”读音跟“发达”相同，所以在香港很快就推广开来。王星焰因此就发现，名称相当重要，特别是当服务对象锁定在老板群体时，名称尤其重要，因为大部分老板都有点迷信。叫“万利通”就是为了迎合老板们图吉利的心态，便于推广。结果，万利通果然就迅速推广。

“万利通”其实就是一个缩小的电脑，从这个意义上说，它是受“超维纳斯”的启发，直接用电脑当掌中宝。王星焰发现，对于平常的一个人来说，根本用不了普通电脑那么大的储存量和那么多的功能，将其缩小完全没有问题。另外，与其他的掌中宝相比，万利通在外接接口上很下了一番功夫，使它非常方便地与普通电脑发生对接并资源共享。万利通采集到的信息，可以顺利地储存到普通电脑里面去，在普通电脑上经过加工处理之后，又可以再重新输入到万利通里面来，使普通电脑成为“小电脑”的支持体系。当时王星焰提出这个设计思想的时候，也有人提出反对意见，说这样麻烦，买了“小电脑”的人还必须再买普通电脑，开支大。王星焰坚持自己的观点，坚持的理由是：买万利通的人绝大多数已经有普通电脑了。并且重申自己的设计理念——万利通并不是要取代普通电脑，而是作为普通电脑的一个补充，或者可以理解为是普通电脑的一个能够独立开展工作的配件。

设计理念的对路为万利通开辟了广阔的市场空间，借助于当年深圳高交会（中国国际高新技术成果交易会）的东风，万利通来了一个铺天盖地式的广告，有人做了计算，说万利通当时单位时间内的广告密度，甚至超过八年前巨人集团投在“脑黄金”上的广告。万利通投入市场的当年，销售额就突破10亿大关。高科技加上销售额，加上王星焰的公关到位，马上就促成了股票上市流通，这才有了万利通今天的局面，这才有了王星焰的今天。

你说，这“眯盹”重要不重要？

10

王星焰现在又在“眯盹”了。王星焰今天“眯盹”的目的是琢磨李东，对，就是琢磨李文宝。一样。

根据王星焰的判断，李东肯定是醉翁之意不在酒，他的目的绝不仅仅是持股这么简单，背后肯定还会有更大的阴谋，有什么阴谋呢？王星焰“眯盹”了将近一个下午，也没有“眯盹”出一个答案来。这时候，琳娜敲门进来。说来真巧，琳娜一进来，王星焰马上就清醒了：管他什么个阴谋，先问问他，这样做对他有什么好处。如果他不能解释清楚这样做的充分理由，宁可不做。

“李先生来电话了，”琳娜进来之后说，“说晚上在特区报业大厦十四楼吃饭。”

“特区报业大厦？”王星焰问。

“特区报业大厦十四楼。”琳娜说。

王星焰没有想到特区报业大厦上面还有吃饭的地方，看来真是孤陋寡闻了。

“那上面有什么吃饭的地方?”王星焰问。像是问琳娜，又像是自言自语。

“要不然我再打个电话确认一下?”琳娜说。琳娜这样说，表示她也没想到特区报业大厦还是个吃饭的地方。

王星焰愣了一下，说:“行，不要打给李东，直接打给报业大厦，打听一下十四楼是不是有吃饭的地方，如果没有，再打电话给李东。”

“好的。”琳娜说。说完琳娜就出去了。这种事务性电话她是不会在老板的办公室打的，怕妨碍老板，也怕暴露老板的电话号码。

琳娜一离开，王星焰好像又糊涂了，感觉自己是不是在做梦。特区报业大厦是中国的第一报业大厦，不仅楼层最高，五十多层，而且智能化水平也是全国第一，外面传说光是楼宇智能化这一块投资就是上亿元，用智能化投资上亿元的大厦来做餐饮，那也太奢侈了吧?如果那样，还不如把其他几个报社也搬进来，比如深圳商报，比如深圳法制报。听说深圳法制报大楼就是因为智能化水平太差，准备推倒重建。如果深圳的几家报纸全部搬到特区报业大厦办公，肯定可以资源共享，便于管理，节省许多开支。王星焰弄不懂，为什么这边的智能化大厦用来开饭馆，那边又嚷嚷着智能化程度不够，要推倒重建?并且深圳商报已经重建了，深圳法制报要后来居上，这不是浪费吗?再一想，报社是公家的，钱一旦姓“公”，好像就轮不到哪个人去心疼了。

晚上见到李东的时候，王星焰问他:“深圳有这么多好地方，为什么偏偏选择报业大厦?”

“这里就很好呀，”李东说，“你看，不好吗?”

“不对，”王星焰说，“我是深圳人，都不知道这个地方，你怎么想起来选这个地方?”

“好，”李东说，“还是老脾气。那我就实话告诉你，中午从你那里出来之后，我没有回宾馆，直接到这里来了。关于股权转让的事情，肯定不是我们俩就能做成的，我得找券商咨询一下，所以就来这里了。”

“这里有券商?”王星焰问。

“这个你都不知道?”李东很吃惊，“好几家呢，你怎么连这个都不知道?”

“真的不知道，”王星焰实话实说，“我连这里能吃饭都不知道。”

“官僚主义，官僚主义。”李东说，“在我‘洋插队’的时候，你肯定是在做官，养成了官僚主义，现在自己当老板了，还是改不掉。这里吃饭的地方也是好几个，不仅主楼有，旁边那个副楼上也有，我中午就在那里吃的。”

“真的?”王星焰问。

“这还有假。”李东说。

王星焰不说话了，或者说他不想说这个问题了，他要谈正事。

“下午咨询得怎么样?”王星焰问。

“政策上没有问题，”李东说，“回来之前我们就研究过了，海外华人回国投资是没有问题的，而且万利通是属于市场竞争性行业，不属于保护范围，更没有问题。下午我主要咨询了有关操作技术问题，可以有两种方式，一种是外资直接投入，另外一种是先在国内注册一家公司，比如注册一家科技投资公司，然后再以这家公司的名义购买你的股权。”

“可以吗?”王星焰问。

“没问题，”李东说，“如果回国设立公司，不但没有问题，而且还受欢迎。我在国外的时候就知道，深圳还专门出台了深圳市人民政府《关于鼓励出国留学人员来深圳创业的若干规定》和《深圳市出国留学人员创业资金管理办法》，不但欢迎和鼓励海外留学人员回深圳创业，而且每年还有1000万元的专项资金，专门用于对‘海归’创业的补贴。”

王星焰一想，真是这样。这些天“海归派”已经成了新闻热点，前两天他还收到一份邀请，请他参加“深圳海归人士网球邀请赛”，王星焰想了半天，自己怎么算也算不上“海归派”，除非把“海归”解释为“从海南归来的人”，倒是他手下的一个部门副经理是从美国麻省理工学院毕业的，是不是搞错了？打电话一问，人家说没错，就是您，因为听说您即将获得美国哥伦比亚大学的学位。连这也算是“海归派”？看来，下一个打假目标应该瞄准“海归”。

“但是也有一点小问题。”李东说。

“哦？”王星焰不明白了，能有什么小问题呢？应该一点问题都没有才对呀。假“海归”都能被邀请参加网球赛，真“海归”回国创业还能有什么问题？

“主管部门希望我下个月再注册。”李东说。

“为什么？”王星焰问。

“下个月正好赶上高交会。如果能赶上高交会注册，也可以算作今年高交会的成果。凑个热闹吧。”李东说。

王星焰又无话可说了，幸亏李东是假洋鬼子，这要是真正的外国人，说出这样的话，王星焰会感到汗颜的，仿佛是自己的老婆当众说了一句非常无知的话，比如说武昌的起义门是八一南昌起义的发祥地一样。

“对了，”王星焰说，“你干吗看好我这个企业？不会真的是为了帮我的忙吧？”

“你想得美，”李东说，“我凭什么要帮你的忙？记住：商人都是唯利是图的。我这样做当然是为了我自己。”

李东又拿出当年作为李师傅儿子的脾气来说话，开始“教导”王星焰了。奇怪的是王星焰听了一点都不生气，还蛮高兴。

“说说看。”王星焰笑着鼓励道。

李东笑笑，似乎不急于要说。

不说拉倒，王星焰想，反正这事情是从天上掉下来的，做更好，不做也没有什么损失。于是继续喝酒，继续吃菜。

“我是有条件的。”李东说。

“说。”王星焰说。

“这个条件就是我现在参股，过半年之后我有权利再退股。”李东说。说得好像很诡秘。

王星焰愣了一下，问：“那你发神经了？”

“退股的价格比入股的价格要高一点。”李东不理会王星焰说的“神经”，继续按照他自己的思路说。

“多少？”

“不多，”李东说，“把这半年的利息补进去。按同期人民币储蓄利息，比贷款利息还低，亏不了你吧？”

当然亏不了，外资介入可以哄抬股价，相当于储蓄利息的资金可以放在证券公司作为协议保证金，赚个利差也是好的。但是王星焰还是不放心，学理科的人知道天下没有永动机，学经济的人知道天下没有免费的午餐。王星焰大学学的是钢结构，现在又在读美国哥伦比亚大学的国际金融，当然疑心更重。

“为什么要这样？”王星焰问。

“你先不要管我为什么这样，”李东说，“你先看这样对你是不是有利可图。有利可图你就做，没利可图你就不做。如果你决定做了，我再告诉你我的利益在哪里。”

“你先告诉我。”王星焰说。

“我为什么要告诉你？”李东说，“我真弄不懂中国人做生意，总是关心对方是什么目的，对方赚了多少，其实这有必要吗？”

王星焰有点不高兴，听李东的口气好像他已经不是中国人了，一想，真不是中国人了，只能算是加拿大籍华人，加拿大籍华人跟中国人还是有区别的。这么一想，也就不生气了。再一想，李东说得也确实有道理，关键是看我自己是不是有利可图，至于他是赚是赔，是赚得多还是赚得少，与我有什么关系？

“你放心，”李东说，“我这是做生意，是赚钱，没有政治阴谋，更不是搞破坏。”

“但是我还是想知道你为什么这样做，”王星焰说，“我跟你不一样，我确实还是中国人，中国人做生意不光是赚钱就做，总要琢磨个道理。我看这也没什么不好。你既然是到我们中国来做生意的，或者说是来赚钱的，并且知道我们中国人有这个习惯，干吗不入乡随俗呢?”

李东听出王星焰的话中带刺，但是并不计较，看来老同学就是老同学，分开了多少年还是老同学。老同学在一起的最大特点就是说话不计较。

“好好好，我告诉你，我告诉你行了吧?”李东说。

“这还差不多。”王星焰说。说完自己就笑了，不知道是表示友好的笑，还是为自己胜利而笑。

11

今天只有王星焰和李东两个人，其实琳娜可能是想跟着来的。琳娜临下班的时候对王星焰说：“晚上是你们老同学见面，我就不用去了吧?”琳娜这样问就表示她想跟着来，如果不是想跟着来，这个问题连问都不用问。老板没有叫你，你干吗要多此一问呢?既然问，就表明想跟着来。王星焰知道琳娜的意思，但是他不想带琳娜来，没有必要，也没有好处。王星焰当时装糊涂，说：“也好，那你就早点回去吧。”

幸亏没有带琳娜来，如果带了琳娜来，下面的话还不好说了。

“人民币被低估了你知道吗?”李东问。

“知道一点。”王星焰说。

“知道就好，”李东说，“既然被低估了，那么肯定就要升值。”

“那不一定，”王星焰说，“我们已经宣布了，要维持人民币的汇率稳定。”

“‘稳定’不表示不升值，”李东说，“‘稳定’只表示不会大起大落，更不会马上放开，但是升值是必然的。”

“为什么这么肯定?”王星焰问。王星焰这样问就表示他不相信,或者以不相信的方式来激将一下李东,让他说出来。

“现在是市场经济你承认不?”李东问。

王星焰点点头,表示承认。

“现在是全球一体化你承认不?”李东又问。

王星焰还是点点头,但是点的幅度不如刚才大。

“既然是市场经济,”李东说,“既然是全球一体化的市场经济,那么一个国家的汇率就肯定不是一个国家自己的事情。就像玩牌,既然是大家一起玩,那么游戏规则就不能由其中的一个人说了算。”

“不能由美国说了算。”王星焰突然插了一句。

王星焰这一句插得非常有力,以至于当场把李东的思路给搅乱了,仿佛是美国的职业拳王遇上了中国的散打高手,美国拳王只想到发拳有力,没想到中国的散打高手专门利用对方的发力给他使绊子,倒在地上了还没有弄明白是怎么回事。

但是李东毕竟不是老外,李东一个愣神之后,马上就重新厘清了思路。

李东说:“不要老是想着在语言上讨巧,没用。‘巧言令色’你知道吗?两千多年前的孔子都知道‘巧言’不好。四个人打牌,另外两个听美国佬的,剩下的那一个就只好按美国的规则办,这就叫国际惯例,除非你说不玩了,但是现在中国能说不参与国际大家庭吗?不参与全球一体化吗?再说,规则也没有什么合理不合理的,只要大家都遵守同一个规则就行了。按照现在国际流行的规则,人民币是该升值了。”

王星焰不说话了,或者说是他不想打断李东,他要让李东继续说,因为兼听则明,听听总没有坏处。

“先不说美国怎么样,”李东说,“就说中国自己。中国现在老百姓的储蓄存款已经突破 10 万亿大关,国家的外汇储备差不多接近 5000 亿美元,你说这真的是好事情吗?”

王星焰还是没有说话。这时候王星焰没有说话不是怕打扰李东说话，而是在思考李东说的话。他觉得李东讲的有一定道理，一个国家的老百姓储蓄过高和外汇储备量过大，确实不是一个好事，就好比是一个公司，资产全部以现金的形式存在银行里面，不流动，当然不是好事情。监管部门对上市公司的监管，其中一个指标就是考察上市公司资金的速动比。

“每年对美国的贸易顺差那么大，人民币汇率在里面起了关键性的作用。”李东说。

“既然如此，那么我们为什么不调整汇率?”王星焰问。

“不是不调整，”李东说，“而是时机不成熟。”

“什么时候成熟?”王星焰又问。

“快了。”李东说。

李东这样说仿佛他是中国人民银行的行长。

“快了是什么意思?”王星焰穷追不舍。

“十月，”李东，“十月中美领导人会在泰国曼谷会面，到时候会给布什一个面子。”

李东真的以为自己是行长了，不仅以为自己是行长，还以为自己是外交部长。于是王星焰就相信，人的本性确实是改不了的，难怪老话说“三岁看大七岁看老”，有道理。

“你还知道什么事情吗?”王星焰问。

王星焰这时候这样问是有点逗他玩了。

“我还知道十月份还会有大事。”李东说。

王星焰觉得这个李东在外国待的时间长了人都待傻了，连讽刺他的话都听不出来。

“还有什么大事?”王星焰问。

“你信不信?”李东反问。

“信。”王星焰说，“怎么不信，中国的大事全部都发生在十月，还有一本文学杂志就叫《十月》。”

李东愣了一下，说：“不过这次的大事与政治无关，与文学也无关。”

“不可能。”王星焰说，“中国什么大事能与政治无关？”

“宇宙飞船。”李东说。

“宇宙飞船？”王星焰问。

“宇宙飞船。”李东说。说得非常肯定，仿佛此刻他摇身一变又成了中国航天工程公司的总工程师。

“中国发射宇宙飞船？”王星焰问。

王星焰这样问的时候，就感觉中国是该发射宇宙飞船了，并且好像三十年前他们在上小学的时候就张罗着要发射了，怎么到现在还没有发射？王星焰上小学的时候就看过一本书，叫作《科学家谈二十一世纪》，按照那本书的预测，到了二十一世纪，满天都是宇宙飞船了，怎么到现在还只有美俄两国有？

“不是中国我说什么。”李东说。

“你怎么知道的？”王星焰问。王星焰虽然相信中国是该发射宇宙飞船了，但是他不相信李东能知道发射日期。

“你还不知道？”李东问。

王星焰摇摇头，表示不知道，只要电视新闻没有播的，他就不知道。

“外国都炒疯了！”李东说，“相应的网站都有了。”

王星焰又糊涂了，怎么中国发射宇宙飞船的事情中国人自己不知道，倒是外国人先知道呢？王星焰不想在自己不知道的问题上深谈，比如王星焰不想跟他辩一辩，说宇宙飞船发射的事情当然与政治有关。王星焰想着还是应该弄清楚他收购万利通股权的理由，并且想知道为什么收购完了之后为什么还要退给他。

“说远了，”王星焰说，“你还是说说为什么要购买万利通股权的事情，并且为什么半年之后又要退给我。”

“不是‘又要退给你’，是‘有退给你的权利’。”李东说。

“什么意思？”王星焰问。

“这有什么不明白的，”李东说，“就是在规定的期限内，如果我退给你，你必须接受，但是我也可以不退给你，并且在 90% 的情况下我是不会退给你的。只是强调一种权利，但是我们不一定使用这种权利。”

“就是你想退就退，想不退就不退，是吧？”王星焰问，“那我傻了？”

“你没有傻，”李东说，“我们不是还没有成交嘛，你可以想，想着对你有利你就做，对你没有利你就不做，这还不明白？”

“但是我还是想知道你自己的盈利模式。”王星焰坚持说。

“对，对，我说，我说。我说过我要说的。你不用灌我我也要说。”

“说呀。”

“说，我说。”李东就说了。

李东说：“上午我们说到热钱，记得吧？”

王星焰点点头，表示记得。上午才说的怎么会不记得呢。

“热钱到中国来押宝人民币升值是非常危险的，”李东说，“因为热钱进来容易，出去就没有那么方便了，特别是大量的热钱，出去更加不方便。所以，这些热钱必须要有一个合理的出路，比如在中国做投资，而且是做短期投资和中期投资。你说中国适合大量的热钱做短期或中期投资的行业有哪些？”

“证券，房地产。”王星焰说。

“对，证券和房地产。”李东说。

李东仿佛是终于找到了知音，语调开始兴奋起来。兴奋起来之后说话就配上了表情。

李东继续说：“只有证券和房地产可以大进大出，而且随时套现。如果做实业投资，麻烦，周期长，不适合热钱的运作，而热钱一旦陷入长期投资，马上就变成‘冷钱’了。我告诉你一个秘密，房地产他们看中长江三角洲，就是以上海为圆心的一个扇形区域。”

“哦？为什么？”王星焰问。王星焰这样问的目的是为了鼓励李东多说。如果老是让他一个人说，听的人不适当地提两个小问题，肯定会影响说话者的说话积极性。

王星焰的鼓励起到了作用，李东果然越说越有劲。

李东说："中国的经济发展是非常不平衡的，以北京为中心的首都经济区、以香港深圳广州珠海围成的环珠江口经济区和以上海为中心的长江三角洲经济区，差不多占了全国一半的产值。越是经济发达的地区，房地产的价格越高，但是目前在这三个经济区内，长江三角洲的房地产价格明显比北京和香港低，这就是严重被低估，这就有投资价值。所以，现在已经有相当一部分的美金进入了上海，进入了上海周边地区。"

"是吗?"王星焰问。

问的目的还是鼓励李东多说。同时也想着这可能是真的。无锡的房地产价格那么低真的没有道理。

"是。"李东说。

"那你为什么没有去上海?"王星焰问。王星焰差点就问"那你为什么来找我"，话到嘴边，又觉得那样不是很礼貌，才没有那样说。

"我为什么要去上海?"李东说，"老外那是没办法，如果有办法，投资证券当然比投资房地产更方便，交易成本也最低。其实中国的经济是一个整体，在房地产的价值被低估的时候，股票的价格也被低估。你是上市公司老板，你注意到了没有，凡是新股上市跌破发行价的时候，就是股票被严重低估的时候，这个时候入市，风险最低。"

王星焰脸红了一下，他的万利通现在就是跌破了发行价。王星焰就这样红着脸点了点头，表示同意李东的看法。他确实是同意李东的看法。

"为什么一定要选择万利通呢?"王星焰终于问出了最难开口的问题。

王星焰这样一问，反而把李东给问糊涂了。李东这时候像不认识一样看着王星焰，说："你不是装糊涂吧？"

"不是。"王星焰说。

"我们是同学呀！"李东说，"是同学好说话呀。如果不是同学，今晚我们能说这么多吗？如果不是同学，不要说好多话我不会跟你说的，就是你自己也不会问，你说是不是？"

王星焰一想，好像还真是。

"但是我们俩必须要彻底沟通呀，"李东说，"如果我们俩沟通不充分，怎么做？你看我跟你，一点客套都不用讲，就这样吃着喝着就沟通好了，如果换一个人，得要做多少试探走多少弯路呀！比如你刚才问的，为什么要加上我们'半年之内有退股的权利'，这哪是我的意思呀，是洋鬼子，洋鬼子懂个屁！昨天我一琢磨，这一条加得好，他这一条是让咱哥们发财呢！"

"怎么说？"王星焰问。王星焰也来了兴趣，他发现不管生意做成做不成，今天跟李东一席谈话还真有收获，不仅消除了多年对他和李师傅的误会，而且还真长了不少见识，全部是身边这些人无法提供的见识。

"你今晚还有什么事吗？"李东问。

"没有，"王星焰说，"今晚就陪你。"

"那你急什么？"李东说，"来来来，他妈的老子还是中国的肠胃，还是喜欢喝这中国的酒，还是喜欢吃这中国的菜！喝！"

"喝！"王星焰也来了情绪。

12

几杯酒下肚，王星焰就有点犯迷糊了，至少思路已经没有刚才那么清晰。王星焰原来不是这样的，王星焰发现喝酒与地域有关，以前在内地的时候，天气一冷，到了晚上自动就想喝酒。特别是在建设兵团的时候，经常跟老丁俩喝酒。老丁有钱，行政十九级，在建设兵团那种生活标准下，算是大款了。关键是老丁拿钱根本就不当钱，想怎么用就怎么用，所以几乎天天晚上喝酒，于是王星焰就天天跟着沾光。有时候沾得不好意思了，自己跑到团部小卖部买上二斤酒，还被老丁骂一顿。但是骂归骂，喝还是照喝，而且还要多喝。为什么？因为老丁太能喝了，所以为了控制自己，每次老丁去小卖部买酒的时候，不多，只买一瓶。一瓶酒俩人喝，王星焰喝三四两，老丁喝六七两，而遇上王星焰买，由于买的次数少，所以就不好意思只买一瓶，于是每次买两瓶，既然买了两瓶了，那么喝了一瓶之后就自然要喝第二瓶，如此，王星焰的酒量也就被练出来了，喝七两白酒是没有问题的。王星焰的这种习惯甚至一直保持到上大学。王星焰上大学的时候，有一次学校的小卖部清仓，清理出一些说不清是哪个年头的陈年老酒，商标都看不清楚了，所以卖得非常便宜，王星焰知道酒是没有过期的，并且知道陈年的老酒好，所以一下子买了一箱，放在床底下，结果落得个“酒鬼”的绰号。但是自打到了深圳之后，王星焰基本上就很少喝白酒了，没有机会喝，也想不起来喝。天知道今天跟李东在一起这么巧，服务员小姐拼命向他们推销一种白酒，而且正好是他们家乡产的那种白酒，李东不知道深圳人很少喝白酒的规矩，于是就要了一瓶，王星焰今天做东，当然不能阻止客人点酒，于是就稀里糊涂地跟李东喝上了，并且喝迷糊了。

迷糊了，但是迷糊得不是很厉害，至少还能听清楚李东的讲话。

李东说：“你知道现在的股价为什么这么低吗？”

王星焰说：“不知道。”

李东说：“那我告诉你。”

王星焰说：“好。”

李东凑到王星焰面前小声说：“热钱在故意打压呢。”

王星焰一惊，清醒了不少。

“不会吧？”王星焰说。

“信不信由你。”李东说，“你说这个时候我买你的股票，半年之后我还会退给你吗？”

“不会。”王星焰说。

“当然不会。”李东说。

“那你为什么合同条款上要写上这一条？”王星焰问。

李东又自斟自饮了一小杯，说：“不瞒老同学，这些年我在国外混得并不好，至少没有你这么好。他妈的国外生活是好，但是发财比国内难，难多了。我并不是这个基金会的老板，甚至不是董事，只相当于国内的一个科长吧。这次基金会能够来中国投资，完全是我鼓动的结果。我觉得这对基金会是一次机会，一次千载难逢的机会，对我更是一次机会。但是老外他妈的都精得很，也他妈的傻得很。他们一定要加上这一条，加上半年之内可以退股的这一条，因为只要加上这一条，他们就一点风险都没有了，最坏的结果就是到时候把股份退给你，基金会还赚了一个利息，就这他们也高兴，因为人民币的利息比美元高。只要比美元高，他们就很满足了，就是投机成功了。你说这帮傻逼，这不是逼着咱哥们儿发财吗？”

王星焰没能跟得上李东的思路，这时候他并没有听出来李东怎么发财。所以对李东的眉飞色舞不以为然。好在李东并没有说完，而是要继续往下说。

李东说：“你说我能真的退给你吗？我现在就注册公司，把钱打进来后，倒腾成人民币，然后立马在现价位买进万利通，然后我们再发布合作的消息，并且是隆重发布。只要外资介入这个题材一发布，而且是响当当的‘加拿大魁北克镍资源保护基金会’介入，不用我们动作，涨50%没有问题。到那个时候，我就开始出货，你就开始派现，咱哥们该发就发。等不到半年，最多三个月，我们再签一个退股合同，其实我的钱就是在你的账上走一圈，然后加上利息，再打回加拿大，只要给他们加上1%，我在那边就是功臣了，而这边，咱哥们儿保守一点也有30%的收益。是不是发财了？”

王星焰好像是彻底清醒了。清醒了之后，王星焰说：“不行。”

“怎么不行?”李东问。

“就为了一个派发，我跟你这么折腾，不合算。”王星焰说。

“傻了吧?”李东说，“我这30%还不是咱哥们俩的吗?”

王星焰眼睛闪了一下，问：“多少?”

“你说。”李东说。

“你说。”王星焰说。

“咱哥们儿还说啥，有福共享，一半对一半。”李东说。

王星焰的眼睛彻底闪光了。

“行，一半对一半!”王星焰说，“不过美元倒腾成人民币的事情好办吗?”

王星焰的意思是说这种事情他不好办，或者说他不想扯到这里面去，毕竟万利通是上市公司，毕竟他大小算是名人，这种明显压线的事情，他不得不谨慎。

“放心，”李东说，“这种事情不用你操心。”

李东仿佛看透了王星焰的心思。

“你自己能办?”王星焰问。王星焰这样问是表示关心，是把自己已经跟李东放在一条船上了。或者是他不相信李东能办。李东才回来几天呀，能有这么大能耐?

“这事你都不知道?”李东问。

王星焰摇摇头，表示不知道。他真的不知道，他根本就没有搞过这种事情。

你以为我下午闲着吗?”李东说。

“你不是去券商那里咨询嘛。”王星焰说。

“就光是咨询?”李东问。

王星焰又摇摇头，不知道是表示不知道还是表示认同不光是咨询。

“这种事情根本就不用‘办’,”李东说，“只要我把钱打过来，我要买什么股票就买什么股票，他们按当日人民币牌价给我自动切换，你连这个都不知道?”

王星焰还是摇摇头，他真的不知道，以前他只是听说过，听说大陆居民要想炒 B 股，直接拿人民币就可以了，证券公司会提供自动转换服务，但是他不知道倒过来做也行。这还真的长了见识。

“还是中国好呀。”李东说。

王星焰又迷糊了，他不知道李东为什么这样说，既然这样说，干吗当初要出去？既然这么说，干吗现在不回来？

王星焰的迷糊并没有影响李东的说话情绪。李东继续说：“在中国做什么事情都这么容易，比如做老板，像你这样上市公司的老板，居然连证券市场上的一些常规做法都不知道，还照样当老板，而且还当得好好的。这要是在国外，恐怕连给别人打工别人都不要。”

“是吗？”王星焰说。王星焰并不生气，他觉得听这些话蛮新鲜，他还真没有听过这样的话。

“真是身在福中不知福呀。”李东开始发感慨了，仿佛他没有像王星焰这样成为大老板全是加拿大的错。

“怎么说？”王星焰问。

李东说：“现在有一些人跑到国外，天天嚷嚷着为国内争取开放和自由，其实他们是无病呻吟呀。”

“哦？”王星焰觉得这又是一个新鲜说法。

李东说：“在我看来，中国是目前世界上最自由的国家。只要你能想到的，就可以干。很多地方没有法律，有法律的地方也没有执行细则，空子非常多，而国家的大方针是改革开放，鼓励创业，鼓励创新，这不是等于想怎么干就怎么干吗？这还不是自由吗？难怪中国是世界上经济增长最快的地方，像这样搞能不快吗？”

王星焰于是就发现，还是旁观者清，就像前几天，内地来了一个朋友，见面就问：深圳怎么这么多的香烟广告？从机场到市内一路全部是各种香烟的广告，感觉整个深圳就是一个巨大的烟草市场。王星焰经常去机场，就没有发现，而内地的朋友一来就发现了，这就叫旁观者清，并且还印证了李东的话，中国自由，尤其是企业活动，十分自由，实质就是“以经济建设为中心”。

大约是谈得比较投机，那天晚上王星焰和李东就喝了不少的酒，喝了很长时间，要不是丹丹打来电话，说不定他们就会一直这么喝下去，聊下去，但是丹丹打来了电话，既然丹丹打来了电话，王星焰就没有心思再喝了，再说也确实担心喝多了不好开车，于是以关心李东的健康为名，建议今天先喝到这里，明天再继续喝，再继续聊。李东好像还没有尽兴，但是想着既然主人都提这个建议了，只好客随主便，也就同意收场。

二人来到楼下，凉风一吹，大家都沉默了片刻。李东在检讨自己刚才的说话有没有什么漏嘴的地方，王星焰想着怎样在李东和丹丹之间做出选择。片刻之后，王星焰说："我喝得有点大，不敢送尊贵的外宾了，我帮你拦个的士，送你回宾馆。"李东说好，最好是女司机。二人笑着来到大路上，拦的士。谁知道等了很长时间竟然没有拦到。这期间丹丹又打来一个电话，于是王星焰就暗暗后悔，后悔早知道这样，还不如自己开车送李东了，但是已经等了，不好中途变卦，只好硬着头皮等。

"你先走，"李东说，"我自己慢慢等。"

这话算是说到了王星焰的心里，闹得王星焰差点脸红，嘴上却说："骂我，是吧？再说我就豁出来送你，管你外宾不外宾，伤着拉倒。"

李东笑了一下，问："深圳也算是国际大都市了，怎么打个的士这么难？"

这个问题王星焰还真回答不了，自打王星焰来深圳的第一天，就自己有车，所以他从来不打的，当然也就不知道深圳打的士难的事情。

"肯定是政府干预了，"李东说，"现在是市场经济，如果政府不干预，让市场自我调节，不可能出现这种情况。"

"也许。"王星焰说。

王星焰这样说纯粹是出于礼貌，他根本就不知道政府怎么会干预出租车。

正说着，来了一辆的士，二人赶紧招手，就像是鲁滨孙看见了久违的船帆。

13

刚一送走李东，还没来得及回到自己的车上，电话又响了。不用看，准是丹丹。王星焰打开手机，检讨了半天，里面一点声音都没有，于是闲话少讲，说我马上就到。关了手机，飞驰而去。

不用说，丹丹不是王星焰的老婆。如果是老婆，老夫老妻的了，不会盯得这么紧，也不会来这一套的。事实上，王星焰的老婆已经彻底搞活开放，一切为效益让路，只要王星焰按时往家里拿钱，只要不提出离婚，只要在公开场合承认他们是正式的夫妻，老婆基本上是不会干预王星焰的日常活动的。像这样一个电话接着一个电话，最后电话打通之后又不说话的，肯定是情人，而且是有资格撒娇的小情人。

这里还要说明一下，情人跟小情人还不一样。情人可能是年龄差不多大的人，或许还是利益上相互之间有关照的同龄人，虽然有时候相聚，但是彼此之间还是以事业为重，因此一般不会有其中的一方撒娇耍脾气的，只有在年龄和阅历相差比较大的情况下，其中的一方才会像这样撒娇耍脾气，据此，基本上可以判断给王星焰打电话的是他的小情人。

不错，丹丹是王星焰的小情人。如今法律不让纳妾，但是男人身上的荷尔蒙又与口袋里面的钞票呈线性关系，并且是斜率为正值的线性关系，钱多了，荷尔蒙生长也会提速，再说人的能力是全面的，工作能力强的人，性能力往往也强，所以有钱的男人总是有小情人。

在认识丹丹之前，王星焰是不主张找情人的。王星焰曾经认为老板找情人是一件非常傻的事情，在王星焰看来，宁可在外面找小姐，也不找情人。找小姐，当场付钱，当面两清，看起来俗，其实是最省事的。再说男女这种事情，本来就是俗到底的事情，难道还想追求雅？王星焰曾经有一个生意场上的朋友，喜欢找情人，当时的感觉是雅了，至少不像一手交钱一手宽衣那么俗，但是今天为小情人送这个，明天为小情人买那个，后天小情人突然说自己怀孕了，搞得他焦头烂额，最后花钱把她送到北京去上大学，才甩掉了，就这样，还常常做噩梦，梦见那个女孩突然又回来了，怀里还抱了一个孩子，说要做亲子鉴定，你说闹心不闹心？所以，王星焰坚决不找情人，宁可找小姐也不找情人。再说如今市面上有许多女孩做“兼职小姐”，就是她们本来是在公司里面上班的，甚至还正儿八经地谈过男朋友，后来被男朋友甩了，自以为已经看破红尘，觉得什么都不重要，还是趁年轻挣点钱最重要，于是在工作之余，根据自己的需要，干脆出来做“兼职小姐”，一来可以满足自己暂时的生理和感情需要，二来增加收入，并且发现跟老板上床比跟男朋友上床合算多了。由于这些“兼职小姐”并不是每天出来“兼职”，所以相对来说还算干净，并且看上去气质也不错，当然，要价也通常不菲，就这，也比找情人合算，关键是没有后遗症，所以，王星焰宁可找这样的小姐，也不找情人。但是，凡事都有例外，这个丹丹就是例外。

首先要说明一下，丹丹是正经的女孩子，不是小姐，甚至不是“兼职小姐”，如果丹丹不是正经的女孩子，而是小姐，哪怕是兼职的小姐，那么她就不会成为王星焰的情人了。

丹丹跟王星焰是校友。

去年搞校友会，王星焰出了大部分的活动经费，并且王星焰是以无回报现金的方式赞助活动经费的。所谓“无回报现金方式”，第一是以现金的方式赞助，而不是以实物的方式，不像有一个做酒的校友，赞助了酒作为纪念品，而且酒也不是什么好酒，搞得校友们带也不是，不带也不是。第二是不图回报，不像他们的活动场所，是一个校友临时免费提供的，也算是一种赞助，但是这个场所是一个酒楼，具体地说就是这个校友自己开的酒店，很容易让人猜想此举的目的是做宣传，甚至是直接拉客户。而王星焰不是这样，王星焰直接就拿钱，并且这个钱很难与他的业务直接挂钩，所以这就叫作“无回报现金方式”。正因为是“无回报现金方式”赞助，所以王星焰是那次校友会上理所当然的明星。现在人不傻，校友们在一起当然更不傻，谁出的钱多，谁出的钱实，谁就是明星。当然，除了钱之外，如果哪个校友在党政部门的行政职位最高，也能成为明星。可惜王星焰当年所上的大学是一所工学院，毕业出来的人搞技术的多，搞行政的少，所以在深圳的首脑机关当中并没有值得他们推崇的高级领导，自然也就没有诞生一个能与大老板抗衡的政治明星。如此，王星焰在校友中经济明星的地位就相当巩固了。

其实要说王星焰是那天唯一的明星也不确切，因为除了王星焰之外，那天出席校友会的还有一个人也可以算作明星，这个人就是丹丹。

丹丹不是赞助商，丹丹头一年刚刚从母校毕业，还正是需要别人赞助的时候。丹丹是深圳电视台节目主持人，今天特意被请来主持校友晚会的。如今电视节目主持人是最吃香的职业，是明星中的明星，能够请这样的人来主持校友晚会，当然是校友们的光荣，也为校友会增色不少。

不用说，丹丹是年轻的，头一年刚毕业，能不年轻吗？丹丹是漂亮的，电视台节目主持人，能不漂亮吗？女人的年轻漂亮也是一种资本，并且资本的价值并不亚于老板手中的资产和官员手中的权力，如果这个年轻漂亮的女人还有一个高学历和好职业，那么这个资本就相当于老板手中的股本变成了可以上市流通的股票，或者像官员手中的权力正好用在了一项投资巨大的基础工程项目上，使本就不低的价值又得到进一步放大。所以，那天晚上丹丹也应该算是明星。

按照物以类聚的原理，那天晚上丹丹和王星焰坐在了一起，具体地说是都被安排在首席上，与校友会会长一起，频频接受其他桌子上的校友们的敬酒，他们也跟会长一起去其他桌子上向校友们敬酒，搞得像他们俩的结婚晚宴一样。

既然都是明星，既然坐在一起，那么当然要聊几句。从寥寥数语的交谈当中，王星焰知道，表面风光的丹丹其实生活得并不开心。

丹丹是这些年母校改革的产物，母校改革的方向是以市场为先导，市场上需要什么样的人才，学校就设置什么专业，这就好像是屠宰场，今天市面上需要猪肉，他们就杀猪，明天市场上需要牛肉，他们就杀牛一样。比如丹丹她们这个班，学的就是市场营销。丹丹现在就在电视台做电视直销节目，也算是专业对口。但是做电视直销当然不如做其他节目风光，毕竟商业味道太浓，好像推销员一样鼓动别人掏腰包，听起来就别扭，做起来也费劲，于是一直想换一个位置，并且也找了不少人，但是一直没有成功，所以就不是很开心。其实如今电视节目的频道多，需要的节目主持人也多，凭丹丹的条件，换一个角色也不是没有可能的，但是如今做什么都要有关系，丹丹一个刚刚毕业一年的女孩子，能有什么关系呢？丹丹倒也找到一个能替她转换角色的人物，但是对方明确告诉她：关键在你自己，你是学营销的，首先要学会推销自己。但是如何“推销自己”，对方没有说，既然没有说，丹丹当然就不知道。结果是可想而知的，没有搞成。不但没有搞成，而且那个人物还放出话，说丹丹自己的悟性不高。可能也确实是丹丹的悟性不高，因为丹丹并没有悟出“推销自己”是什么意思。

悟性是一门很深奥的学问，中国人说话含蓄，越是关键性的话越是不直接说，这就需要听者自己去“悟”，不要说丹丹这样一个刚刚毕业的女孩子，就是很多在社会上混了很多年的人也常常悟不出其中的奥妙。比如张子强的老婆，张子强的老婆应该说是悟性很高了吧，据说张子强很多成功的绑架案都是他老婆帮着策划的。张子强在大陆被抓之后，他老婆找了香港一个最有名的大师，请大师帮着想办法，大师出招：只要你不去大陆，你老公就能回到香港。张子强的老婆听了非常高兴，于是给了大师很多的钱，并且坚决不去大陆看望老公，直到已经宣布张子强要执行枪决了，他老婆还不去，她还相信大师的话，还相信只要她自己不去广州，那么在最后的时刻还能有“刀下留人”的可能。但是，最后张子强还是被枪决了。张子强被枪决之后，他老婆找到大师，要向大师讨一个说法。大师回答：“你悟性不够，没有理解我的意思。虽然你人没有去大陆，但是你的心肯定去了，既然你的心去了，那么你丈夫当然就活不成了，所以还是怪你自己。”其实大师相当于当初意大利的墨索里尼，总是对的，因为即便张子强的老婆能够证明自己的心也没有去大陆，那么大师还有话说，说张子强人虽然没有回来，但是魂已经回来了。谁能证明张子强的魂没有回香港呢？

这就是悟性。这么深奥的东西，丹丹肯定是掌握不了的，所以，丹丹只能继续留在直销部。好在这时候丹丹认识了王星焰。丹丹认识了王星焰之后，就改变自己的命运了，并且是不需要悟性也能改变自己的命运。

那天晚上校友晚会结束之后，王星焰表现出了君子风度，主动出任护花使者，送丹丹回家。但是王星焰并没有真的将丹丹送到“家”，因为丹丹住的地方是本地都市里面的农民盖的出租屋，这种出租屋的最大特点是楼与楼之间没有距离，所以也叫亲嘴楼，就是这个楼上的男人和那个楼上的女人之间能够亲嘴，或者说两栋楼看上去像亲嘴。既然两栋楼在“亲嘴”，那么中间当然没有距离，车子没有办法开进去，所以，王星焰只好把丹丹送到“村口”。

回来的路上，王星焰心里不是滋味，觉得像丹丹这样年轻漂亮的女大学生，居然生活得这么不开心，工作不开心，住的地方也不能让人开心，还不如王星焰他们那一代大学生，那一代大学生虽然当时的工资少，“研究导弹的不如卖鸡蛋的”，但是毕竟还被称为时代骄子，不但有安全感，而且还有自豪感，现在的大学生可能挣的钱比以前多，而且多许多，但是一旦折算成安全感和自豪感，就成负数了。

从那天开始，王星焰在没有事情做的时候，就不断地转换电视频道，而且专门挑以前最不喜欢看的电视直销节目看，闹得老婆以为他要买什么东西，或者怀疑他是不是想着用电视直销的方式来推销自己的产品。每次在电视上看到丹丹，王星焰就看出丹丹的不开心，是那种强颜欢笑的不开心。王星焰知道，强颜欢笑的不开心是一种令人心酸的不开心。至少令王星焰心酸。于是，王星焰就感觉到了自己的一种责任，一种想帮一帮这个小学妹的责任。

有人说女人对男人的爱情有时候是从同情开始的，其实男人也一样，男人对女人的感情也可以从同情开始，比如王星焰对丹丹的感情。

这段时间，王星焰经常请丹丹吃饭。王星焰请丹丹吃饭的目的就是想让丹丹开心，因为每次丹丹跟他吃饭都很开心。丹丹开心了，王星焰也就开心了。终于有一次，王星焰对丹丹说："你说，如果把你调一个节目，该找谁?"丹丹愣了一下，说："按说当然是找台长最有效，但是也不一定，现在各个频道责任承包，其实是每个频道的总监说了算，最直接的就是找某个频道的总监。"

"行，"王星焰说，"这件事情我来张罗一下。"

后来王星焰还就真的张罗成了。至于王星焰是怎么张罗成的，丹丹并不知道，她也没有问，反正丹丹现在已经调到一个旅游节目去了。丹丹主持旅游节目之后，她就非常开心。当王星焰再在电视上看见丹丹的时候，丹丹就像春天降临的天山，一下子就活泛起来了。于是，王星焰就因为自己做了一件好事而非常欣慰。

丹丹做了旅游节目主持人之后，王星焰跟丹丹仍然经常在一起吃饭，但是现在不是王星焰约丹丹，而是丹丹约王星焰，并且还真的就是丹丹抢先把单买了。丹丹说："你不能让我总是欠你的。"王星焰没有觉得丹丹欠他什么。王星焰发觉在帮助别人获得快乐的时候，其实自己也是快乐的，而且可能是更大的快乐，因为高尚带来的快乐是一种由衷的快乐。

王星焰跟丹丹每次吃过饭之后，总是开车把丹丹送回去，准确地说是送回丹丹住的亲嘴楼，因此每次回来的路上他心里都不是滋味。终于有一天，当王星焰又把丹丹送回到亲嘴楼村口的时候，王星焰说：“你等一下，我想跟你说件事。”

丹丹就顺从地坐在车上没有下车，或者说坐在车上等着王星焰说话。说实话，就是当时王星焰说要跟丹丹一起上亲嘴楼，并且说上去之后今晚就不走了，丹丹也不会拒绝的。但是王星焰没有说他要跟着丹丹上去，更没有说上去之后就不走了。

王星焰说：“有句话我憋在心里，一直没说，怕说出来伤着你。”

“说吧，”丹丹说，“你想说什么就说什么，说什么也不会伤着我的。”

丹丹差点就说“我愿意为你做一切”。

“那我就说了。”王星焰说。

“说吧。”丹丹鼓励。

“你应该买一个房子，”王星焰说，“一套很小的房子，比如一房一厅，甚至比如一个单间。有房子和没有房子不一样。说实话，每次送你来这里，看你住在出租屋里面，我心里就不是个滋味。你可以用按揭付款的方式先买一个小房子，这个小房子就是你的私人财产，相当于过去女人的私房钱。结婚之前，这个房子你自己住，结婚之后，这个房子你可以出租，也可以让你爸爸妈妈来住，多好。”

丹丹哭了。她没想到王星焰憋了半天跟她要说的就是这些话，她闹不清自己是失望还是感动，反正丹丹是哭了。边哭边点头边说：“好，我听你的，我买，我明年就买。”

“干吗要明年呢?”王星焰说，“现在就要买，明天就买，一天也不要住在这里了。你一个电视节目主持人，当今社会最走红的职业，干吗要住在这里？一天也不要住了。如果是经济上的问题，没关系，我借给你。行吗？我借给你。先买了再说。”

结果，丹丹果然就立即买了自己的房，果然是只有三十平方米的小房子，果然是王星焰借给丹丹的钱。

丹丹买的房子叫清心阁，高层，小户型，是王星焰和丹丹一起去挑的。王星焰是内行，同样的价格，可以挑到视野最好的房子。

王星焰不但帮着丹丹挑了房子，而且还帮着丹丹搬进了新家，搬进了属于丹丹自己的家。

当王星焰帮着丹丹搬进属于丹丹自己的新家的时候，丹丹就没有让王星焰回家过夜。新家正好两套钥匙，丹丹自己一套，给王星焰一套，说："这里也是你的家，你随时可以来。白天可以来，晚上也可以来。事先不用打招呼，也不用敲门，自己开门进来。"

王星焰无法拒绝。他不想伤着丹丹，又不想让自己太虚伪。如此，丹丹就成了王星焰的情人，准确地说是小情人。

丹丹刚开始并没有把自己当作小情人。刚开始丹丹并不在王星焰面前撒娇。不但不撒娇，而且还表现得非常"贤惠"。每次王星焰要来，丹丹都要把家收拾干净，然后煲好了汤，并且从楼下超市买了王星焰爱吃的素鸡和盐水鸭。等王星焰来了之后，先是疯狂地做爱，然后是尽情地吃喝。那是王星焰这一辈子所经历过的最愉快的时光。不但跟丹丹在一起的时候愉快，而且生意上也意外的顺利。先是万利通一炮打响，然后是万利通顺利上市。王星焰曾经还迷信地认为，这些都是丹丹给他带来的好运气。但是，不知道从哪一天起，丹丹开始撒娇了，开始学着耍脾气了。比如今天，今天本来说好是要到丹丹这里来的，但是李东来了，李东来了王星焰当然要陪李东，这要是以前，按照丹丹"来去自由"的承诺，是不会耍脾气的，但是你看今天，丹丹从十点钟开始就不断地打电话。现在更好，干脆打通电话之后根本就不接，说不定去了之后还故意把门从里面反锁上。

果然，当王星焰赶到丹丹的住处时，门从里面反锁上了。敲了两下，没反应。拿出钥匙自己开，开不开。王星焰等了一下，还是没有动静。这么晚了，也不好使劲敲门，更不想在门口求她，助长她的脾气，于是走了。

王星焰走的时候有点生气，因为他立刻就把手机切换到秘书服务状态。这表明他今天晚上是不会再接丹丹的电话。

14

王星焰现在驾车往家走。王星焰确实是生气了。王星焰这一刻觉得丹丹俗不可耐。王星焰想不通一个好好的小姑娘怎么一夜之间就变得这么俗不可耐。看来岁月扼杀的不仅是女人的生理，还扼杀了女人的心理。王星焰此时突然想到了他老婆，他老婆其实也是这样，岁月把老婆从幼女变成少女，再从少女变成了女人，又从女人变成妇人。当一个人从幼女彻底变成了一个妇人之后，她就不是原来的那个女人了，就俗了。

如果按照十四岁以下就算是幼女的说法，那么王星焰对他老婆的感情就真的可以从幼女时代算起。

王星焰的老婆是他老师的女儿，准确地说是教他拉二胡的老师的女儿。

“政治事件”不了了之之后，或者按照现在李东的说法是李师傅网开一面之后，王星焰也就小学毕业了。小学毕业之后，王星焰没有能如愿以偿地升入他哥哥所在的中学，甚至没有按照就近入学的规则升入旁边的六中，而是继续留在原来的小学，因为原来的小学现在被戴上了帽子，叫作“小学戴帽”，就是小学与中学连在一起。

王星焰对于自己不能升入正规的中学，而继续留在小学里上初中是不开心的，其实当时差不多所有的同学都不开心，但是不开心也没有办法，必须服从。这时候，一直躲在幕后的父亲继续再次表现出他大事不糊涂的一面，暗中调兵遣将，通过各种关系，为王星焰转了学，转到了远离城市的一所中学。在父亲看来，转得越远越好，因为父亲认为，“政治事件”并没有真正过去，只要王星焰还在原来的学校，这个事情随时都可能被翻出来。就像一个炸弹，没有炸，但是并不代表它永远不会爆炸，说不定在哪天它就突然爆炸，并且炸你一个措手不及，所以，远离是没有坏处的。

这所中学的另一大好处是提供学生住宿，如此，王星焰就跟原来的同学彻底隔离了，包括李文宝，包括龚广琴，包括田东升。不但跟以前的同学隔离了，其实跟以前的老师也隔离了，包括董老师，包括罗老师，包括李师傅。在父亲看来，隔离得越彻底就越安全。就像他自己，主动下放到乡下，终于躲过了那场浩劫。

王星焰到学校的第一堂课是体育课。王星焰最喜欢上的课就是体育课。在王星焰看来，体育课其实就是让他们玩的。玩还不开心吗？但是那天那一堂体育课他没有玩成，因为那天下雨，体育课改在室内上。体育课改在室内上，那么就玩不成了，就只好听体育老师讲课。体育老师能讲什么呢？当然讲体育。其实讲来讲去就是讲体育的重要性，讲得最多的是乒乓球，讲庄则栋，讲梁戈亮，还讲了一些王星焰根本就没有听说过或者是听说过但是现在已经记不住的乒乓名将了。别说，听得还蛮有味道，甚至比在操场上玩球更有味道。特别是在最后，体育老师讲了这样一番话，对王星焰产生了重大的影响。

体育老师说："你们现在是中学生了，再过几年你们就要毕业，中学毕业之后你们就要上山下乡。但是有一种情况可以让你们改变自己的命运，那就是你们在体育或文艺上有什么特殊的才能。所以你们千万不要小瞧体育课。"

在别的同学们听起来，这段话的意思是让他们重视体育课，事实上体育老师那天讲的全部内容就是让同学们重视体育课，如果说还有其他什么意思的话，那就是还要重视他这个体育老师。所以，在其他同学看来，这番话并没有什么特别的意义。但是王星焰不这么看。王星焰听了这番话之后，思考了很长时间，并且越思考越觉得老师讲得对。王星焰想：如果上了几年我还是上山下乡，那么我离开父母干什么？那么我回到城里干什么？那么我在姐姐姐夫家大气不敢出干什么？那么我在学校被同学看成是乡下人被同学瞧不起干什么？那么我差点被同学打成现行反革命干什么？那么我像贼一样躲到这个远离城市的中学干什么？不行，我不能上山下乡，我要留在城里。怎么留？按照体育老师说的方法留。要么在体育上成绩突出，要么在文艺上成绩突出。那时候，正好是林彪事件之后，王星焰他们几乎天天要学习毛主席关于批判林彪的最新指示，毛主席在一段指示当中，引用了古人的名句，说“人贵有自知之明”，王星焰当时对这段话的理解就是人要自己知道自己，并且将这个思想应用到自己所面临的实际中，发现自己肯定不是搞体育的料子，要想在体育或文艺上有特长，只能在文艺上下功夫。

王星焰继续自知之明，弄清楚到底在文艺的哪个方面下功夫。但是这一次的自知之明比较难，至少比让他在体育和文艺当中做出选择要难。王星焰“自知”了一番之后，并没有达到“自明”，他忽然发觉自己好像哪方面都行，又哪方面都不行。说哪方面都行，是按照当初在乡下小学校的标准，每次只要搞什么文艺活动，都少不了他，唱歌跳舞朗诵都没有问题。说哪方面都不行，是按照体育老师说的可以躲过上山下乡的标准，比如能够直接进入文工团，那么自己哪方面都不行。怎么办？努力。怎么努力？勤学苦练。怎么勤学苦练？学什么？练什么？王星焰发现唱歌跳舞都是要有天分的，只有在具备某些先天条件的前提下，勤学苦练才有用。思考了好多天，王星焰决定学习乐器。王星焰觉得自己学习乐器所需要的先天条件还是具备的。

想通了之后马上就做。王星焰立刻跑到街上买了一根笛子。那时候一根笛子一毛钱，是王星焰唯一能买得起的乐器。王星焰住在姐姐家的时候，爸爸妈妈每月向姐姐姐夫支付十二块五毛钱的生活费，另外还要再给王星焰一块钱的零花钱，现在王星焰住校了，爸爸妈妈合起来还是给十三块五。说实话，这些钱足够王星焰用了。学校的伙食便宜，蔬菜每份两分钱，杂荤一毛钱，纯荤两毛钱。王星焰不吃肥肉，所以几乎不吃纯荤，就是杂荤也不是天天吃，所以那时候王星焰还算是富有的，比一般的同学富有，一般的同学每月的生活费是十块钱。即便如此，要想从自己的伙食费里面省出一个正经的乐器出来是不可能的。王星焰跑到商店里面去看了，一把最便宜的上海产百灵牌小提琴，要二十九块钱，王星焰两个月不吃不喝也买不起，所以，王星焰只能吹笛子。其实正因为便宜的原因，同学中有很多人会吹笛子，他们似乎都比王星焰吹得好，但是由于目的不一样，所以结果肯定不一样，等到学校放假的时候，王星焰已经可以用笛子吹几首完整的歌曲了。

放假回家的时候王星焰没有回姐姐家，而是直接回到了乡下，回到乡下父母那里。王星焰仍然每天练笛子。当时乡下的人民公社有一个毛泽东思想文艺宣传队，王星焰回去之后马上就加入到这个宣传队里面。父亲对王星焰吹笛子非常支持，父亲当然不是指望吹笛子能够改变儿子的命运，父亲当时最担心的是王星焰学坏，由于王星焰住校，连星期天也在学校，很少到几个姐姐家去，所以几乎是处于一种完全靠自觉的状态，父亲的这种担心不是多余的，现在父亲看王星焰学习乐器学得这么认真，当然很高兴，因为学习乐器不是坏事，而且学习乐器之后学其他坏事就没有时间了，所以父亲支持他学习乐器。暑假结束的时候，父亲对王星焰说："这个月你是在家里吃饭的，但是伙食费我照给你，你可以买一件自己喜欢的东西。"王星焰喜欢的东西当然是乐器，最后，根据十三块五的价格，王星焰选择了一把二胡，那把二胡的价格是十四块钱，与他所能支配的钱最接近。

后来王星焰常常想，如果当时他手中的钱不是十四块，而是三十块，那么他肯定就选择了小提琴，如果那样，他还能认识夏薇薇吗？

夏薇薇就是他二胡老师的女儿。当然，也就是他现在的老婆。

十四块钱买的二胡在当时是好二胡。好二胡比差二胡重，拉起来音色饱满。这么说吧，十四块钱买的二胡是正经的乐器了，比它便宜的可能只能算玩具，或者叫"学习二胡"，拉起来音是飘的。

由于王星焰当时是胸怀大目标，所以学习起来非常吃苦，每天除了上课睡觉几乎就是拉二胡和琢磨二胡，一本《怎样拉二胡》被他看了不知道多少遍，上面的练习曲也基本上全部会拉了。

王星焰是个爱显摆的人，上次的“政治事件”其实就是爱显摆的结果。通过那次事件之后，王星焰克服了不少，但是克服得不是很彻底，一旦有机会，还是要表现出来。好在这一次他没有在外面显摆，而是在家里显摆。

这一天是礼拜天，王星焰来到大姐家。王星焰原来住在大姐的时候，虽然感到压抑，对大姐和大姐夫也少不了有这样和那样的意见，但是住校之后，走得最勤的还是大姐家。因为哥哥还住在大姐家，王星焰要经常去看看哥哥，因为大姐的儿子小辉跟王星焰有感情，王星焰也想去看看这个外甥。住在大姐家的时候，大姐和大姐夫下班晚，哥哥晚上回来得更晚，所以是王星焰每天到幼儿园接小辉。王星焰接到小辉之后，上山下河过铁路，到处疯玩，开心极了，有时候幼儿园发什么好吃的东西，小辉不吃，留到放学之后跟小舅舅一起享用，所以二人的感情相当不错。但是这一次王星焰去大姐家的主要目的不是看哥哥，甚至也不是看外甥，而是想显摆，至少是想顺便显摆，因为这一次王星焰还把自己那把二胡带上了。家里人虽然听说王星焰拉二胡，但是并不知道他是想通过二胡来改变自己的命运，更没有想到他居然拉得这么好了，居然能整段整段地拉样板戏。

“将来真的能拉二胡也不错，”姐夫说，“你看老夏，虽然连八号扳子和六号扳子都分不清，但是算干部，行政二十三级，比姚师傅工资都高。”

“他怎么能跟老夏比，”姐姐说，“老夏是从文工团下来的，是专业的，在文工团的时候就是干部，现在当然也是干部。”

“老巴子也能考文工团呀。”姐夫说。

“算了吧，”姐姐说，“就他这个水平，跟老夏怎么能比？”

“那也是，”姐夫说，“哎，要不然让老夏给他指导指导？”

说者无意，听着有心。王星焰听姐姐姐夫说到这里，忍不住了，马上把外甥和哥哥丢在一边，跑过来跟他们说：“好呀好呀，我正好想找一个老师。”

大姐和大姐夫你看看我，我看看你，然后又一起看看王星焰。

王星焰说："我是认真的，只要我努力，将来一定也能够考进文工团，如果那样，就不用上山下乡了。"

姐姐姐夫没想到王星焰这么认真，再一看他确实拉得蛮好，于是姐夫说："我只能帮你问问看，人家还不一定愿意。"

下个礼拜天再来的时候，姐姐姐夫将王星焰送到了老夏的家。老夏并不老，其实也就是跟王星焰的姐姐姐夫差不多大，个子蛮高，戴一副眼镜。那时候戴眼镜的人没有现在多，而且凡是戴眼镜的差不多都是知识分子。在王星焰看来，文工团的人都算是知识分子。

老夏让王星焰先拉一首曲子，于是王星焰就照办了，拉了一首《小花鼓》。

"你是自学的吧?"老夏问。

王星焰点点头，说是的。

"拉多长时间了?"老夏问。

"快一个学期了。"王星焰说。

老夏伸手把二胡接过去，重新调了音，看看王星焰的姐夫，又看看王星焰的姐姐，说："二胡倒是一把好二胡，学得也蛮快，但是毛病太多，要重新学起，从拉空弦开始。"

说着，老夏马上就做了示范，拉了几个空弦，并告诉王星焰正确的姿势，特别是来回换腕的姿势，然后让王星焰自己试一下。王星焰一试，果然舒服多了。

在今后的一个礼拜内，王星焰什么事情没干，就专门来回地拉空弦，反复揣摩夏老师讲的要领。为了不招致同学的反感，王星焰专门拿一截铅笔充当音码，并且尽可能跑到学校后面的小山上去拉。

一个礼拜之后，王星焰不请自到，提着二胡跑到夏老师家来，夏老师长夏老师短地叫，并且自觉地把空弦拉了一遍。

"好多了，"夏老师说，"但是还不行，换弓的时候还不圆润，要这样。"

说着，夏老师把二胡接过去，又做了一遍示范，并且再次强调了要领。

如此，姐姐姐夫的同事老夏就正式成了王星焰的老师。

这个夏老师就是夏薇薇的父亲，也就是王星焰现在的岳父。

15

王星焰第一次去夏老师家的时候，就知道夏老师有一个年龄与他相仿的女儿。当时王星焰并没有看到她本人，而是看到了她的照片。夏老师家的客厅里面最显眼的位置上挂着一个镜框，镜框里面是一个女孩拉小提琴的照片。照片是黑白的，而且还有底片上轻微划痕被放大之后的痕迹，很像现在的某些作品故意制造年头久远的效果，但是那女孩的照片不是为了制造效果，而是真实记录了当时照相技术的水平。但就是这样，在王星焰看来，女孩也是世界上最美丽的女孩。是夏老师家里的女孩本来就高贵，高贵的女孩再拉起了小提琴，就是圣女了。当时那照片上的女孩在王星焰心目中就是圣女。

后来时间长了，王星焰知道女孩的名字叫“薇薇”，但是也只知道读音，并不知道怎么写，更不知道她的大名到底是叫“夏薇”还是叫夏什么“薇”，或许她的大名当中根本就没有什么“薇”，就像王星焰自己，家里人喊他“老巴子”，而他的大名当中根本就没有“巴”一样。

不知道叫什么大名没有关系，这不妨碍王星焰对她有好感，甚至不妨碍王星焰喜欢她。

是的，王星焰喜欢她，就像王星焰喜欢夏老师的儿子一样，但是王星焰喜欢夏老师的儿子和喜欢夏老师的女儿还不一样，因为王星焰在闲暇的时间里从来都没有想念过夏老师那个叫“同同”的儿子，却时常想念那个叫“薇薇”的女儿。这大概就是歌中唱的“小和尚喜欢老虎”的缘故吧。

每次去夏老师那里，王星焰都是愉快的。能跟着夏老师学琴王星焰愉快，能听见“薇薇”拉琴的声音，王星焰更是愉快。当然，王星焰只能听见“薇薇”练琴的声音，并不能见到她本人，至少见不到她正面的形象，最多只能从虚掩的房门中偶尔看见她侧面的身影，就这也不敢用正眼，只能依靠眼角的余光。说实话，要不是受经济条件制约，王星焰早就改拉小提琴了。就冲着“薇薇”拉小提琴，王星焰也要拉小提琴。在王星焰听起来，小提琴就是比二胡好听，比二胡有表现力，比二胡音域宽广，甚至比二胡柔美。难道这一切仅仅是因为王星焰所听的小提琴声音全部都是出自“薇薇”之手？

不知道。

不管怎么说，王星焰的二胡演奏水平提高还是很快的。在今后的两年里，不仅按夏老师的要求拉完了全部的基础练习和中高级练习曲，而且当时流行的二胡独奏曲基本上全部会拉，并且拉得非常熟练。《金珠玛米赞》《喜送公粮》，还有《台湾人民盼解放》，拉得与广播上播送的基本上没有什么区别了。到王星焰初中毕业的时候，夏老师说：“你拉得比我好了。”正在这个时候，南京军区建设兵团来招文艺兵，夏老师不知道通过什么途径向带兵的推荐了王星焰。既然夏老师推荐了，那么当然就没有任何问题。夏老师本来就是文工团下来的，既然夏老师都说王星焰拉得都比他好了，进建设兵团文工团还有问题吗？

但是，直到临走的时候，夏老师和王星焰才知道：所谓的文工团其实就是毛泽东思想文艺宣传队。是穿军装，但是没有领章帽徽。是属于南京军区，但是不属于野战部队，而属于生产建设兵团。这时候，夏老师主张王星焰不要去了，继续上高中，等待机会，但王星焰的父亲主张他去，说去了建设兵团照样可以等待机会，说不定机会更多。所以王星焰举棋不定。

带兵的来做工作：一去就二十块零九毛一个月，一年之后就二十八块钱一个月。部队编制，军事化管理。住楼房。吃集体食堂。

有提干的机会。

最后吸引王星焰去的理由是到了那里可以专业练琴，只要琴拉得好，还可以考更高一级的专业文艺团体。当然，经济条件也是考虑因素之一。王星焰记得他小姐姐学徒的时候每月才十八块，整整拿了三年，现在自己一去就二十块零九毛，一年之后就二十八块，对于从小就独立生活的王星焰来说，没有吸引力是不可能的。

在王星焰跟着夏老师学琴的两年多时间里，他竟然没有跟“薇薇”说过一句话。不但没有说过一句话，而且也没有正式地对视过。但“薇薇”始终是他的唯一。

到了建设兵团之后，许多人都发脾气，说上当了，带兵的骗人，因为他们根本就不属于“兵”，既然不属于“兵”，他们就不该来，该上高中的上高中，该考正规文工团的考正规文工团。但是王星焰没有发脾气。王星焰觉得建设兵团也不错，反正有时间练琴就不错。这期间，王星焰主要做了两件事，一是拜省师范大学艺术系的李子贤教授为老师，继续学琴，继续提高，二是按照上海科学技术出版社出的一套《知识青年自学丛书》自学高中知识。

在建设兵团的几年里，“薇薇”是王星焰的灯塔，王星焰一直向往着有朝一日出人头地，做出点成绩给夏老师看看，给他的女儿“薇薇”看看。

在这几年里，王星焰每次回去探亲总是要去看看夏老师，当然包括看看“薇薇”，甚至可以正面地看看“薇薇”。因为此时王星焰已经是参加工作的“大人”了，所以到了夏老师的家里之后，可以带上一些兵团驻地的土特产，可以大胆地和夏老师家里的每一个成员打招呼，当然也包括和夏老师的女儿“薇薇”打招呼。而这时候的“薇薇”已经上高中了，是个大姑娘了。穿着打扮也像个大人。棉袄的外面是白底碎花布罩衫，脖子上扎了一条纱巾，藏青色的毛哔叽裤子，搭襻式皮鞋。可以看出，裤子和皮鞋是她母亲穿过的，但是仍然很时髦，因为当时还没有流行化纤产品，衣料不是棉的就是毛料的，而毛料只有两种，一种是毛呢，另一种是毛哔叽。毛哔叽比毛呢细腻，穿在腿上不显臃肿，是裤料当中的极品，纵然夏老师家经济条件稍微好一点，也不可能给上高中的女儿买毛哔叽的裤子的，经济条件不允许，也没有那个规矩，所以，那时候凡是上中学的孩子穿毛料衣裤，基本上都是家长穿旧之后改造而成的。尽管是改造的，但是在王星焰的眼里仍然是世界上最得体最美丽的装束。更重要的，它可以把“薇薇”装饰成为“大人”。所以，当王星焰跟“薇薇”打招呼的时候，必须控制住自己的心跳，尽可能保持自然，不能让夏老师察觉他有非分之想。

王星焰知道，夏老师虽然欣赏他的演奏，或许还欣赏他的勤奋和聪明，但是并不欣赏他这个“人”，因为“人”是包含在特定的家庭背景当中的。毕竟，在夏老师的眼里，王星焰只不过是个普通工人的弟弟，这个普通工人的弟弟的姐姐姐夫都和夏老师是同事，尽管是同事，尽管在实际工作中夏老师可能还不如王星焰的姐姐姐夫技术好，但是夏老师从骨子里并没有把自己真的看作是一名真正的工人，或者说是没有把自己与王星焰的姐姐姐夫混为同一类人。刚开始，夏老师可能没有勇气一下子驳了两个同事的面子，毕竟，在那个时代，纯粹的工人比戴眼镜的工人更有社会地位。后来，可能是觉得王星焰这个人确实很用功，教教也无妨，但是，这种“教”是带有无可奈何性质的，甚至是带有施舍性质的，如果王星焰敢打起他女儿的主意，那么性质就变了，就变成是王星焰不知道天高地厚了，就变得是对夏老师极大的侮辱了！关于这些，信奉“自知之明”的王星焰是清楚的，当时虽然没有理得这么清楚，但是“薇薇”是神圣不可侵犯的这一条他是清楚的，所以，他不敢造次，也绝不会造次。要想改变这一切，唯一的途径是出人头地。所以，说“薇薇”是王星焰前方的一座灯塔，并不过分。

事实上，“薇薇”这盏灯塔不仅照耀了王星焰的前进方向，给了王星焰无穷的力量，而且也充当了“驱魔镜”，驱除了缠绕在王星焰身边的很多杂念。

当时兵团不提倡谈恋爱，但是恋爱这东西像野草，即便头一年被火烧了个精光，来年春风一吹，照样生长，并且长势更旺，仿佛是要把头一年失去的时间补回来。宣传队本来就是滋生爱情的沃土，即使在没有春风的岁月，爱情之花也烂漫盛开。实事求是地说，宣传队的女孩哪一个都比“薇薇”漂亮，而且在这些漂亮的女孩当中，至少有两三个对王星焰表现出明显的好感。其中有一个上海姑娘，叫孟月蓝，圆圆的脸，胖乎乎的，对王星焰特别好。这个孟月蓝比王星焰大两岁。大两岁就大了不少，那年王星焰十七，孟月蓝十九。十九岁的孟月蓝主动对十七岁的王星焰示好。刚开始对王星焰好的理由是王星焰能说几句上海话，而上海人说上海话好比准备考雅思的人说英语，每天总是要说上几句的，不说就怕生疏了，或者是不说就怕别人不承认她是上海人，所以这个孟月蓝每天都要找王星焰聊上两句。后来这种表白明确了一些，后来孟月蓝每次吃饭都要跟王星焰凑在一起，理由是王星焰不吃肥肉，而孟月蓝喜欢吃肥肉，为了肉尽其用，他们总是把瘦肉集中在王星焰的碗里，肥肉集中在孟月蓝的碗里。说实话，当时王星焰正处在青春期，并且对男女之间的事情刚刚有所认识，就像刚学会开车的人见车就想开一样，那时候王星焰对异性也特别的渴望。有时候白天与孟月蓝聊上海话聊得多了，或者是吃孟月蓝碗里的瘦肉吃得多了，到了夜晚就有反应。王星焰的第一次梦遗就与孟月蓝有关。可以想象，如果不是“薇薇”这盏灯塔始终照耀着王星焰，很难保证王星焰不把夜晚梦见的东西用在白天的生活实践中来。如果那样，王星焰可能就不能专注于二胡演奏和自学《知识青年自学丛书》了。所以，“薇薇”在王星焰成材道路上功不可没。

“薇薇”还给了王星焰的初恋。

王星焰所在的兵团是一片丘陵，一到春天，空闲的地上全部都开满了映山红，王星焰因此就发现映山红跟油菜花一样，具有报春的功能，就像北方的春燕。王星焰的初恋就是欣赏丘陵的晚霞和晚霞映照下的开满丘陵上的映山红。王星焰想象着“薇薇”此时已经悄悄地来到了他的身边，并且就坐在他的旁边，与他一起看日落，看映山红。当然，“薇薇”有时候会收回自己的目光，把它落在近处，具体地说就落在她自己的脚上。“薇薇”的脚上是那双搭襻式皮鞋，从他们坐着的这个角度看过去，不仅能看到脚面，而且还能看见毛哔叽裤料上那笔直的一条杠，那条杠从“薇薇”的膝盖部分向前射出，一直射到裤脚管的尽头。王星焰和“薇薇”并没有说什么，更没有做什么，他们就这么坐着，只要能这么坐着，安静地坐着，王星焰就已经相当的满足了。这就是王星焰的“初恋”。

那时候王星焰最大的奢望就是“薇薇”赶紧高中毕业，只要“薇薇”高中毕业，那么她就肯定上山下乡，或者是像王星焰一样被招到什么文艺团体当中，不管是上山下乡还是被招到文艺团体当中，只要能离开她那个家，那么她就是自由的了，至少王星焰可以单独去看她了，只要能单独去看她，那么王星焰就梦想成真了。因为王星焰的梦想并不高，就是肩并肩坐在一起。当然，王星焰最希望的是“薇薇”也能来到兵团，或者来到一个离兵团比较近的地方，如果那样，王星焰就可以经常跟她肩并肩坐着了。

王星焰果然盼到了“薇薇”高中毕业，并且“薇薇”高中毕业之后果然上山下乡了。这些情况是王星焰去探望夏老师的时候得知的。但是具体上山下乡到什么地方，夏老师没有说，王星焰也不好意思问。王星焰不好意思问，夏老师当然就不会主动说，其实就是王星焰问了，估计夏老师也只是礼貌性地说一个笼统的地方，而不会说出准确的地址。关键是，“薇薇”只是小名，她的大名到底叫什么，王星焰并不知道，所以，即使夏老师告诉王星焰“薇薇”在什么地方了，他还是没有办法找。

但是王星焰还是要找，王星焰先去了六中，想从六中找出“薇薇”的大名。王星焰有这个把握，只要知道是哪一届毕业的，只要知道姓夏，只要知道名字当中可能有一个“薇”或者是“维”，估计找到的可能性还是很大的。王星焰来到六中之后，才发现现在是放假期间，找不到人。只好想着下次吧。

可惜，没有“下次”了。在下一个探亲假来到之前，国家恢复了高考，并且王星焰和“薇薇”都参加了高考，一下子把原来的一切全部都打破了。

16

直到参加高考，王星焰爱显摆的毛病仍然没有完全克服掉。本来师范大学的李老师已经说好了，让王星焰报考师范大学艺术系，只要文化课成绩不拖后腿，录取是没有问题的。但是爱显摆的王星焰这时候突然有一个奇怪的想法：这时候只有数理化成绩不好的人才去报考文体类专业，而数理化成绩好的，应当直接报考理工类专业。所以，为了证明自己的数理化成绩好，或者说是为了证明自己绝顶聪明，王星焰报考了工学院。幸好，王星焰考上了，这要是万一考不上，损失就大了。

接到录取通知书之后，王星焰在第一时间跑去向夏老师报喜，并且很自然地关心“薇薇”的录取情况。

“这次落选了。”夏老师说。

王星焰以为是“录取”了，因为那时候王星焰还不熟悉“落选”这个词，“落选”不如“没考上”清楚，王星焰没想到夏老师用了一个不清楚的词。

“录取了？好啊！”王星焰说，“哪个学校？是不是师范大学？”

“落选了。”夏老师又说了一遍，并且说的声音比刚才大一些，脸上倒没有什么变化，和刚才一样，看不出有什么表情。

这一次王星焰听清楚了。听清楚之后，王星焰就有点不相信自己的耳朵。在王星焰的心目中，“薇薇”的小提琴拉得那么好，怎么可能考不上呢？

“没考上？不可能呀！”王星焰急了，“她考的是哪个学校？”

事后王星焰才意识到，当时他这样问话其实是非常不礼貌的。这样问话相当于“哪壶不开提哪壶”。但是王星焰没有意识到，王星焰当时觉得实在是太意外了。好在那时候王星焰已经考上了，考上大学的王星焰就不是原来的那个王星焰了。那时候考大学比现在难多了，准确地说是录取的比例小多了，因此，那一年凡是考上大学的，都是骄子，跟如今登上了载人航天飞船差不多，光荣得很。所以，夏老师对王星焰的冒失并没有很生气，或者说被王星焰头上耀眼的光环照晕了，来不及生气。不但夏老师并没有生气，而且夏老师的爱人和“薇薇”本人也没有生气。因为他们听见王星焰在客厅里面的对话之后，马上双双从里屋走出来，主动跟王星焰打招呼。

“考的师范大学。”“薇薇”说。

“师范大学？”王星焰问。

“师范大学。”“薇薇”说。

“艺术系？”王星焰问。

“艺术系。”“薇薇”说。

“主考老师是不是李子贤老师？”王星焰问。

“是啊，你认识？”“薇薇”眼睛亮了一下。

“他是我二胡老师。”王星焰说。说完，赶紧看看夏老师，这一次他意识到自己冒犯老师了，于是闭上嘴。又干坐了一会儿，告辞。

第二天上午，王星焰又来到夏老师家，这次夏老师家里只有“薇薇”一个人，其他人该上班的上班，该上学的上学。其实王星焰知道只有“薇薇”一个人在家。再说即便夏老师或者夏老师的爱人在家，王星焰也不怕，王星焰这次来有冠冕堂皇的理由——给“薇薇”送复习资料，具体地说就是送那套他自己用过的《知识青年自学丛书》。当然，更为重要的是王星焰现在是大学生了，在当时可以说是万众仰慕的大学生了，而且是重点工学院的大学生，所以王星焰有底气了，或者说王星焰自信了。

这是王星焰第一次和“薇薇”单独见面，单独交谈。直到这个时候，王星焰才知道“薇薇”的大名叫“夏薇薇”。

“只要按这套书认真复习，考上大学是肯定没有问题的。”王星焰说，“不要相信复习提纲，考试的内容不会超出这套丛书。不一定要考艺术类，艺术类名额少，选择范围窄，不像普通院校，只要分数高，肯定能录取。”

上了大学之后，王星焰给夏老师写了封信。王星焰只能给夏老师写信，王星焰不敢给夏薇薇写信。如果给夏薇薇写信，信往哪里寄？寄到家里，万一被夏老师收到怎么办？寄到农村，夏薇薇现在还会在农村安心务农吗？王星焰幻想着写给夏老师的信能被夏薇薇看到，至少看到信封上的地址，并且最好在看到地址后能按照这个地址主动给他写信。但是夏薇薇没有给他写信。不知道夏薇薇是根本就没有看到那封信，并不知道王星焰通信地址，还是看到那封信了，也知道王星焰的通信地址，但是就是没有给他写信。好在这段时间不长，也就是半年吧。半年之后，当学校放假王星焰再次来到夏老师家的时候，获知夏薇薇也考上了，考上了医学院。

这一次王星焰又跟夏薇薇进行了面对面的交谈，甚至还特意写了一个地址，亲手交给夏薇薇，说希望保持通信联系。

王星焰就是从那个时候开始，才跟夏薇薇正式通信，并且还是王星焰主动写信过去的。为了确保夏薇薇收到，还专门注明“七八级新生”。此后，王星焰就不断地给夏薇薇写信，写得很勤，用毛笔写。用毛笔写的目的还是为了显摆，因为那时候还没有电脑，那时候字写得好不好还是一个人有没有水平的重要标志，而毛笔字更是标志中的标志。王星焰用毛笔给夏薇薇写信，就是想显示自己“水平”。没办法，改不了。

在大学的几年里，王星焰别的东西学得怎么样现在不好说，写信的水平肯定是大有长进，特别是当时《中国青年报》上转载了一篇小说，叫“爱情的位置”，同学们争相阅读，反响热烈。围绕着这篇小说，王星焰先后给夏薇薇写了十八封信。先是抄报纸上的评论，后是贩卖同学们的反应，最后才谈到自己的看法。终于，七谈八谈，把夏薇薇跟他的关系挑明了。

挑明了不代表就成功了。果然不出王星焰所料，夏老师对女儿和自己的学生的关系保持沉默。在这种状况下，沉默就是冷漠。王星焰对夏老师的态度当然有点愤怒，甚至觉得老师有点势利，势利什么呢？王星焰的父亲这时候又回到城市，而且直接回到了省城，并且肯定是担任了比夏老师更高的职务，王星焰不是“没有父母”了，不但有，而且有体面的父母。但是王星焰不打算依靠父亲命运的改变来改变自己的命运。王星焰爱显摆，不错，但是王星焰同时也不服输，王星焰觉得，随着七八级、七九级、八〇级以及后面一级一级的新生入学，原来罩在他们七七级头上的光环越来越暗，考上大学并不能代表自己功成名就，要想彻底改变夏老师的看法，要想让夏老师为他曾经的短视而后悔而羞愧，唯有更加努力。

还好，虽然夏老师保持沉默，或者说夏老师保持冷漠，但是他并没有公开阻拦，或者说他不好公开阻拦，如此，夏薇薇的婚事主要还是取决于她自己。而作为七八级的女大学生，夏薇薇的选择范围并不宽，甚至只能在王星焰他们这一拨当中挑选，最后，尽管他们的爱情没有轰轰烈烈，但还是顺理成章地结婚了。

王星焰跟夏薇薇是一九八五年结婚的。夏薇薇虽然实际上只比王星焰晚半年进的大学，但是出来的时候却比他晚了一年半，因为医学院要上五年。夏薇薇曾经抱怨过，抱怨同样是上大学，读医学院是最不合算的，大学要多上一年，毕业后也只能做具体工作，并且很难得到升官发财的机会。王星焰一开始以为她是开玩笑，后来，当王星焰在海南淘到了第一桶金之后，夏薇薇就立即辞职不干了，当起了全职太太，王星焰才知道她当时不是开玩笑的。

或许是性格所致，或许是跟自己的老岳父置气，王星焰这些年一直是努力向上的。毕业分配到设计院之后，刚开始是努力在学术上有所建树，发表了不少论文，还出了书，后来终于开窍，觉得在学术上建树再多也没有用处，母校搞校庆，坐在主席台的都是当上领导的学兄学弟，而没有一个是学术上有成就的。一想，有道理，学院有那么多的教授，哪个不是在学术上有建树？还有他这样出了两本著作的学生上台机会吗？因此，在当时，所谓的出人头地，就是要当领导。

开窍之后，王星焰马上把心思放在“人学”上，果然很快就当上了研究室副主任。其实在设计院当上研究室副主任不难，甚至是只要你想当就能当上，因为绝大多数工程技术人员并没有把他们的副主任当作什么“官”看。王星焰本来就是学术上有点成就的人，加上在建设兵团的时候就入了党，所以在设计院当一个副主任不难。正因为不难，正因为同事们仍然把副主任看作是以前的副组长，所以王星焰才又想到了改变，因为只有从设计院调到行政单位了，他这个“副处级”价值才能得到显现，或者说才能得到价值回归。这时候，国家决定在海南建省，办经济特区，需要大批干部，王星焰顺势而为，这才有了后面这一大堆戏。

现在回头看看，王星焰当初这一步还真走对了，如果当初不走这一步，还是在设计院，现在正常的结果就是研究室主任，内地的一个研究室主任怎么能跟深圳一个上市公司的老板相比呢？现在王星焰要是回到原来的那个城市，市长肯定都要请他吃饭，如果是研究室主任，行吗？

王星焰这些年算是一直往上走了，但是他的老婆夏薇薇却正好相反，王星焰再也不能从老婆的身上找回当年那个神秘的拉小提琴的女孩影子，甚至找不出那个穿着毛哔叽裤子的女高中生的影子，最后，连那个穿着白大褂的年轻女医生的影子也完全找不到了。

辞职之后，夏薇薇一度还重新拉起了小提琴。为了让她重新找回失落的感觉，王星焰还专门从意大利买回来一个小提琴。但是，无论小提琴多么好，王星焰也听不出当年的感觉。王星焰不敢确定是“薇薇”的水平问题，还是他自己的听觉发生了问题。后来证实问题不在王星焰身上，因为一盒日本松香还没有被划出印子，夏薇薇就不拉了。

夏薇薇说：“当初要不是受经济条件制约，我就学钢琴了。”

这话王星焰听起来很亲切，就像是在说他，因为当初如果不是只有十四块钱，而是有二十九块钱，那么王星焰就学小提琴了。至于钢琴，王星焰连想都没有想过。

于是，王星焰又为夏薇薇买了一架钢琴。不过这次王星焰留有余地，没有张罗着买进口的，而只买了一架国产的，想着希望越大失望越大，还是先买个国产的再说吧。

结果就不说了，不说也能想象出是怎么回事。总之，现在夏薇薇的主要工作是两项，一是炒股票，二是打麻将，与深圳那些有钱但没有文化的中年妇女没有什么两样，并且还不如那些没有文化的女人，因为夏薇薇常常把自己的钱输给她们。

王星焰又想到了丹丹，今天的丹丹跟昨天已经判若两人，那么明天呢？不能再想了，到家了。

17

第二天上午来到公司，王星焰还没有进办公室，就听见里面的电话响。

“一直在响，”琳娜说，“我没有接。”

没有接是对的。

王星焰的桌子上有三部电话，一部是可以在公司内部转接的区域电话，一部是跟琳娜桌子上的电话相通的直线电话，还有一部就是现在嗷嗷叫的单线电话。区域电话代表了集团用户的最新技术，既可以当内部电话使用，也可以当外线电话使用，当区域电话当内部电话使用的时候，只需要按四位号码，且不走外线，所以电信局不收取通话费，可以降低公司内部的办公费。区域电话当外线使用的时候，其功能相当于过去的总机，但是比过去的总机方便，因为它不需要人工接转，往外打，先按 9 即可，往内打，听到提示音之后直接按分机号就行了，只有在对方不知道分机号码的情况下，才按 0 键，向前台小姐咨询。直线电话是王星焰的专用电话，虽然跟琳娜桌子上的那台话机相通，但是琳娜是绝对不会使用这部电话的。琳娜如果要打电话，可以用桌子上的那个区域电话打。一般地，外面有什么人要找王星焰，电话打进来，即使是打通了他的直线电话，那么也只能由琳娜接，琳娜接通了之后，问清楚情况后，感觉确实有必要让老板接的，才转给王星焰。至于王星焰桌子上的第三部电话，也就是那部单线电话，即使公司内部的人也很少知道它的号码，公司内部的高层管理人员虽然知道这个号码，在一般的情况下也很少使用，除非紧急情况或十分保密的通话。琳娜知道这部电话的重要性和保密性，甚至连哪些人知道这部电话本身就是保密的。所以，当王星焰不在办公室的时候，如果这个电话响起，那就让它响着，琳娜是绝对不会去接的。比如今天，今天一上班这个电话就不断地响，但是琳娜就是不接。

王星焰进来之后，远远地看着电话，就知道是丹丹打来的。

他没有奔过去接，而是先把门关上，然后坐到大班椅上，并且把脚架到大班台上，才伸手拿起电话。

“你好。”王星焰说。

“对不起。”电话里面果然是丹丹的声音。不但有丹丹的说话声，而且有丹丹的哭声。

“丹丹呀，”王星焰说，“怎么哭了？对不起谁呀？”

“你不生我的气了？”丹丹问。丹丹在这样问的时候，仿佛已经止住了哭声，或者说哭的声音已经减弱，正向着不哭的方向发展。

“生什么气呀？”王星焰说，“我怎么不知道呀？”

“是我不好。”丹丹说。

“你怎么不好呀？”王星焰问。

“我昨天把门从里面关上了。”丹丹说。

“那有什么错呀？”王星焰说，“女孩子睡觉，当然应该把门关上了。”

“你来敲门我知道。”

“我知道你知道。”

“可是我没开门。”

“我知道你没开门。”

"你不生气呀?"

"生气? 生什么气?"王星焰问,"你有权利不开门呀。一个女孩子睡觉,要是晚上只要有男人敲门,随便就开门,那我才生气呢。"

丹丹笑了。

"行了行了,"王星焰说,"一会儿哭一会儿笑的,你怎么没上班呀?"

"下午才做节目。"丹丹说。

"早上还没有吃东西吧?"王星焰问。

丹丹愣了一下,才想起来,是没有吃东西。

"是啊,"丹丹说,"你怎么知道的呀?"

"行了,"王星焰说,"你先不要管我怎么知道的,你先到楼下买点东西吃,吃完了好好洗个脸,重新化妆,不要影响下午做节目,啊。"

"那好吧。"丹丹说。丹丹这样说的时候,已经非常开心,仿佛他们之间什么事情都没有发生。

放下电话,王星焰没有动窝,继续保持刚才的姿势,发了一会儿愣,知道这件事情并没有过去。丹丹已经不是当初刚刚从大学毕业做电视直销时候的那个丹丹了,自从做上旅游节目之后,丹丹已经成了名人,来自各方面的诱惑并不少,而自己对她还是老样子当然不行,比如房子,还是那个只有三十平方米的小房子,这就不行了,好比中国的经济每年以7%至8%的速度递增,人均收入和人均生活水平也在不断增长,但是个人所得税的起征点一直不提高,这就不行了一样。但是王星焰不想在丹丹身上投入太多的精力了。投了也没用,人的欲望是永远不可能满足的,现在是三十平方米嫌小了,明年可能八十平方米也嫌小,到底多少才算大呢? 再说王星焰并不想跟夏薇薇离婚。王星焰已经过了不惑,更加有自知之明,知道天下的女人都差不多,作为老婆,还是夏薇薇让他更踏实。夏薇薇虽然不能再给予他什么,比如不能在王星焰前进方向上继续充当灯塔，但是至少不会给他添任何的麻烦，比如不会在他面前耍性子，不会惹出其他什么事情来。而丹丹则很难说了。耍性子已经开始，惹出什么事情也不是没有可能的。王星焰发现，现在的年轻人在男女问题上的态度变得让人可怕。王星焰甚至认为，人类在性的问题上，还是应该无知一点好，无知一点才能神秘，像现在，十几岁的小孩什么都知道，既然什么都知道，那么就少了敬畏感，既然少了敬畏感，那么就不会把它看得很神圣，所以也就随便了。比如丹丹，丹丹跟王星焰的时候，已经不是处女了，并且在避孕的问题上相当老练，甚至比夏薇薇还老练，不但比当初的夏薇薇老练，甚至比现在的夏薇薇还老练，你说可怕不可怕？所以，王星焰是肯定不会跟夏薇薇离婚的。既不会跟夏薇薇离婚，更不会跟丹丹结婚，根本就没必要在她身上投入太多的感情。当然，“感情”是可以折算成金钱的。因此也可以说，王星焰不打算再投入更多的金钱，投多了反而将来心理不平衡。

王星焰相信，丹丹昨天晚上的表现绝对不是偶然的，尽管今天早上她马上就道歉了，但是这并不表示她以后就不再犯了。其实，可以肯定地说，她以后一定会再犯，并且再犯的周期会逐步缩短。

王星焰马上就想好了处理他和丹丹关系的“八个方针”：顺其自然，逐步疏远。恢复到比较好的校友关系上，偶然相聚，互不纠缠。给丹丹更大的空间，也给自己更大的空间。王星焰相信丹丹现在只要有空间，马上就会绽放。那就让她绽放吧。如果还是按照现在这样交往下去，将来肯定会有麻烦。

行了。不想了，先处理正事。

这么想着，王星焰就把腿从桌子上放下来，然后抓起区域电话，拨了“8898”，说：“来一下。”

尽管是王星焰自己打电话叫琳娜来的，琳娜在进门之前还是象征性地敲了两下门。

“进来。”王星焰说。

琳娜进来，手里拿了一沓纸。像是文件，也像是报告，或者什么都不是，完全是琳娜给自己的手找一个合适的地方。

“上午有什么事吗?”王星焰问。

琳娜就七七八八汇报了一大堆事情。当然，都是些日常的琐事，绝大多数不属于他这个董事长管的事，但是琳娜还是习惯性地把该他管的和不该他管的事情一股脑地全部汇报了一遍。琳娜知道，王星焰这时候问她有什么事情，其实就是想全面了解一下情况。

“李先生来电话了吗?”王星焰问。

“没有。”琳娜说。

“如果来了马上告诉我。”

“好的。”

琳娜出去之后，王星焰开始浏览报纸。听琳娜的汇报是全面泛泛地了解公司内部情况，浏览报纸是全面泛泛地了解公司外部的情况。

王星焰一边浏览报纸一边喝咖啡。王星焰习惯早上喝咖啡，但是喝得不是很讲究，就喝雀巢三合一袋装咖啡，方便，不需要麻烦琳娜，王星焰自己就能冲。自己冲的好处是想什么时候冲就什么时候冲，想冲几袋就冲几袋，有那个时间跟琳娜交代清楚，自己就冲好了。喝袋装三合一咖啡的另一个好处是它里面有足量的牛奶和糖，这样，早饭就可以免了，而且至少可以保证一上午精神饱满。

突然，王星焰看到一则不起眼的小消息，消息说关于出租车司机和管理机关的纠纷已经解决，政府已责令各公司暂时每月补偿每辆车1000元。王星焰马上就想起来昨天晚上陪李东等车的事，并且想起李东说的话。

王星焰大脑兴奋起来，马上把琳娜叫进来，问她知道不知道出租车的事。

“知道。”琳娜说。

“什么事?”王星焰问。

琳娜愣了一下，仿佛是在想老板为什么对这件事情感兴趣。

琳娜说：“前几天有几百辆出租车围堵市政府。”

说完，又怕老板问她是怎么知道的，于是自己解释："我也是从凤凰卫视《有报天天读》知道的。"

"为什么出租车要围市政府?"王星焰问。

"还不是管理费太高了呗，"琳娜说，"每个月一辆车的管理费七七八八加起来一万多块，为了维持这么高的收费，所以限制出租车的总量，造成出租车牌在深圳是特别紧俏的资源，大小管理者都可以合法地发财，倒霉的是消费者，搞得深圳打的最难，而且最贵，司机的意见还最大。"

"还有这事?"王星焰问。

"是的，"琳娜说，"您不打的士不知道，现在深圳有很多外地车，东莞的汕尾的都有，便宜，态度还好，就是管理部门老是抓。"

"为什么?"王星焰问。

琳娜摇摇头，说不知道。

其实也不用琳娜说了，王星焰自己已经想通了。如果让东莞和汕尾的出租车进深圳，那么他们手中的出租车牌还值钱吗?

上午王星焰又陆续接待几个人的汇报，其中对证券部经理说的有一个庄家想跟他们合作的事情引起了王星焰的兴趣，于是答应可以谈谈。

王星焰马上就将这个庄家的意向和李东的意向做了联系，甚至想到，可以背着李东和庄家，自己也在二级市场上做一把。但是只能小做，不能大做。这么想着，就觉得应当事不宜迟，马上往家里打了电话。他知道，夏薇薇下午才打麻将，上午一般在家。但是电话响了半天，居然没有人接，于是想着夏薇薇可能去买菜了。儿子在北京上大学，家里就他们两个人，所以把保姆辞了。在这个问题上，王星焰的看法和夏薇薇高度的一致，觉得宁可请钟点工，也不要请保姆。钟点工纯粹就是帮你干活的，而保姆可能还要参与主人的生活。好好的生活让保姆掺和干什么?所以现在夏薇薇宁可自己像普通家庭的主妇一样去超市买菜，也省得跟保姆生气。

王星焰打通夏薇薇的手机。手机也是响了半天，但是还是接了。

接了就好。王星焰对她说：“不要告诉别人，你自己进一点我们的股票。”又怕夏薇薇不明白什么是“我们的股票”，还特意说了“万利通”，并且告诉证券代码，再次强调不要对其他任何人说。

放下电话之后，王星焰突然感觉有什么地方不对劲。怎么自始至终就他一个人说话，老婆怎么一个字都没说？

18

李东终于在自己的商业运作和政府有关部门的政绩之间找到了共同点，答应先注册公司，先运作，等到高交会开幕的时候，再照样参加各种各样的签约仪式，并且是正儿八经地坐在台上面“签”，如此，比如什么海归人士投资创业的什么仪式，外资投资的什么仪式，等等，都参加，反正仪式就是形式，也不会真有哪个记者上去看看签字的内容。再说，即便遇到这样的记者，也不怕，李东的“海归”身份是真的，投资中国大陆的美元也是真的，至于是不是已经签过的协议再签一次，哪国的法律都没有明令禁止。如此，李东这次深圳之行收获将是大大的。实惠得了，风头也出了。因此我们可以相信，李东先生从此之后将会更加热爱自己的祖国。

王星焰跟李东之间合作的细节也已经推敲了多次，该考虑的问题基本上都考虑到了，特别是关于获利各得50%的细节，按照王星焰的建议，双方以自然人为主体搞了一个备忘录。也只能以自然人的名义搞，如果以法人的形式，要麻烦得多，至少对于李东那边就麻烦许多，甚至就搞不成了。好在双方是老同学，备忘录只是一个形式，或者是对双方的一个提醒，谁也不会真的打算闹到法庭上。毕竟，他们的操作是灰色的，不能曝光，毕竟，他们是商人，而不是艺人，艺人的成就体现在“出名”上，上法庭也是出名的手段之一，而商人不一定希望自己出名，商人太出名了之后，不仅工商税务和各种各样的以赞助来维持生存的活动会找上门，就是黑道上的

“弟兄”也容易“惦记”你，而王星焰和李东都不习惯连上个厕所都带保镖，所以肯定不需要通过打官司来出名。再说，李东也不敢违约，如果李东敢违约，王星焰就敢不让他退出万利通，或者说不回收万利通的股票，那样李东的麻烦更大。

券商这边也找好了。不但找好了，而且证券公司的老总还专门请王星焰和李东吃了饭，生怕这单业务被别的券商抢了去。老总甚至还私下给王星焰打过电话，暗示如果操作成功，可以给王星焰一些交易费返还，王星焰当场表示不必要，直接把交易费降到最低就可以了。王星焰明白不能因小失大。

现在一切都已经妥了，就等着加拿大那边把“热钱”汇过来了，却突然出了麻烦。

麻烦出在加拿大那边，却把这边的李东的嘴巴都急得起泡了。

加拿大那边认为，关于十月份人民币升值的预测，可能要泡汤。

“为什么？”王星焰问。

王星焰是问李东的。

李东说：“因为中国政府已经正式宣布从明年一月一日起，降低出口商品的退税比例，并且降低的幅度不小，一下子就降低了三个百分点。”

王星焰不说话了。王星焰是内行，知道这意味着什么。意味着在十月份的曼谷会议上中国不会再向美国总统送礼了，因为降低退税这个大礼比人民币升值还要贵重。美国为什么坚决要求人民币升值？说到底，就是为了缩小美中之间的贸易逆差。人民币价格低了，中国产品的成本就低，这样，中国产品在市场上就比美国产品价格便宜，中国产品出口到美国好卖，而美国产品到中国来就难卖，所以中美贸易中一直是中国贸易顺差，美国贸易逆差，所以美国强烈要求中国的人民币升值。但是美国人确实比中国人笨，不懂得迂回战术，其实除了汇率之外，消除贸易逆差还有一个更直接的手段，就是调整出口补贴。出口补贴是各国鼓励出口的一个最常用的手段，就像失业是商品生产中一个最常见的经济现象一样，中国也不例外，中国也鼓励自己的产品出口，曾经有一段时间，这种鼓励还以口号的形式表现出来，叫作“争创外汇”。但是中国的出口补贴不叫出口补贴，就像中国的失业不叫失业一样。中国的失业以前叫“待业”，后来叫“下岗”，同理，中国的出口补贴叫“退税”。具体操作起来，也确实是“退税”。一种商品出口之后，凭出口报关单和出口之前的纳税凭据，可以从税务部门退回一部分税到企业，或者是返还一部分税给企业，这样，企业出口的产品综合成本就进一步降低了，相应地给国外的报价也可以进一步降低，有利于增加出口。事实上，中国的很多企业做出口生意是“零利润”，做完之后，从税务局退回的这一部分才是企业的利润。现在中国政府不调整汇率而直接降低退税，实际上是减少了出口补贴，总体上会增加出口产品的综合成本，报价会上升，出口产品的国际竞争力肯定会降低，出口会相应地减少，最后还是减少了美中贸易逆差。

加拿大那边犹豫了。因为如果人民币不能按照当初的预期升值，那么他们此次的投资或者说投机的基本依据就发生了变化，重新审视也是必然的。如果最后决定放弃这次投资，那么李东的损失就大了。就像打麻将，一直不开和，现在好不容易做了一个大和，牌都已经推倒了，高兴了半天，却突然发现是诈和。

“要不然你回去一趟?”王星焰建议，“实在不行我陪你回去，当面向委员会承诺，不管人民币是不是升值，反正我给你们的保底回报是中国境内人民币存款利息。”

李东看了一眼王星焰，想笑，忍住了，因为他不能嘲笑别人的善意。

“不行。”李东说。

“为什么?”王星焰问。

“如果那样，”李东说，“更糟糕。他们说不定还以为我们俩合伙骗他们呢。我在委员会那边一直说的是我求着你呢。”

王星焰点点头，仿佛明白了。

“那怎么办?”王星焰问。王星焰这样问也不光是替老同学着想，也是替他自己着想。其实他们之间已经签了备忘录，从某种意义上说，现在李东的事情也就是王星焰的事情。各占50%了，还分什么你的我的。

“只有先等着了，等着那边给我提出更苛刻的要求，”李东说，“只要他们给我提出更苛刻的要求了，就说明这事还有救。”

在今后的两天里，李东把自己关在宾馆里，王星焰也不敢去打听。其实也用不着打听，假如真的有什么实质性消息，不管是好消息还是坏消息，李东肯定会在第一时间里告诉他的。

在这两天里，王星焰又去丹丹那里一次。是丹丹自己打电话叫他去的，打了两次，王星焰想了想，还是去了。

丹丹的电话是商量的口气说话的。先问他忙不忙，身体怎么样，要多注意身体，工作是做不完的，钱也是赚不完的，还是身体最重要等等，然后话题一转，问他晚上有没有什么安排，如果没有，就上她那里，她可以煲一些汤给他喝。第一次王星焰说没有空，说晚上要陪同学，不知道会陪到几点钟。其实那天晚上没有去陪李东，李东的心情不好，还不如让他一个人在宾馆里面看影碟，所以王星焰并没有去陪他。王星焰没有去丹丹那里是因为王星焰自己的心情不好，不好的原因一是李东这边突然冒出的麻烦，二是对前几天丹丹的表现还堵在心里面，所以王星焰说没空，没有去。第二天丹丹一如既往，继续打电话，口气与前一天一样。这次王星焰去了。王星焰不好意思不去了，再说王星焰也确实有点想丹丹了，就是不想丹丹煲的汤，也想丹丹的身体，一想到丹丹的身体，王星焰就有点冲动，于是，其他的一切烦恼就被这种冲动冲掉了，就去了。

小别胜新婚。

这次没要王星焰敲门，当然也就没有要王星焰自己拿钥匙开门，事实上，丹丹是一听见王星焰的脚步声，马上就把眼睛对在猫眼上，确认是王星焰之后，立即就把门拉开，并且顺势把王星焰也拉进来。

王星焰进来之后，两个人什么话都没有说，仿佛这时候说什么话都是多余的，心动不如行动，两个人立即就黏在了一起。首先黏在一起的是嘴唇，然后就没有让嘴唇分开，他们就那样嘴唇黏在一起脱衣服，脱得很急，像是如今的一些电视台搞的什么竞赛活动，看谁先把衣服脱光了。脱光了之后，王星焰就迫不及待地要进入丹丹的身体，而丹丹的身体此时也像是宇宙当中新近发现的伽利略黑洞，正张开大口，迫不及待地要把王星焰吞噬，于是，他们双双直接进入高潮，实现了在新的高度上达到了新的完美的和谐。那一刻，王星焰晕了。

王星焰是过来人，在两性关系上也绝对不止夏薇薇和丹丹两个人。但是对于性他好像还不是很了解，比如人为什么要接吻。按照王星焰现有的知识，他觉得男人和女人想性交可以理解，甚至他还能理解为什么人都喜欢健康美丽或者是能力强的对方，但是他不理解人为什么要接吻。王星焰有很多次想请教一下夏薇薇，因为夏薇薇是学医的，或许她应该知道，但是结婚这么多年了，儿子都开始谈恋爱了，王星焰始终还是没有开得了这个口。倒是有一次跟一个兼职的小姐在一起，兼职小姐说她的本职工作是护士，王星焰就问了她这个问题。没想到兼职小姐还正儿八经地回答了这个问题。按照那个小姐的解释：男人和女人都想融合，尽可能地融合，无论是拥抱、接吻还是最后的性交，其实都是融合，其中受孕生子是男女融合的最高形式，因为他们的融合产生结晶了，表示融合得彻底，融合得毫无保留。如果这个小姐的理论是真理，那么男女之间如果相互喜欢，就必然表现为他们希望相互融合，最先是眼神交融，然后是声音交融，再往下是拉手、拥抱、接吻、性交、生儿育女，并且在每一个阶段都尽可能地融合，比如拥抱，就希望紧紧地拥抱，比如接吻，就希望把自己的舌头深入到对方的口中，或者是把对方的舌头吞到自己的喉咙里，至于性交，则应当是希望性交得彻底，以性交之后的怀孕为最高境界，可惜现在人的本性异化了，现在人喜欢性交，却不喜欢怀孕。

王星焰现在跟丹丹就融合了，但是并不是彻底的融合，因为他们永远不能达到融合的最高境界——生儿育女，所以他们的融合永远是不彻底的，甚至是虚假的。不像王星焰跟夏薇薇，至少他们还曾经达到过那种境界——生儿育女的融合。这么想着，王星焰就突然感到了一种厌倦，一种莫名其妙的厌倦。于是，高潮提前终结。

女人是敏感的。

“你还在为那天的事情生气？”丹丹问。

“没有，”王星焰说，“真的没有。你不要想得太多。”

“我没有想得太多，”丹丹说，“是你想得太多。”

王星焰愣了一下。

“是吗？”王星焰问。

“是的。”丹丹说。

王星焰愣了一下，想了想，说：“是啊，这些天我听到一些风言风语，说有一些大款在追你。”

“吃醋了？”丹丹问。

丹丹在这样问的时候，就表现得很开心，或者说很得意，并且还开心地用双手箍住王星焰的脖子。而王星焰则发现他们的价值观相差太大。

“其实如果遇上真心对你好的，你也应当抓住机会。”王星焰说。

丹丹猛地一下子放开王星焰，并且拉开了一点距离，瞪着王星焰，说：“这是你说的呀！”

王星焰笑了一下，自己也感觉笑得很假。

“是不是我说的并不重要，”王星焰说，“重要的是我不能娶你，如果一直这样跟你不清不白，不是耽误你了吗？其实我一开始就是喜欢你，并且心甘情愿地想帮你，没有别的意思，好到今天这个份上，其实也不是我当初自己预料到的。”

丹丹把王星焰推开，说：“后悔了是吧？是我自己贱，主动勾引你的是吧？要是玩腻了，不想要了，说一声，我不会缠你的！你不要以为我是贪你的钱，告诉你，我要是贪钱早就不是这样了！”

“你这个人怎么不识好歹呢?!”王星焰问。

“对，我不识好歹，不识好歹我打电话要你来干什么？不识好歹我跟你道歉干什么?”丹丹愤怒地说。

王星焰没有说话，他知道，再说任何话都要吵架。

19

老丁的特快专递和他的电话几乎是同时来的。

“我给你寄的材料收到了吗?”老丁问。

“收到了，收到了。”王星焰说。

“怎么样?”老丁问。声音中带点兴奋。

“哎呀，刚收到，”王星焰说，“我还没有来得及看呢。”

“那你快看看。”老丁说。

“好好好，我这就看。”王星焰说。一边说，一边手忙脚乱地在拆信封。

“要不然这样，”王星焰说，“我先看看，看完了之后我再打电话给您。”

“那好，我等你电话。”老丁说。

老丁又搞了一个专利。这次是脚踏压泵，就是用脚踩着，水泵就工作了，不需要电力，比传统的水车效率高多了。按照老丁自己的介绍，甚至比电动的水泵还要方便实用，既可以做农用，也可以给城里人浇花园用，不仅省电，而且可以废水利用，比城市人用自来水直接浇花要环保，节能和环保两个概念都包括在里面了。

王星焰也相信这东西比上次那个脚踏喷雾器要好一些，想着这个老丁还真执着，于是就有点感动，又想着当初在兵团的时候老丁对自己的关照，甚至认为自己现在有责任成全老丁。自己要是不成全他，谁能成全他呢?但是，如果从投资的角度考虑，无论这个脚踏压力泵是好还是不好，是有商业开发价值还是没有商业开发价值，他都不想做。说实话，一个做房地产起家的老板，现在做IT，又介入资本运作，是真的没有必要关注这种简单的农用机械的，但是，现在怎么跟老丁说呢？

王星焰正犯着愁，琳娜进来了。琳娜照例手上拿着一沓文件一样的东西，照例要汇报一大堆王星焰可知道可不知道的事情。

王星焰一抬手，示意琳娜不要说话，然后又指着他对面的那个椅子，示意她坐下，并且把老丁刚才用特快专递寄来的材料推到她面前，说："你先看看这个。"

说完，王星焰自己走到墙角的饮水机旁，打开小柜，取出袋装三合一雀巢速溶咖啡，冲了一杯，然后回到自己的位置上，一边喝咖啡，准确地说是一边闻咖啡的气味，一边等待着琳娜看资料。因为咖啡太烫了，现在还不能喝到嘴里。

"还是那个老丁的吧？"琳娜问。

王星焰笑了，笑着说："那还能有谁？"

"这个老先生还蛮执着的呀。"琳娜说。

"是啊，你看怎么样？"王星焰问。

这下该琳娜笑了。琳娜抬起头，与王星焰对视了一下，笑着说："不管怎么样，都不符合我们的投资方向，都不应该上这个项目，甚至不该在这个项目上消耗精力。"

王星焰的眼睛在热腾腾的咖啡和琳娜的脸上来回地转，他当然知道琳娜说得对，但是琳娜没有考虑到王星焰感情上的因素，不过这不能怪琳娜，琳娜不知道王星焰和老丁之间的那段情感，别说不知道，就是知道了也不一定理解，再说，做生意也不能从感情出发。

"问题是我现在该怎样跟老丁说呢？"王星焰问。仿佛琳娜能给他正确答案。

"先不要说什么，"琳娜说，"你在上面签个意见，然后我送到投资部，让他们拿个意见，有了他们的意见，你跟老丁就好说了。"

"对呀，"王星焰高兴起来，"这也算是对老丁负责，你说呢？"

琳娜笑笑，没有说话，笑笑就表示完全赞同王星焰的话了。

王星焰把老丁的那份资料拿过来，迅速地在上面写了几个字，然后再交给琳娜，说："你让他们今天就要拿一个意见。"

琳娜接过去，说好，马上就送走了。

当琳娜又回到王星焰的办公室的时候，老丁的电话又打过来了。

王星焰没有想到老丁这么着急，连个研究的时间都不给他，于是看看琳娜，用手指指电话，虽然没有说什么，但是脸上的表情已经告诉琳娜：是老丁。

“看了吗?”老丁问。

“看了。”王星焰说。

“怎么样?”老丁又问。

“不错。”王星焰又说。

“我们能不能马上上这个项目?”老丁问。老丁好像很兴奋，所以声音很大，连琳娜也听得非常清楚。给王星焰的感觉是老丁的旁边还有人，老丁这样大声地喊似乎不光是给他一个人听的，还要给他旁边的人听。

“这个，这个……这个正在研究。”

“我告诉你呀，小王，这个东西好呀，肯定好。”老丁说。

“是的，”王星焰说，“我也觉得不错。”

“我说要搞就早搞，时间不等人呀。”老丁说。

王星焰愣了一下，说：“这样，我看这个东西确实不错，我已经在上面签了意见，现在投资部正在做论证，我让他们今天就拿出具体的意见来，明天我再答复你怎么样?”

“下午，”老丁说，“今天下午吧，你不是说他们今天就拿出方案吗?”

“那好，下午。”王星焰说。

放下电话，王星焰挥挥手，说：“去，让他们上午就把意见拿来。”

琳娜笑着走了。王星焰摇摇头，开始正式喝咖啡。

一杯咖啡还没有喝完，琳娜就已经回来了，并且拿回来那份资料，说不行，投资部的人说不行，这样的项目连考虑的必要都没有。

王星焰皱了一下眉头，说：“你没有明白我的意思。我不是要他们说不行，我自己都知道不行了，还要他们说什么？现在是要他们找理由，要给我找几条理由，写出来，一条一条写出来。快，快去。”

下午刚一上班，老丁的电话又过来了。

“不行呀，”王星焰说，“研究没有通过。”

“为什么？”老丁问。

王星焰拿着一张纸，就是投资部整理出的那张纸，照着上面说：“第一是不符合我们公司的产业方向。”

“什么意思？”老丁问。

“就是说我们公司现在专门做万利通，不做这个。”王星焰解释道。

“不做这个？”老丁问。

“不做这个。”王星焰说。

“那你前年怎么能做的？”老丁问。

老丁的这句话还真把王星焰给噎住了。王星焰没有想到老丁会这么说，投资部提供的那张纸上也没有关于这一条的解释。

王星焰想了一想，说：“前年我是私人公司，我说做就做了；今年不一样，今年公司上市了，公司上市了之后就不是我个人的了，就不能由我一个人说了算，得集体研究，得按决策程序办，还要在报纸上公告。”

“不行了？”老丁问。

“不行了。”王星焰说。

“那怎么办？”老丁问。

“什么怎么办？”王星焰反问。

“那我欠的那么多债怎么办？”老丁问。

王星焰又愣了一下，才反应过来，说：“你没有欠我的债，我说过了，那是我自己投资失败，不会要你还的，算了。”

说完，王星焰轻松了不少，像任何人做了一件天大的好事之后一样地轻松不少。或者说像一个人终于把欠了多年的陈年旧债彻底还清了一样轻松。

“我知道你的钱是算了，”老丁说，“但是别人的钱怎么办？”

“别人的钱？”王星焰问，“别人还有什么钱？”

“你以为呀？”老丁说，“多呢。除了你的钱之外，我至少还找别人借了四十万，如果这个项目不搞，那我欠别人的四十万怎么办？”

“你还向别人借了四十万？”王星焰问。问的声音有点紧张，他知道，四十万对老丁不是个小数目，老丁一辈子可能都挣不到四十万。

“是啊。借了四十万。”老丁说。

“你向谁借了四十万？”王星焰问。王星焰这样问仿佛是不相信老丁真的向别人借了四十万。

“大伙呀，”老丁说，“有李超美、贺英同、朱家镇，还有王跃进，还有好多你不认识的，多呢。”

“你借那么多钱干什么？”王星焰问。问的声音有点大，是替老丁着急。

“投资呀，”老丁说，“投资那个项目呀。”

“你投什么资呀，”王星焰说，“不是说好我投资吗？”

“不是我投资，”老丁说，“是大伙投资。我觉得这个项目好，大伙也觉得这个项目好，大家觉得既然是好，那么就肯定能致富，所以都坚决要求投资。我也想呀，现在农场没有出路了，大伙都不容易，既然有一个发财机会，干吗不让大家沾光呢？于是就接受了。”

王星焰听了没有说话，不知道该说什么，或者说还没有来得及消化老丁所讲的内容。

“不相信你问问朱家镇。”老丁说。

老丁之所以要提朱家镇，是因为朱家镇是老知青，也喜欢喝酒，并且常常掺和到他和老丁这里来蹭酒喝，所以他们比较熟。

“那你现在打算怎么办？”王星焰问。

“上脚踏压力泵呀！”老丁说，“只有上新项目了，赚了钱了，才能把旧账补上。”

“就是真的要上新项目，那也不能上这个项目。”王星焰终于说出了心里话。说出来之后，就仿佛是出了一口恶气，舒坦多了。

“为什么？”老丁问。

王星焰想了想措辞，说：“投资部的报告说，农用电力现在是四毛九一度，不用电，用人踩，一天按八个小时计算，每天节省的电费还不到四块钱，不够喝两瓶矿泉水。”

“农民不喝矿泉水。”老丁说。

“那也得吃饭呀，”王星焰说，“现在农场那边忙的季节还要不要请临工？”

“还要请，”老丁说，“采茶的时候要请。”

“一个临工一天要多少钱？”王星焰问。

“哎呀，现在贵多了，计件，平均三四十吧。”老丁说。

“一个临工一天要三四十块钱？”王星焰问。

“差不多，”老丁说，“至少也要二十。”

“你给他们四块钱，让他们踩一天压力泵，行不行？”王星焰问。

老丁不说话了，或者是无话可说了。

“那么城市呢？”老丁说，“你不是说要做有钱人的生意吗？我这个水泵专门做给城市人用。”

王星焰没有立即回答，而是停顿了一下，停顿的目的是不想让老丁认为他咄咄逼人，或者误解他是轻率。

王星焰又看了看手上的那张纸，说：“现在城市人都住楼房了，哪来的花园？再说哪里来水源呢？没有水源光有泵有什么用？总不能把自来水先接到盆里，然后再用你的压力泵打出来浇花吧？”

老丁这下彻底不说话了。把电话轻轻地挂了，挂得非常轻，仿佛是不愿意让王星焰知道是他先挂的电话。

过了大约半个小时，单线电话又响了。一看来电显示，还是从农场打来的，但是这次打电话的不是老丁，是朱家镇。

朱家镇在电话里面很拘谨，与当初建设兵团时候的大大咧咧形成了鲜明的对比。拘谨了半天，还是把意思表达清楚了：能不能给他们想个出路。

“我已经跟老丁说得非常清楚了，”王星焰说，“这个项目不能搞，没有市场，越搞越赔钱。”

“知道，”朱家镇说，“知道。当初他上第一个项目的时候我就反对，说不能搞。但是他就是不听，坚决要上。老丁那人你知道，什么都好，就是固执，听不得别人的意见。”

朱家镇现在已经不那么拘谨了，说话也利索了不少。

“知道不行你还往里面投钱？”王星焰说。

朱家镇愣了一下，但是愣的时间不是很长，说：“是啊，是啊，那不是因为你嘛。”

“因为我？”王星焰问。

“因为你。”朱家镇说。

“话可得说清楚，我可没叫你们投资。”

“你是没叫我们投资，”朱家镇说，“但是你投了，你投了就表示这个项目好，既然你都说这个项目好，那还不就是好吗？”

这下该王星焰愣了一下。他想起了电影《百万英镑》，只要亨利亚当往金矿投钱了，其他人就跟着往里面投，而根本就不管那里到底有没有金子。

朱家镇见王星焰不说话，知道自己的话已经起了作用，于是胆子就彻底放开了，继续说：“老丁拿着你的汇款单据，没有去银行兑现，而是先在队里面走了一圈，把我们几个当初反对他的人挨个臭了一遍，说如果不好，王星焰能入股吗。我们一想，也是，毕竟你上了大学，毕竟你后来当了领导，毕竟你现在是大老板，毕竟你走南闯北，毕竟你现在在深圳，你肯定错不了，一定是我们自己思想落伍了，所以就转而支持老丁，并且鼓动着其他人一起入股。”

朱家镇又在电话里面说了一大堆，说现在老丁已经没有办法过日子了，天天债主上门逼债。

“怎么会有‘债主’呢?”王星焰说，“投资款不是借款，即便是投资失误，那也由投资人自己承担责任呀，怎么能要老丁‘还债’呢?”

“话虽然这么讲，”朱家镇说，“但是当初老丁并没有跟人家签协议，只是打了一张白条，说收到某某人民币多少，现在人家就凭这个白条向他要钱，有错吗?”

“老丁怎么不跟人家签投资入股协议书呢?”王星焰急了，还是替老丁急。

朱家镇停了一下，说：“是要签的，但是一想到你拿那么多钱都没有签协议，我们拿这一点钱就签协议，不是太小气了吗?”

王星焰不说话了，看来这一切还都是他的错了。

“现在怎么样?”王星焰问。

“老丁是要脸的人，”朱家镇说，“我真担心老丁会被逼得自杀。”

“怎么会这样呢?”王星焰问。

“怎么不会这样?”朱家镇说，“有几家已经要起诉老丁了，如果不是老丁又搞了一个项目，大伙觉得还有希望，早就起诉了。”

“有这么严重?”王星焰说。

“当然，”朱家镇说，“你知道这些钱都是些什么钱吗? 王跃进是向他女婿借的钱，现在他女婿为这事已经跟女儿离婚，搞得他老伴差点自杀。你再说李超美，就是当年嫁给邓副参谋长儿子的那个上海知青，现在还在农场，一直没有回上海，前年她妈妈去世，专门写了一个遗嘱，把全部四万块钱作为遗产留给她，说她一直在乡下，可怜，她本来打算投资老丁的这个项目狠赚一笔，然后在上海买套房子，体体面面地回上海，这下好了，疯了。还有……”

“不要说了，”王星焰打断朱家镇的话头，“我还，我还行了吧?”

20

李东预料的没有错，基金会那边果然提出了更加苛刻的要求，要求这边的金融机构为这笔投资提供不可撤销的全额担保。

条件虽然苛刻，但是李东还蛮高兴，因为只要提条件，那么这件事情就有希望。

“不要高兴得太早，”王星焰说，“他们其实是不想做，只不过不好意思说，所以给你开出了一个无法实现的条件。”

“这是你中国人的思维习惯，”李东说，“加拿大人没有你想得这么复杂。他们要是认为不能做了，就直接说不能做了，用不着跟我绕这么大的弯子。”

“真的?”王星焰问。

“当然真的。”李东说，“外国人傻，但是大家都傻，傻到都守规矩，所以效率反而高了。”

王星焰一听，有道理。王星焰的同学石裕在美国，说美国人傻。美国人注册公司不用花钱，但是旧公司年审一次要花 100 美元，美国人傻到宁可每年花 100 美元去年审，也不愿意去注册新公司。中国人聪明，聪明到每年都重新注册一个公司，这样，每年都可以省下 100 美元。十年之后，傻美国人拥有了一个拥有十年历史的公司，而聪明的中国人永远只有一个当年注册的新公司。当然，中国人总共省下了 1000 美元。你说，到底谁傻? 懂得做生意的人可能都知道，其实是中国人傻，因为历史是一个公司最重要的信誉基础，而没有信誉基础的公司又怎么能“做大”?

“但是，”王星焰说，“哪个银行愿意为你出具这种不可撤销的全额担保呢?”

李东笑了一下，好像是笑王星焰外行。

“不一定是银行，”李东说，“证券公司也是金融机构。”

王星焰突然发现，自己其实并不比李东聪明，看来自己能成为大老板，还真是感谢祖国的土壤好。

果然不出所料，证券公司还真答应了李东的请求，但是有两个条件。第一是这笔资金只能在他们证券公司内部运作，不能打走，除非直接打回加拿大它原来的账号，当它全部打回加拿大原来的账号的时候，就视为已经还款，证券公司的担保自动撤销。第二，为防止操作亏损，将来补不了可能的缺口，万利通公司必须为可能的亏损部分提供反担保。

关于第一条，李东和王星焰都没有什么异议，但是关于第二条，王星焰认为执行起来有困难，因为如果要让万利通出具这份反担保，王星焰就必须向全体董事解释这样做的理由，而且还要在季度公告上反映，如此，他们的暗箱操作就等于公开了，当然不行。

“有没有其他通融的办法?”王星焰问。

“有，”证券公司老总说，“就是你们追加 20% 的保证金过来，只要亏损不超过 20%，我们就不会平仓。”

自从上次王星焰主动拒绝证券公司老总提出的交易费返还给他个人之后，证券公司老总对王星焰的印象就相当的不错，二人现在已经成了朋友，保持着经常的来往，所以才主动跟他们说了通融的办法。

“这个还可以考虑。”王星焰说。

这一天丹丹又给王星焰打电话。王星焰接到丹丹的电话的时候，才突然发觉自己好多天没有见到丹丹了。

“晚上有没有空?”丹丹还是老一套。

“有有有，”王星焰说，“晚上我到你那里去。”

丹丹那边静了一会儿，说：“不用了。今天我们出去吃饭吧，好不好?”

丹丹说的声音很轻，让人听着仿佛是带着忧伤，或者是带着犹豫。

“行，”王星焰说，“什么地方?”

丹丹于是就说了地方，并且说好了，晚上七点。

王星焰到达的时候，丹丹已经来了，并且已经订好了房间，在等着王星焰。

房间很小，小到只能坐两个人。两个人面对面，像在火车上一样，只是横在他们之间的桌子大一点。王星焰突然发现，房间小有房间小的好处，比如像现在，两个人被压缩在一个狭小的空间里面，就比放置在一个空旷的大房间里面亲切。看来这家饭馆的老板还是会动脑筋的。

“今天我买单，行吗？”丹丹问。

“行，你买就你买。”王星焰说。

丹丹按下了墙壁上的一个小按钮，按下去之后，停了一两秒钟，又放开。大约是刚刚放开，就听见了轻微的敲门声。丹丹没有说话，只是在墙壁上轻轻地回敲了两下，一个领班模样的端庄的小姐进来。

“先生小姐晚上好。”端庄的小姐说。

小姐在说的时候，还自然地鞠了一个躬，鞠躬的幅度不是很大，不像日本人那样将近九十度，只有十五度吧，但是给王星焰的感觉比日本人的鞠躬姿势舒服。于是王星焰就想，其实做什么事情都有一个度，都不能过分，过分了就让人不舒服了，比如日本式的鞠躬。

丹丹没有看菜单，直接对小姐说：“来两个清蒸小龙虾，两份鲍鱼，一个蟹黄豆腐，一个清炒豆苗，两个南瓜饼，一瓶法国原装的白兰地，一九七四年的。”

王星焰刚刚听丹丹点菜的时候，脸上的表情还露出惊讶状，后来就一点表情都没有了。

小姐又鞠了一个躬，说了一句服务用语，走了。

王星焰脸上的笑容也随着小姐一起消失，问：“最后的晚餐，是吧？”

丹丹本来脸上是没有表情的，现在听王星焰这样说，马上就笑了。但是笑得比较勉强，正因为比较勉强，所以就比较不好看。

“怎么会呢?”丹丹说,“如果你愿意,明天我们还在这里吃饭,还是我请你。”

“发财了,是吧?”

“没有没有,”丹丹说,“怎么敢在你面前言发财。”

“不发财你这样破费干什么?”王星焰说,“讲实话,我觉得这还不如你煲的汤和在超市买的素鸡好吃。”

“我知道,”丹丹说,“但是我更喜欢这样的生活。”

王星焰有点恼火,很想问她凭什么能享受这样的生活,但是又一想,自己从来没有让她享受过这样的生活,有什么资格说这样的话。

“他很有钱,是吗?”王星焰问。

丹丹激灵了一下,问:“谁?你说谁很有钱?”

王星焰没有回答她这个问题,事实上王星焰也回答不了这个问题,因为他也不知道那个“他”是谁。好在这时候菜已经上来,服务员双手托着酒瓶,把商标的一面对着王星焰,又对着丹丹,那意思是让他们验酒,但是他们已经没有心思验酒,丹丹看也没看就随便点了一下头,服务生当着他们的面,按照星级酒店标准的规范动作开始打开瓶盖,并且往他们每人的杯子里倒了一盎司的白兰地。倒得很准,正好一盎司,因为王星焰做了一个测试,把酒杯轻轻地倒在桌子上,白兰地液面正好压口,多一点就溢出来,少一点就会露白。

“不错,”王星焰说,“训练有素。你先下去吧,有事我们按铃。”

服务生走后,丹丹疑惑地抬起头,注视着王星焰,说:“你经常来这种地方?”

“是,”王星焰说,“但不是和你,是和那些我需要利用的人。到这种地方来不是享受,是应酬。”

丹丹的脸上难堪了一下,但马上就换成夸张的笑。自己也不知道笑什么。笑王星焰所讲的话？王星焰讲的真那么好笑吗？

“他很有钱，是吗？”王星焰问。王星焰这样问的时候，就真的不像是丹丹的情人，而更像是丹丹的长者，比如丹丹的哥哥，甚至丹丹的父亲。

丹丹咬了一下自己的嘴唇，赌气似的说：“他当然没有你有钱，但是他肯定比你舍得为我花钱。”

“那他肯定不是当老板的，而是一个官员，对不对？”王星焰问。

丹丹看看王星焰的眼睛，发现王星焰的眼睛像两道激光发射孔，直视着她。

“你怎么知道？”丹丹问。问的声音绵绵的，没有底气，一听就是已经认可王星焰的猜测。

“像这样挥霍的老板，十年前有过，”王星焰说，“十年前那时候钱来得容易，所以花起来不心疼。但是十年前像这样花钱的老板现在已经没有几个还是老板了，所以现在凡是这样花钱的人，肯定是贪官污吏。只有贪官污吏才这样花钱，你越是花他的钱他越高兴，因为你这是在帮他。”

“帮他？”

“帮他。”

“怎么说？”

王星焰看看丹丹，稳定了一下情绪，说：“这些人早晚要被‘双规’，到时候不能说明合法来源的钱的数目还少一些，罪行也就轻一些，你这不是帮他吗？”

丹丹沉默了一下，不知道算不算是默认。

“其实你的钱几辈子也花不完，完全没有必要那么苦自己。”丹丹说。

“首先我根本就没有苦自己，”王星焰说，“我真的不觉得这鲍鱼的味道就比素鸡好。其次我也没有认为这钱是我自己的。”

“那是谁的？”丹丹问。

“我也说不清楚，”王星焰说，“积累财富好像成为我证明自己成功的一种工具，倒并不是我想要这些财富，更不表示我想挥霍这些财富。我觉得挥霍本身就是犯罪。”

丹丹不说话了，叹了一口气。

沉默。

两个人都沉默。

“我要搬走了。”丹丹说。

“知道。”王星焰说。

“那个房子……”

“那个房子是你的。”王星焰说，“但是你最好不要卖掉。”

“是的，我没有打算卖掉，”丹丹说，“就那么原样保存在那里，什么也不动，锁也不动，你什么时候想去就去。不用事先打招呼。走的时候记着把门锁上。”

丹丹哭了。

21

丹丹说的没有错，王星焰确实有钱。除了在万利通的股份可以折算成钱之外，他还有许多钱。王星焰现在就用这些钱充当了保证金，用这些钱不需要通过董事会。

既然王星焰打进了保证金，证券公司就立即出具了不可撤销的全额担保，于是，加拿大的“热钱”就顺利地打进来了。按说，这时候什么问题都应该没有了，但是，又出了问题，因为他们发现，万利通的筹码过于集中了。

都是内行，知道筹码集中意味着什么。筹码集中意味着在他们之前已经有机构在暗中吸纳万利通。如果这样，将来消息一公布，李东他们要抛售股票的时候，肯定会有麻烦，因为机构操盘手肯定比散户专业，他们一旦发现盘口有动静，肯定会抢先出货，而一旦他们抢先出货，李东可能就不能出货，否则大家争着出货，立即就可能引起散户的恐慌，后果不堪设想，跌破20%保证金底线的情况也不是没有可能发生的。

“难道是走漏了消息？”李东问。

“我这里肯定不会，”证券公司老总说，“我这里天天都有机会，绝对不会冒这个险。毕竟，你们这笔钱我们是出具全额担保的，将来万一出了事情，我们的损失最大，而且这种钱本来就‘热’，烫手，我们绝对不会做这种事。”

“这话见外了，”李东说，“说什么我们也不会怀疑您老兄。”

“我更不会，”王星焰说，“那20%是我的私房钱，一旦出问题，甩到水里响都不响一下。”

“怎么会怀疑你呢，笑话。”李东说。

“那么……”王星焰和证券公司老总异口同声。但是说到一半，三个人都哈哈大笑起来，直到笑出了眼泪。是啊，李东总不会自己卖自己吧。

“我看我们也不要杯弓蛇影，”王星焰说，“虽然筹码集中，但是价格还没有变化。即便有人想做这只股票，那么也还是在收集筹码阶段，我们这时候赶快建仓还不晚。”

“那也是，”证券公司老总说，“不过要时刻保持警惕。”

在今后的几天里，李东开始建仓。为了保密，他不敢找人帮忙，加上证券公司为了分散目标，帮他在总账户的下面又挂了许多分账户。为节省时间，李东同时打开特大户室里面的六部电脑，自己坐在一个脚底下带轮子的椅子上，来回滑着轮番下单，一天下来，本来纯粹是脑力劳动变成体力劳动了，但是一想到马上就能成为富豪，倒也干劲十足，第二天变本加厉。晚上王星焰陪他一起分析盘口，果然发现除了他们外，另外还有吸纳点。

“说句话你不要生气。”李东说。

“不生气，说吧。”王星焰说。

“如果要是出了问题，”李东说，“问题肯定出在你那边。你再想想，是不是什么地方漏了一点。”

王星焰又仔细想了一想，说：“前段时间公司资金部是跟我谈过这个问题，说有一个庄家看好我们万利通，想合作做一把，我也答应跟他们见面谈谈，但是这一段时间行情太差，他们也就没有再找过来，我也不好主动去找他们，难道是他们已经动手了？”

“那你明天主动催一下，看看他们有什么反应。”李东建议。

“行。”王星焰说。

第二天，王星焰把证券部经理叫到办公室，问他上次说的那件事情怎么样了。经理说，最近行情不是很好，所以对方想先放一放。

“是真的想先放一放还是有别的什么原因？”王星焰问。

“好像是资金上出了一点问题，”经理说，“本来说是有外资进来的，后来见人民币短期之内确实不会升值，所以进外资的事情也就拖下去了。”

证券部经理说得不错，行情确实是不好，不过这倒帮了李东，因为李东收集了不少筹码，居然没有引起价格上升。其实李东这时候最怕的就是价格上升，因为如果这时候价格上升，他是该出货呢还是该进货？如果出货，大部分资金还没有介入，这时候出货，可能真的就只能赚一个资金利息钱，不是白忙了半天？如果进货，价格抬高就使得建仓成本抬高，一旦跌起来，说不定还要赔本，所以，现在这样股价不动的情况是李东最希望见到的。

尽管如此，心病并没有消除，因为万利通的筹码还在不断地集中，并且集中的速度超过李东建仓的速度，这就说明确实还有另一股资金也在建仓。

“你跟你们那个经理谈了吗？”李东问。李东仿佛是认准了问题肯定出在王星焰那边。

“谈了。”王星焰说。

接着，王星焰就把他跟证券部经理的谈话内容和经过详细对李东说了一遍。

“不像，”李东说，“在目前这样的行情下，没有你们的配合，他们不敢贸然建仓。现在行情这么不好，股价普遍较低，他们用不着冒险，完全可以找一家沟通好了的股票来做。现在敢于进货的，只有两种可能，一是像我们这样，自己掌握自己的情况，想什么时候发布消息就什么时候发布消息，想发布什么消息就发布什么消息，底牌掌握在我们自己手里，所以敢做；另外一种情况就是事先得到确实情报的，知道我们肯定要做了，所以才敢买进。”

这一天他们俩和证券公司老总凑到一起，又说到这个问题。证券公司老总说：“李先生分析得对，正儿八经的庄家不会因小利而冒大险，这种事情肯定是一些老鼠庄所为。这些老鼠庄专门挖空心思打探各种情报，然后在你建仓的时候他建仓，在你出货的时候他出货，因为他不存在跟上市公司分成和做图形的成本，所以收益率比庄家还要高。”

“这么准确的情报他们能搞到吗？”李东问。

“能，”证券公司老总说，“金钱美女俊男什么招都使，没有不透风的墙。”

“还有俊男？”王星焰问。

“有，”证券公司老总说，“上次一个机构操作，有一个核心人物就是私下让自己的老婆买了一点，想着反正他老婆也没有多少钱，一两百万吧，不会影响到庄家利益，谁知道他老婆早被老鼠庄放出的鹰盯上了，结果，老婆对自己的相好说了，而那个相好就是鹰，最后好好的一个庄股就毁了。”

王星焰突然觉得自己的胸口一堵，就感觉是一团血液没有被及时排出心室，因此眼前一黑，差点晕倒，但是他很快就做心理暗示，暗示自己是瞎猜的，才把情绪调整过来。

第二天一到办公室，王星焰马上就往家里打电话，没有人接。王星焰胸口又被堵了一下。他知道，夏薇薇绝对不会这么早去买菜的，那么，这么一大早她去干什么了呢？或许是家里的电话坏了？王星焰马上就自我安慰。对，是家里的电话坏了。

王星焰跟琳娜打了招呼，然后马上就赶回了家。

老婆不在家！

王星焰来到地下室，车位上没有老婆的车。又问保安他家粤B××988车出去没有。保安说出去了。王星焰自言自语地说，今天怎么出去这么早？保安说车主每天都是出去这么早。

晚上，王星焰照例还是十点多钟才回来，回来之后还是照例洗澡，然后加入到老婆躺在床上看电视的行列。

并排在床上躺着，但是毫无冲动。既然没有冲动，那么也就不会有下一步的具体行动。王星焰与老婆好长时间没有冲动了。说实话，他们之间现在剩下的就是责任了，包括对对方的责任，也包括对他们共同的儿子的责任，甚至包括对上一辈的责任，比如对夏老师的责任，至于性，离他们已经非常遥远了。仿佛他们之间已经忘了还有性。于是王星焰就发现，婚姻生活到了一定的年限，就升华了，升华到不需要性也能够相安无事了。难怪老一辈说年轻夫妻老来伴。王星焰和夏薇薇现在四十多岁，按照现在的标准是中年，要是放在过去，孙子都有了，属于“老来”也没错。

曾经有一段时间，中国流行婚变，并且在流行婚变的同时，还流行了一个古老的新名词，叫“夫妻生活不和谐”，一时间，“夫妻生活不和谐”似乎比“夫妻感情破裂”还可以说明离婚的理由，因为如果离婚者说感情破裂，法官可能还要你举证，就是你必须证明感情确实是破裂了，但是说“不和谐”则可以避免举证，法官总不能让当事人双方当厅演示吧。曾经还有一些理论家趁机赚稿费，写了大量的文章，支持这种“不和谐”理论，认为让两个夫妻生活不和谐的人生活在一起是不道德的，等等。当时王星焰和他老婆夏薇薇也参与了这种议论，那时候他们还年轻，那时候他们不像现在这么富有，那时候他们之间还有性生活，所以还有精力参与这种无聊的讨论。当时他们讨论的结果是持反对态度，认为所谓的“不和谐”是为“杯水主义”找借口。时过境迁，现在看来，他们当初的观点居然是正确的，因为现在他们之间已经完全没有夫妻生活了，不是照样过得很好吗？比如现在，他们并排在躺在床上，看着凤凰卫视午夜新闻，不是蛮好的嘛。

“噢对了，”王星焰突然说，“上次我要你买的股票你进了没有?”

“进了，全部都进了。”夏薇薇说。

“赶快卖掉。”

“卖掉?”

“卖掉。”王星焰说。

“现在卖掉不是亏了?”

“亏了也要卖，越快越好。”

“为什么?”夏薇薇问。

“叫你卖你就卖，”王星焰说，“哪有那么多为什么呀。”

说完，王星焰倒头睡了。夏薇薇还在嘀咕，说当初要买的是你，现在要卖的还是你。王星焰装作没听见，或者装作教养好，不跟她一般见识，照睡。

22

又是一个阳光明媚的早晨。深圳的早晨几乎每天都是阳光明媚。王星焰直接把车开到证券公司，直接来到李东的特大户室。

“可能问题是出在我这里。”王星焰说。

李东没有吃惊，仿佛这一切都是在他意料之中的。

“现在怎么办?”李东问。

王星焰说：“如果今天有抛盘，那么就说明我的判断没有错。”

已经开盘了，万利通没有动静。

李东看看王星焰，王星焰说：“先等等。”

于是他们就先等等。在等等的过程中，二人又七拉八扯地聊了一些不相干的事。

“你当初要是不出去就好了。”王星焰说。

“为什么?”

“你比我聪明，如果不出去，做得肯定比我大。”

“那不一定,”李东说,“能不能做老板是有多方面的因素决定的，与聪明不聪明没有多大关系。听说钱踧狼也当老板了?”

“是,”王星焰说,“但那不是特例吗?”

“当老板的本来就是特例,”李东说,“你难道不是特例?”

王星焰一想，还真是特例。

“但是偶然中包含着必然,”李东说,“其实你从小就不甘寂寞，就想出人头地，一旦有机会，马上就冒头。”

“你也是。”王星焰说。

“是啊,”李东说,“只是在大学毕业之后我们俩分岔了，我往国外走，你往仕途上走，走了不同的道路，现在又往一起合了，但是你已经走在我前头。”

“无所谓前头后头,”王星焰说,“你要说前头后头，我反而害怕了。”

“为什么?”

“后来者居上呀。”

二人都笑起来。

“不过说心里话，还是你强一些。”王星焰说。

“损我?”

“不是损,”王星焰说,“讲真话，大学毕业后我也想出国的，并且还努力过，但是没有成功，所以才被迫走仕途的，你说是不是你比我强?”

“你谦虚吧?”李东说。

“真话，不是谦虚。”王星焰说,“说实话，那时候谁不想出国?不要说我们这些小老百姓了，中央领导的子女有几个没有出国?我确实是没能出去罢了。”

“这就叫‘塞翁失马，焉知非福’呀,”李东说,“如果当初你也出国了，可能还没有现在这个样。”

“什么叫‘可能没有现在这个样’，是肯定没有现在这个样。”王星焰说，“我能够走到今天这一步，也不是我当初预料到的，而是这么一步一步随波逐流过来的。你想想，有多少人就这样不知不觉地成为大老板呀。我只不过是个中等老板吧，一般。但是当初如果是出国，肯定不如你。”

“那不一定。”李东说。

“几乎可以肯定。”王星焰说，“其实当初你不告诉我，我也知道你不是基金会的老板，你们那批出去的人，如果不依赖于国内的支撑，没有几个能做大的。在国内，我做了个中不溜的老板，如果到了国外，肯定也是你们这批人当中中不溜的，但你做得比中不溜好，所以我不如你。”

“我说你什么时候变得谦虚了？”李东问。

“不是谦虚，是实事求是。”

“谦虚就是实事求是。”

“那你说我讲的对不对嘛。”

“对对对，你讲的哪一点不对？”

二人这样闲扯着，吹捧着，就到了中午，万利通在图形上呈现的是一截一截的小平台，每个平台之间相差只有一分钱，股价维持在昨日收盘附近。就是说，上午几乎没有什么成交。

李东调出昨天的盘口，指给王星焰看，昨天比今天活跃。

“观望？”王星焰说。

“对，观望。”李东说。

“那怎么办？”王星焰问。

“下午一开盘我就敲他一下，直接在低价位挂上卖单，看他动不动。”

“好，”王星焰说，“你马上再去开几个新户头，等到他们跟着下单的时候，再用新户头接回来。这样，损失的也就是一个交易费。”

下午，李东先在低价位下一个买单，然后又在这个价位下一个卖单，自己卖自己买，图形上马上就呈现了跳水状况，果然，刚刚过了五分钟，一个陌生卖单悄悄地加入了抛售的行列。刚开始是探头探脑，羞羞答答，被李东一个更低的单盖掉之后，马上就撕开面纱，直接在更低的价位下更大的卖单。李东应接不暇，却又不招呼王星焰帮手，由于涉及交易密码，王星焰不好热情主动，突然，王星焰开窍了，接盘呀！王星焰有保证金在证券公司，在他们这次操作完成之前，王星焰的保证金是不能提现或转走的，但是炒股票可以呀，证券公司欢迎他炒股票，因为只要他炒股票，不管他是赚是赔，是赚多少还是赔多少，证券公司都能收到交易费。

“干脆我也用保证金接一点？”王星焰问。王星焰这样说就表明他是真正的君子，不想背着李东做手脚。

李东正在操盘的手停顿了一下，看看王星焰，没有想好怎么回答。

“一半，”王星焰说，“差不多就是把我老婆的那点接回来。”

李东一笑，说：“行，接呗。”

这时候，已经证实老鼠庄确实是存在的，并且这个老鼠庄就是从夏薇薇那边得到情报的。可以肯定地说，现在是夏薇薇和老鼠庄在赛跑，看谁跑得快。既然那边两个人跑，这边李东也要继续扮演逃跑的样子，要是没有王星焰用他的保证金加入到接盘的行列，这场戏可能还真的就演不下去了。事实上，大盘本来就不好，很多散户持观望态度，现在猛一见万利通出现跳水，也纷纷跟风出逃，倒让王星焰在更低的价位捡了一个更大的便宜。

既然散户都闻风而动了，那么万利通很快就到达跌停板的位置，并且在跌停板的位置上还挂了大量的卖单。李东看跌停板上挂了3000手，马上就跟在后面挂上2000手的卖单和1000手的买单，由于李东的卖单是后挂的，按照同价优先的原则，李东买进的1000手不是他自己的，而是老鼠庄或者是散户的，并且在李东吃进了1000手之后，卖单不但没有减少，反而增大了一千多手。这里面既有李东自己挂的那2000手，也有其他人挂的单。如此操作了一番之后，李东感觉自己挂的那2000手前面的单应该消耗得差不多了，如果继续买，很可能就真的把自己的那2000手卖了。李东是舍不得真的卖掉2000手的。于是他在后面又挂上2500手卖单，同时把前面挂的那2000手撤掉，如此，相当于他的卖单又从前面跳到后面重新排队了，继续演戏，继续在跌停板的位置上吃进。不仅吃了老鼠庄，也吃了不少跟风的散户，当然，还有一些介于散户与老鼠庄之间的大户，比如王星焰的老婆夏薇薇这样的大户。但是王星焰也不吃亏，因为王星焰今天买进的事实上比他老婆卖出去的多，就是说，除了吃了自己的老婆之外，他还顺带着吃了一些老鼠庄和散户的筹码。

到收市的时候，有人敲门，开门一看，是证券公司老总。老总一进来就忍不住地笑，笑着问："你们把老鼠都吃了？"

"是他，"王星焰说，"我是吃自己的老婆。"

说完之后，马上就感到有点恶心，因为他想到自己的老婆可能已经被老鼠庄放出的鹰给叼了。尽管王星焰跟夏薇薇现在剩下的全部都是责任，已经完全断绝夫妻生活了，但是老婆就是老婆，哪怕是闲着不用的老婆，被别人叼了还是心里不舒服的。于是就赶快自我安慰，想着夏薇薇也实在是太寂寞了，被我冷落了这么长时间，就是现在真偶尔出墙一次，也情有可原。但是安慰无效，这么想着，心里并没有好受多少。倒是李东，马上把话岔开，提议晚上聚一聚，才转移了王星焰的注意力。

23

10月说到就到了。对于传统的中国来说，10月是个收获的季节，对于新中国来说，10月更是与她身上发生的一切大事联系在一起。

2003年金色的10月也不例外，首先是国庆长假，迎来了又一个旅游高峰，把压在中国人心头上的"非典型阴影"一扫而光；紧接着是10月15日，成功发射载人航天飞船，中国成为世界上第三个可以独立完成航天旅行的国家，杨利伟也一夜之间成为家喻户晓的英雄；10月21日，十六届三中全会通过的《中共中央关于完善社会主义市场经济体制若干问题的决定》正式出台，进一步明确提出要保障私营经济健康发展，把民营经济提高到与国有经济同等重要的位置；10月28日，深圳市政府决定再追加500万，支持“海归”创业。一切似乎比王星焰和李东当初预料得还要好。万利通已经随着大盘扶摇直上，李东甚至开始少量出货，出得神不知鬼不觉，估计在重大利好出台之日，他的最后一批压仓货也可以全部套现。万利通的分红方案已经获得通过，消息公布，散户终于抵挡不住诱惑，又纷纷杀进，使股票的价格又水涨船高不少。王星焰已经开始盘算这么多钱该怎么用的问题了。

但是，王星焰并没有因此而欢喜若狂，老婆被鹰叼了的事一直压在心头，曾几次想开诚布公地跟夏薇薇谈谈，但是一想到自己这些年干的事情，顿时就觉得没有底气了，想着多一事不如少一事，装糊涂为上策。

他是装糊涂了，但是夏薇薇没有。自从那件事情之后，仿佛是更年期提前来了，或者是本来就该来了，反正脾气暴躁得很，对家里的事情也不管不问，任其发展，一切都好像是有意跟王星焰过不去，但是到底为什么过不去，她没有说，仿佛也根本就说不清楚。

那天王星焰让她卖掉万利通之后，她并没有立即照办，而是打电话跟她的“干弟”商量，“干弟”年轻，脑子活，人也有活力，并且前几次告诉她的消息还真的让她赚了一些，所以跟“干弟”商量是应该的。“干弟”认为事关重大，不是电话里面能说得清楚的，于是约好了在一个咖啡厅见面。见面之后，夏薇薇一五一十地把王星焰对她说的话学了一遍。

“他有没有告诉你是什么理由?”“干弟”问。

“没有，”夏薇薇说，“他就叫我出货，赶紧出货。”

“他真的没有说什么理由?”“干弟”又问。

“没有，”夏薇薇说，“他就是这样的，上次要我买的时候也什么话都没说，这次要我卖掉也什么话都不说。”

也幸亏王星焰什么也没有说，如果说了一二三几条理由，反而此地无银三百两了，正因为什么都没有说，所以“干弟”才信了。“干弟”信了之后，他的后台老板也才信了。

“干弟”见问不出什么名堂，说了声“那你还是再问问他吧”，就说自己还有事，先走了。而且是彻底地走了，因为自从那天以后，“干弟”再也没有主动约过“干姐”。有几次夏薇薇放下“干姐”的架子，主动把电话打过去，“干弟”还推三推四，今天说没有时间，明天说忙，后天甚至说在澳门了，总之，就再也没有跟“干姐”见过面。夏薇薇不是那种不知趣的人，几次约不上之后，拉倒，只是心情变得越来越烦躁。

那天跟“干弟”分手后，夏薇薇并没有按照“干弟”的建议去再问问王星焰，她知道，如果一问，肯定不会问出什么名堂，说不定还要招致他发火。于是，在咖啡厅里面点了一点吃的，下午直接去营业部。到营业部一看，吓了一跳，万利通已经开始跳水了！一边后悔自己不该耽误一上午的时间，要是上午卖掉就好了，一边赶紧下单，想全部卖掉，但是只成交了不到一半，万利通又继续下跌，于是连忙撤单，并且立刻在更低的价位重新下单，好在她不是特大户，手中的筹码还不算太多，终于在跌停板之前全部跑掉了，于是自我安慰，幸亏跑掉了。晚上王星焰回来，问她卖掉没有，夏薇薇说卖了。王星焰问她什么时候卖的，夏薇薇说上午卖的。王星焰心里冷笑了一下，凉了。因为他知道，整个上午根本就没有什么成交量，你卖给谁了？但是王星焰没有戳穿她，想着还是忍则安，再说自己也不是做得很干净，于是就忍住了。

王星焰是忍住了，但是夏薇薇却没有忍得住，特别是第二天万利通就开始止跌回升，此后不显山不露水地天天往上慢慢攀升，来个阴涨，往往是整整一天在昨天收盘价位之下盘整，临收市的时候来个微微一翘，悄悄地涨个一毛两毛。一个月下来，不仅收回了全部失地，而且涨了一大截。分红方案公布之后，又如同坐上了火箭，现在又有传闻外资可能参股，消息还没有证实，已经显示出王者风范，大有成为新一轮科技股领头羊的架势。夏薇薇刚开始是惋惜，然后是后悔，再后来是怪王星焰提供的狗屁情报不准，但是当她在王星焰面前抱怨的时候，王星焰丝毫没有惋惜的意思，仿佛这一切都是他意料之中的，或者干脆就是在他掌握之中一样。终于有一天，夏薇薇把这件事情前前后后仔细一想，特别是与“干弟”的态度和表现联系起来一想，突然之间明白是怎么回事了！甚至认为丈夫早已经知道了她的一切，有意不戳穿，并且故意拿她当诱饵，去钓“干弟”，让他们上当！而且让他们全部都是有苦说不出。

高！夏薇薇想，实在是高！人家说舍不得孩子套不到狼，好呀，王星焰，你连老婆都拿去套狼了！真能做得出来呀！如此，夏薇薇能让王星焰活得安实吗？

女人要是存心整起自己的丈夫来，手段也不一定比男人差。比如最近，只要王星焰一回来，肯定看见夏薇薇在跟什么人通电话，神神秘秘加甜甜蜜蜜的样子，一看王星焰回来了，马上就挂掉。

现在该王星焰烦躁了。

这一天烦躁的王星焰一个人开着车子乱转，七转八转不知怎么就转到了丹丹的楼下。当然，现在丹丹早已经不在这里住了，没准已经住上了别墅也不是没有可能的。

王星焰突然想起来自己包里面还有这个房子的钥匙，上去看看？

看看就看看。

在电梯里面，王星焰突然冒出一个大胆的设想：丹丹现在就正好在房间里。丹丹其实根本就没有傍上一个贪官污吏，或者确实是傍上了，但是现在这个贪官已经被“双规”了，所以丹丹现在又回到这里来了，并且正在想着给我打电话，只是不好意思打罢了。如果真是这样，那么我就要对她好些再好些，干吗要按照我自己的喜好和价值观来要求丹丹呢？丹丹他们生的时代好，自己又有这个条件，能享受的干吗不享受呢？比如住房，干吗要求丹丹只住三十平方米的？买一个别墅有什么不可以的？还有车，干吗让丹丹天天坐公交车，买一个小本田有什么不可以的呢？还有吃饭，还有穿衣，等等等等，干脆，直接给丹丹300万，让她自己去打发。300万算什么，这次用保证金小做了一把收入都不止这个数，大不了就当是没有做就是了。

这么想着，就已经来到了丹丹的门口。怀着幻想，或者说是怀着美好的憧憬，王星焰抬起了手，在上面轻轻地敲了两下。

没有应声。又敲了两下。这次敲完之后，还把耳朵贴在门上，仔细听了一下，确实是没有反应，于是，才极不情愿地掏出钥匙，把门打开。

房间还是老样子，什么都没有变，仿佛丹丹根本就没有搬走，只是偶然出去了一下，比如偶尔到楼下的超市去给他买素鸡。

触景生情。王星焰当场眼泪就下来了。

王星焰相信自己不是幻觉，也不是幻想，因为房子有没有人住一眼就能看出来。

王星焰看到床头的电话，电话机上一点灰尘都没有，像是刚刚用过的，甚至还保留着丹丹上手的温热。于是，王星焰马上就想起来要给丹丹打一个电话。不管丹丹现在在哪里，王星焰都将告诉她：回来吧，我给你别墅，给你车，给你龙虾。不，直接给你300万，随便你自己安排。

王星焰这时候已经走到床头，坐下，手伸向电话机。

正当他的手即将触摸到电话机的时候，电话铃声骤然响起，王星焰吓了一跳，仿佛在黑暗中小心翼翼地摸索前行时被人突然从后面拍了一巴掌。谁往这里打电话呢？肯定不是丹丹，丹丹不会自己给自己打电话。也不一定，假如是丹丹知道我来了呢？王星焰笑起来，是那种自嘲地笑。是啊，怎么可能呢？

王星焰一看来电显示，脸唰的一下白了。是他家里电话。准确地说是他和夏薇薇的那个家里面打来的。出鬼了?！夏薇薇怎么知道这个电话?！是偶然一次还是经常打?！她跟丹丹早有联系?！

王星焰又糊涂了。这一次是真糊涂，不是“眯盹”。

24

李东以自己的“海归”身份在深圳注册的公司叫“加和新技术开发有限责任公司”，尽管自打公司成立以来，除了和王星焰配合着在二级市场上猛做了一把万利通之外，并没有真正介入任何新技术，但是李东本人却成为深圳的名人。之所能成为名人，除了他的“海归”身份外，关键是他非常会说话。或者说，李东非常理解并积极配合有关方面的各种宣传活动。关于他在高交会上的表现就不用说了。其实除了高交会之外，深圳作为一个新兴的大都市，作为中国的一个窗口，类似的活动非常多，而只要李东出席这样的活动，每次必说“深圳是世界上投资环境最好的城市”这样的话，就像早他两年有一位文化名人说“深圳是中国文化的桥头堡”一样。但是，李东的话比那位文化名人管用。那位文化名人那样说的时候，还有其他文人臭他，一直臭到双方打官司，而李东说类似的话却没有人臭他，更没有人为此与他打官司。因为那位文化名人那样说的时候，严重伤害了中国其他城市的感情，比如伤害了北京上海这样大城市的感情，所以，必然会有人站出来臭他，而李东不一样，李东说“深圳是世界上投资环境最好的城市”，对立面不是中国的其他城市，而是世界上的其他城市，是巴黎、纽约、新德里这样的城市，这样，至少国内的人听了就不生气，不但不生气，而且还觉得蛮解气，尤其是这样的话出自于一个外籍华人之口，就更加让人扬眉吐气，如此，当然就没有任何一个中国人站出来反对。事实上，不但没有人站出来反对，而且还有人站出来捧场，至少深圳本地的媒体会站出来捧场。李东的言论经媒体一捧场，立刻就演变成了“广大海外同胞”的一致共识，于是，有关部门的各种活动都更加乐意邀请李东先生参与，并且一旦他参与，就肯定安排他讲话。这一次也不例外。

这次是有关部门就深圳卫星电视早日开播的事情召开的一个座谈会。本来像这样的事情与李东一点关系也扯不上，但是考虑到他的海归身份，考虑到他非常会说话，而且说的都是一些主办者最想听的话，所以，有关方面还是把他作为重点邀请参加了。

“早就应该开通了，”李东在座谈会上说，“我在深圳的时候，几乎天天看香港的电视，包括英语频道、普通话频道和粤语频道，但是，我在香港的时候，却很少看到祖国内地的电视频道，作为一个海外华人，我感到非常痛心，痛心疾首！香港已经回归了，香港的回归也应当包括文化的回归，而且我认为文化的回归是一种更重要的回归。深圳作为祖国改革开放的前沿阵地，比邻香港，更应当在文化回归上发挥更重要的作用，而深圳卫星电视的开播，让广大香港同胞能及时看到来自祖国大陆的节目，就是实现这种文化回归的重要途径。”

李东说完，台长忍不住站起来鼓掌。因为李东的发言站在了“文化回归”的角度，这就有一个一定的高度，台长如果不站起来，就赶不上这个高度。并且这个高度是由一个海外华人发现的，更有分量，如此，有关方面在向中央有关部门争取的时候，理由更加充分，更加有说服力。台长当即指示：将来卫星电视开播的时候，一定邀请这个李东先生做特邀嘉宾。

李东想留在深圳了。

当李东把自己的想法告诉王星焰的时候，王星焰没有吃惊。这些年海外华人来深圳定居已经不算什么新闻了，光是他居住的小区就有好几户，所以，这种事情不新鲜。

尽管没有吃惊，但还是发出了感慨。感慨当初他们那么想出国，仿佛出国就是上天堂，既然是上天堂，当然非常难，难于上青天，没想到才二十年，就纷纷回来了。难道咱们国家现在变成天堂了？

“怎么想的？”王星焰问。

王星焰这样问，不是对李东的想法表示怀疑，而只是好奇。毕竟，王星焰自己当年没有出国成功，所以对李东们的真实想法多少有些好奇。

李东笑了一下，说："我真不想对你说假话。"

"那你就说真话，"王星焰说，"不要对我空谈什么'爱国'一类的话。"

李东愣了一下，准确地说是停顿了一下，并且在这样停顿的时候，脸上还严肃了一点。

"说'爱国'也不是空谈，"李东说，"真的是爱国。只要你在国外生活，并且是长时间地生活，你就能理解什么叫真正的'爱国'。"

王星焰没有想到李东会这么说，更没有想到他还这么认真，于是，也跟着他严肃一点，听他说。

李东说："爱国是本性，特别是我们在国外受到不公正对待的时候，就真的非常想念自己的祖国。"

这话王星焰信。不要说出国了，就是在深圳，或者在海南，当遇到什么不顺心的事情的时候，还想念自己的家乡和亲人呢，何况在国外。

"其实，不公正的对待哪里都有，"李东说，"但是，人处在异国他乡的时候，更加敏感，所以感觉特别强烈。"

这话王星焰也信。就像他自己小时候，因为父母被下放，住在姐姐家，一旦受了委屈，就觉得非常委屈一样，其实在自己父母身边，也很难说一点不受委屈，但是同样的委屈，如果是姐姐和姐夫给的而不是父母给的，这种委屈就会放大。王星焰甚至想过，自己之所以能成为大老板，与当初在姐姐家受的那些委屈有一定的关系。王星焰相信，承受压力和委屈的能力是一个企业家能够成功的最重要的素质之一。曾经有一段时间，中国理论界发出这样一种感慨，感慨当时中国的民营企业家素质太差，其中有许多居然是劳改释放人员。其实，理论家们分析得不错，中国改革开放之后第一代企业家确实有不少是两劳释放人员，但是正是这些两劳释放人员，他们有一般常人所不具备的素质——能够承受压力和委屈。正因为如此，他们才更有可能成为老板。联想到现在李东说的话，说他们在国外对不公正对待更加敏感，王星焰突然理解为什么那么多的华侨在国外都获得成功了。正因为更加敏感，所以，他们承受的心理压力和委屈才更大，同时，他们想出人头地的心情也更加迫切，并且能够忍辱负重，因此，事业成功的概率也就更大。

“这么跟你说吧，”李东说，“在深圳我感觉自己是上等人，但是在加拿大不是。在加拿大，我们其实是被边缘化的，进入不了主流社会。”

王星焰理解了，理解李东是在说正经事，不是一时冲动。

“好，”王星焰说，“不过，我还是建议你保留那边的身份，至少暂时保留那边的身份。”

“那当然。”李东说。

“另外……”王星焰迟疑了一下，不知道该说不该说。

“你想说我们合作的事情吧，”李东说，“放心，合作的事情不会受任何影响。”

“这个我相信，”王星焰说，“我不是这个意思。”

李东不说话，看着王星焰，那意思是：那你是什么意思？

“我的意思是你的家人怎么办，”王星焰说，“比如你的老婆孩子。”

本来这是一个非常平常的问题，是中国人之间最富人情味的问题，但是王星焰刚才问的时候还是迟疑了一下，迟疑的原因是他不知不觉已经把李东当作了外国人，至少是半个外国人，并且他知道外国人一般不谈私人问题。另外，就是凭王星焰的直觉，他直觉李东的家庭生活可能并不幸福。

果然，王星焰问完这个问题之后，李东的脸上黯淡了一下，但是很快，他又笑了，而且明显是苦笑。

“不瞒你说，我还一直没有成家。”李东说。

“怎么会呢？”王星焰问。王星焰想到了李东可能是单身，但是绝对没有想到他从来就没有结过婚。

“一言难尽，”李东说，“简单地说就是自己的状况一直不是很好，不能承担作为一家之主的责任。”

王星焰这时候才发现李东很真诚，不像国内的一些人，如果你问他这个问题，如果他也是李东类似的状况，那么，他肯定会说没有找到合适的，或缘分没有到，甚至说自己根本就不想成家，就想过单身生活等等。总之，不是假话就是空话，甚至还是屁话。不像李东，说的是真话。

王星焰对李东的印象好起来。

“你没有欠债吧？”王星焰问。

“那倒没有。”李东说。

“没有就好，”王星焰说，“有也没关系。这样，二级市场的活我们也做完了，这两天我们把账扎一下，该还给那边的你还回去，这边也好让证券公司解除担保。只有解除担保，我们的钱才真正属于我们自己，要不然，我们赚的只是一个数字，根本就不能归自己支配。”

“那不行，”李东说，“老外那边管理非常死，如果提前还他们，程序相当麻烦。”

这个问题王星焰倒没有想到，现在听李东一说，知道提前了结与加拿大那边的关系是不可能的了，于是说：“那我们也先把账扎一下，暂时不要操作了。咱哥们儿说好，无论老盛那边怎么煽乎我们，绝对不要再操作了，等你那边的事情了结完之后，我们的资金可以自由流动了，换一家证券公司，再考虑下一步的事。”

老盛就是他们合作的那个证券公司老总，以前他们喊盛总，现在熟了，大家成朋友了，王星焰和李东就喊他老盛。当面这么叫，背后也这么称呼。

“有这个必要？”李东问。

“当然有必要，”王星焰说，“你不能按照国外的思维来处理中国的事情。这个老盛现在看起来跟我们已经成了朋友，但是正因为成了朋友，所以他对我们的很多事情都相当了解，太了解了。因此，也就等于掌握了我们的某些把柄。万一将来我们有什么地方照顾不周到，比如他现在见我们的账上趴着这么多的现金，肯定就会不断地向我们推荐各种股票，我们是听他的还是不听他的?”

“当然不听他的，”李东说，“他有什么权力支配我们操作?”

王星焰笑了。是那种老生姜对菜鸟的笑。

“是啊，”王星焰说，“我们当然不会听他的。但是，一次，两次，三次，是不是非常驳他的面子?”

“驳他的面子又怎么样?”李东问，“我们在他这里操盘是照顾他，他有什么面子？是我们给他面子。我们想给他面子他就有面子，我们要是不给他面子，他有鸟面子?”

王星焰继续笑了一下，笑李东在国外闯荡这么多年，某些方面确实是混精了，但是另外一些方面也确实混傻了，怎么连这个道理都不懂呢?

“本来他是没有面子的，”王星焰说，“但是现在他知道我们发财的秘密了，所以他就有面子了。”

李东歪着脑袋想，想了半天，似乎想明白了，也似乎更不明白了。

王星焰只好做进一步解释，说：“这么讲吧，即便老盛没有安什么坏心，但是中国文化当中还讲究‘见面有份’，‘见面有份’你总还没有完全忘记吧？张三陪李四去买彩票，如果李四中大奖了，并且张三也看见李四中大奖了，那么，李四的大奖就多少要给张三分一点，至少要请客。”

“这倒是。”李东说。虽然这么说，但是并没有完全明白这跟要换一家证券公司操作有什么关系。

“行了，”王星焰说，“听我一次，先把账扎了，然后给老盛画一个更大的饼子，告诉他，我们下面就要进行一个更大规模的操作。

只要有一个大饼子罩在那里，他就不会天天盯着我们催了。”

李东虽然没有完全理解王星焰为什么要这么做，但是他相信王星焰的话肯定没有错，于是，答应先扎账，按原来说好的比例把利润分清楚，白纸黑字写清楚，只等期限一到，把加拿大魁北克镍矿资源保护基金会的钱连本带利打回去，证券公司这边不可撤销的全额担保一解除，各人的钱各人拿，再考虑下一步的打算。

但是，事情真像他们预想的这么顺利吗？

25

做贼心虚。王星焰再面对夏薇薇的时候，总是不自在。想着既然自己的秘密已经完全被对方掌握了，如果再演戏，那么就只能自己演给自己看了。

王星焰也想过找丹丹谈谈。比如问一下丹丹，他老婆夏薇薇是不是找过她，找她都说了什么，她又是怎样回答的。但是，几次都把电话拿起来了，甚至已经开始拨号了，最后还是轻轻地放下。想着自己一个大老板，敢作敢当，干吗搞得像贼一样？再说，自己现在还好意思为这种事情求丹丹吗？如果为这事求她，只能进一步暴露自己的胆怯和虚伪，使本来已经糟糕的形象更加糟糕。王星焰甚至想到，既然丹丹已经与夏薇薇单线联系了，那么，如果我现在再找她，她不是还会告诉夏薇薇吗？如果这样，不是更加让她抓住把柄和更加丢人现眼吗？

最后，王星焰只好自己安慰自己，那天夏薇薇往清心阁打电话是一件非常偶然的事情，比如串线。

串线？王星焰自己问自己。这么巧？不可能！绝对不可能！

王星焰决定“眯盹”。“眯盹”的目的是想清楚这件事情，否则，他静不下心来。

这么“眯盹”着，王星焰就看见了这样一幅画面：夏薇薇通过到处张贴的“小广告”，联系上一个“私人侦探”。“私人侦探”穿了件风衣，领子往上翻起来，或者说领子是立着的，头戴太阳帽，脸上罩着一副墨镜，他能看见你，你看不清楚他。黄昏，在一栋大厦的墙角，夏薇薇交给“私人侦探”一张纸条，“私人侦探”看了看，然后点头，表示可以，或者是表示没有什么问题，于是，夏薇薇递给“私人侦探”一个大信封，“私人侦探”掂量了一下大信封，夹在风衣里面，两个人又嘀咕了几句，朝两个相反的方向匆匆离去。

“眯盹”到这里，王星焰忽然清醒了一些。睁开眼睛，仔细想了一下这段时间有没有被什么人跟踪过。比如那天从光大银行出来，迎面一个中年男人问路，那么多人他不问，干吗一定要问我？这个人说不定就是“私人侦探”。还有一次去五洲宾馆参加一个活动，从地下停车场出来，总是感觉背后有一个人盯着他，猛一回头，果然有一个女人在看着他。这个女人是谁？她为什么要看着我？我并不认识她呀。难道“私人侦探”不是一个人，而是一个团伙，这个团伙里面有男人也有女人，他们今天派一个男人跟踪我，明天派一个女人跟踪我？如果这样，那么他们肯定是跟踪我去了清心阁，并且具体知道我去清心阁的哪个单元，哪一层，哪一套公寓，然后再从管理处或邮电系统买通相关的工作人员，探听出这套公寓的业主是谁，这套房子的电话号码是多少，并且将这些情报及时禀报给夏薇薇，换回他们的“劳务费”。

王星焰已经不“眯盹”了。他已经完全清醒，额头出汗。他知道，现在司法系统推出了“谁控告谁举证”的相关条款，也就是说，原告必须自己负责举证工作。比如一个公司被另外一个公司骗了，现在被骗方要通过司法途径追缴自己的财产，则在起诉的同时，最好能同时提供对方银行账号和不动产的准确位置，并缴纳一定的诉讼保全费用，才有可能讨回自己的损失，否则，即使官司打赢了，也不能保证能挽回自己的损失，甚至完全不能挽回自己的任何损失，还白搭进去诉讼费用，使损失进一步加大。但是，举证是一项非常艰难的工作，正因为艰难，所以法院才把责任推给律师，律师又把皮球踢给当事人，但是，既然法院和律师都感觉非常难办的事情，普通当事人又怎么能顺利完成呢？于是，没有钱的老百姓只能望法兴叹，而有钱的主就可以请“私人侦探”。具体到王星焰所面临的情况，夏薇薇肯定是属于有钱的主，因此，她不会望法兴叹，而是出钱请“私人侦探”。

王星焰似乎已经搞清楚那个神秘电话的来龙去脉了，之所以说“似乎”，就是说没有完全搞清楚。例如，夏薇薇为什么要这样做？这样做的目的到底是什么？再说刚才“眯盹”的情况也有不合逻辑的地方，起码深圳的“私人侦探”不可能穿风衣，而且还把风衣的领子立起来，因为风衣是北方的产物，深圳人根本就不穿风衣，如果“私人侦探”穿风衣，不是自我暴露吗？

是啊，王星焰想，我怎么会把“私人侦探”“眯盹”成这个样子呢？

正在这个时候，琳娜敲门进来。琳娜照例还是手里拿着一沓文件一样的东西，准备汇报一大堆根本不值得汇报但又不得不汇报的事情。

王星焰激灵了一下，揉揉自己的眼睛，对琳娜说：“你先坐一下。”

琳娜在“坐一下”的时候，王星焰自己给自己沏了杯咖啡。一边沏咖啡，一边对琳娜说话。说昨天一个朋友给他说了一件非常蹊跷的事情。

“什么蹊跷的事情？”琳娜问。琳娜这样问，并不一定表示她真的对这件事情非常感兴趣，而只能是她给老板台阶，让老板顺着台阶把他要说的话说出来。琳娜善解人意，知道老板也是人，而作为人，既然有话想说，如果不让他说出来，会憋得难受的。

王星焰一边闻着咖啡的香味一边把事情说了。但是他说的是另外一件事情。准确地讲他是说了一个故事。

王星焰说：他的一个老师年轻的时候有一个私生子，现在这个私生子找来了，于是父亲就给私生子安排了一份工作，但是老师并没有把这件事情告诉自己的老婆。有一次老师去私生子那里，私生子不在，他就坐在那里等了一会儿，这期间，正好有一个电话打进来，你猜，这个电话是谁打的？

“他儿子，”琳娜说，“您老师的那个私生子。”

王星焰摇摇头，幅度够大。

本来琳娜是应付着听王星焰讲这个故事的，但是听着听着，竟然投入了。这时候，已经不是琳娜想给老板台阶，而是她真的想知道是谁打那个电话来的了。

“是谁？”琳娜问。

“他老婆。”王星焰说。

“他老婆？”琳娜问。

“他老婆！”王星焰说，“我那个老师的老婆。”

王星焰这样说，就仿佛是特意强调不是他自己的老婆，跟此地无银三百两差不多。

“您不是说他老婆根本就不知道这件事情吗？”琳娜问。

“是啊，”王星焰说，“所以我才说这件事情非常蹊跷呀。难道他老婆已经知道了？不但知道了，而且还一直跟她丈夫的私生子保持联系？但是她为什么要假装不知道？既然假装不知道，为什么私下又跟丈夫的私生子保持电话联系呢？”

编着编着，就成真的了，仿佛王星焰就成了自己的“老师”，而丹丹就成了自己的私生子。王星焰忽然发现，如果自己不当老板，写小说，说不定也能混一口饭吃。

琳娜这时候也完全投入进来，或者说被王星焰临时编的“小说”吸引了。

琳娜说：“或许他老婆非常爱他，并且知道丈夫非常爱面子，所以，一方面私下关心丈夫多年以前的私生子，另一方面，又不捅破这层纱。”

王星焰愣了一下，觉得如果真是故事上说的这件事情，琳娜分析得还真有道理，但是不是啊，不是这么回事呀！

“不是，”王星焰说，“他们夫妻感情基本上名存实亡，不存在你说的这种情况。”

“那么就是相反？”琳娜不是很肯定地说，“是老婆想抓住丈夫的把柄？”

“对！”王星焰说，“就是这样。是老婆想抓住丈夫的把柄。但是，她这样做怎么就能抓住丈夫的把柄呢？”

“这很简单，”琳娜说，“既然他们夫妻关系已经名存实亡，那么，老婆可能一直就在寻找丈夫的把柄，只要抓住了丈夫在感情问题上的把柄，将来在离婚的时候就会对老婆有利。”

王星焰听了心里一跳。但是很快镇静下来，若有思索地问：“那么，他老婆怎么会知道私生子电话号码的呢？”

王星焰绕了这么大一个圈子，终于问到了实质性问题，并且是以不经意的方式问的。

王星焰这时候非常希望琳娜说到“私人侦探”。如果琳娜也说到“私人侦探”，那么，王星焰基本上就可以解开自己心中的谜团了。但是没有，琳娜没有说到“私人侦探”，而是说了另外一种可能。

“这很容易，”琳娜说，“她只要非常注意丈夫的电话往来，并且偷偷地把这些电话往来的号码记下来就行。”

王星焰又想了想，觉得不可能，于是摇摇头，说：“可能性不大。因为她丈夫非常小心，从来不在家里给他的私生子打电话。”

王星焰这样说，下意识里还是希望把琳娜拉到“私人侦探”这方面来。但是，琳娜没有被拉回来，她听了王星焰这样解释之后忍不住笑。

“你笑什么？”王星焰问。

琳娜继续笑，而且笑的幅度加大。

王星焰看着琳娜，不明白她为什么笑，有什么好笑。

琳娜笑着说：“你们男人有时候是非常单纯的。”

琳娜本来是要说“你们男人有时候是非常傻”的，但是临到嘴边，马上改成了“单纯”，因为她突然发现自己面前的这个“男人”是她的老板。

“怎么说？”王星焰问。

“她不能查丈夫的手机呀？”琳娜问。

“查手机？”王星焰问。

“是啊，”琳娜说，“趁他洗澡的时候查手机呀。”

琳娜这样一说，就仿佛承认她自己就经常这么干的。

对呀！王星焰想。肯定是夏薇薇趁我在洗手间的时候查看了我的手机通话记录，记下来，这段时间我们的关系进一步冷却之后，她开始照着以前记录的电话号码打过去试探，那天我去清心阁的时候，正好赶上夏薇薇做这种试探，碰上了。

这么想着，王星焰就似乎想通了。不，应该说是更加糊涂了。查手机和“私人侦探”，两种情况到底哪个是真的呢？或许两种情况都不是真的，还有另外第三种情况，那么，这第三种情况又是什么呢？

26

既然打算在深圳长期生活下去，那么，李东就准备让他的加和新技术开发有限公司正式开张。所谓正式开张，直观一点说，就是要正式搞一个办公地点，招聘几个人，正儿八经地像一个公司，要不然，作为名人接受记者采访的时候，往哪里带？当然，李东这么急着正式开张还有另外一个理由，这个理由只有他自己知道，其他人不知道，包括王星焰都不知道。

按说李东既然注册了公司，当然就应该有办公地点，即使不考虑记者采访也应该有办公地点，否则，工商管理部门也不会允许办理注册登记的。按照中国的相关规定，新注册的工商企业必须有明确的办公地点，如果投资人没有购买写字楼或厂房，至少也应该有租赁的办公地点。换句话说，在向工商管理部门申请注册登记的时候，必须提供房产证明或正规的房屋租赁合同，否则不接受注册。但是，李东没有，他既没有购买写字楼或厂房，也没有租赁任何办公场所，李东这段时间其实一直是在证券公司的特大户室里面“办公”的。李东当时申请公司注册的时候，正好赶上深圳高新技术工业园区归国人员产业区挂牌开张，为了鼓励更多的归国人员来产业园区投资兴办企业，采取了一个特别政策，就是凡是归国人员到产业园区来投资办企业的，都可以由产业园区统一代办工商注册，而一旦由产业园区“代为办理”，一切问题就迎刃而解了。因为当时来这里创办企业的归国人员并不多，所以，产业园区保留大量闲置的办公场地，随便拿一个充在材料里面就行了，而工商管理也是识时务的，知道鼓励出国留学人员回国创业是国家的一项战略政策，更是深圳未来发展的一项战略举措，所以，对产业园区来集体办理的工商企业登记注册自然是持积极支持的态度，因此，对于像李东这样实质上并没有明确的办公地点但材料上什么都不缺少的企业，当然是大开绿灯。如此，李东的加和新技术开发有限公司就顺利地诞生了。

其实，产业园区管理处和工商管理部门这样做也没有错，因为对于像李东这样的“海归派”来说，怎么可能在没有进行工商注册之前就先买厂房或租赁写字楼哪？即便他们主观上希望严格遵守有关规定，先租赁厂房，租赁合同上也没有主体呀。还没有注册公司，以什么主体承租？“海归派”做事认真，不可能用自然人代替法人，所以，产业园区和工商管理部门为他们大开绿灯也是务实的表现。

实践证明，有关方面的务实精神确实起到了促进“海归派”创业的效果。比如李东，不就是先创业，然后才“开张”的吗？

当李东找到产业园区的管理人员，说准备正式开张，需要办公地点的时候，对方自然是欣喜若狂，仿佛看到自己亲手播下的种子终于开花结果了。欣喜之余，他们告诉李东一个更好的消息。

“租金返还一半。”主任说。

“什么意思?”李东问。

主任解释:我们这里的写字楼对外出租的价格是每平方米每月120元,但是对待李东这样的归国创业人士每月每平方米70元,作为对新企业的特别扶持,在这每月70元的优惠租金当中,再返还50%,换句话说,每月每平方米只有35元租金。

解释完之后,主任笑着看着李东,等待着李东露出惊喜的表情,等待李东说感谢话。李东会说话在深圳已经出名了,主任当然也知道,所以,主任现在做这样的期待不能算是一种奢望。但是,这一次主任失望了。李东听完主任的好消息之后,并没有露出惊喜的表情,也没有说出任何感谢话。大约是太优惠了,以至于李东不敢相信自己的耳朵了。

主任非常友好,非常有耐心,见李东没有听懂,同样的话又重新再说一遍。

这次李东听懂了。不仅懂得主任说话的意思了,而且还懂得主任为什么要说这个话了。于是,李东强迫自己说了一些主任最希望听到的话。

李东说:“非常感谢!上次市领导听取我们意见的时候,我就说了,深圳归国人员创业园区是世界上政策最好的产业园区,下次出国,我一定要把你们的优惠政策告诉更多的海外朋友,让他们都到这里来创办企业。”

私下里,李东说的正好相反。他对王星焰说:“在加拿大,我是外国人,怎么到了国内,我仍然被当成外国人?干吗对别人每月每平方米120元,对我就只有35元?怕我付不起呀?救济我?我看上去真的那么穷吗?”

王星焰真想骂他不识好歹,但是没有骂出口,在头脑里面打了一个弯,就再也骂不出来了。

是啊,王星焰想,干吗要区别对待呢?其实,每个人都希望自己得到公平的对待,而公平的对待就是平等对待。“海归派”当然不希望自己被歧视,但也不希望自己像大熊猫一样被特别关照。可能在李东的理解里，特别关照也是一种歧视。

想了，但是王星焰并没有说，主要原因是他不知道找谁说。再说，即便说了，管用吗？不但不管用，说不定还被人理解为他自己不是海归派，所以就嫉妒别人一样。这么想着，当然就拉倒了。

写字楼租好之后，接着就要进行装修，还要买办公用品，招聘员工，哪怕纯粹是装门面的员工。总之，有非常多的杂七杂八的事情要做。显然，李东不会张罗这样的事情，就是会，他也不想把精力消耗在这些事情上，于是，就要找一个信得过的人。

“你准备交给谁？”王星焰问。

“沈斌。”李东说。

“沈斌？”王星焰问。

“沈斌，”李东说，“你可能没有印象了，也是我们班的，不怎么爱说话。”

“是不是从家里拿了供应券交给老师的那个沈斌？”王星焰问。

李东欣喜了一下，问：“你认识？”

王星焰笑了，说：“我怎么会不认识。”

那时候王星焰写日记，主要是写好人好事，所以，他必须天天注意观察自己身边发生的各种好人好事。

这一天他们班小组长龚广琴捡到一个钱包，拿到学校里交给了董老师，董老师先是在班上口头表扬，然后工宣队李师傅用广播喇叭在全校进行了表扬。虽然李师傅说的基本上是郊区的方言，但是意思还是听懂了，就是要求全校师生都向龚广琴同学学习。像这样的好人好事，王星焰就可以把他写到自己的日记当中，并且还可以写满一页。那天王星焰在日记中写道：“我们班龚广琴同学，昨天放学的路上捡到一个钱包，里面有一块多钱，还有三斤粮票，龚广琴同学今天一到学校就交给了老师，老师在班上表扬了她，李师傅在全校表扬了她。我要向龚广琴同学学习，今后捡到东西一定要交给老师，做雷锋式的好学生。”

事实上，王星焰是真的想向龚广琴学习，真的希望自己也能够捡到钱包，或者捡到其他什么值钱的东西，而且一旦捡到这些东西，他马上就拿去交给老师，如果那样，那么董老师肯定也会在班上表扬他，李师傅肯定也会在全校的广播上表扬他。因此，有段时间王星焰上学和放学的路上总是格外留心，不仅留心眼前的路上，甚至留心远处的路上，真的希望自己能够捡到钱。别说，功夫不负有心人，那天在他们家楼梯上还真的捡到了两分钱。虽然只有两分钱，但是当王星焰一眼看见它的时候，还是眼前一片光明，兴奋得差点叫起来。不过，两分钱实在是太少了，与龚广琴捡到的那个钱包相比，简直就不值得一提。果然，当王星焰把它交给董老师的时候，一点反响都没有，既没有在班上表扬，更没有在学校表扬。虽然没有表扬，但是王星焰还是有收获的，因为他终于可以在日记中写他自己了。王星焰写道："两分钱虽然小，但是这件事情代表了一种精神，一种拾金不昧的精神，一种共产主义的精神。"

王星焰发现，做好事也是有运气的，比如他的运气就不如龚广琴好，如果当初捡到钱包的不是龚广琴，而是他，那么他肯定就能得到老师和工宣队的表扬了。后来他才知道，运气也是可以创造的，比如沈斌，就是李东刚才说的这个沈斌，就为自己创造了运气。

就在王星焰交给老师两分钱之后不久，大概好像就是第二天，沈斌就向老师交了几十斤粮票和十几张供应券。这下可了不得，沈斌一下子就成了全校的英雄。几十斤粮票和十几张供应券明显是比一块多钱加三斤粮票多多了。粮票就不用说了，几十斤肯定比三斤要多，至于那十几张供应券，更是比一块多钱贵重许多。那时候买东西除了钱之外，还必须要支付各种票券，比如买米或含有粮食成分的各种食品，如饼干糕点或在饭馆吃饭等等，都必须要支付粮票。除了粮票之外，买油要有油票，买布要付布票，这么说吧，买什么东西都要票，但是，不可能每一样东西都要印一种专门的票，于是，除了粮票、油票和布票之外，还有一种"万能票"，就是供应券。供应券是除了粮、油、布之外其他一切日用品的通用票券。供应券凭城市居民的户口和粮油关系统一配发，每人每月四张。比如买肉，每张票可以买一斤，买豆腐、买肥皂甚至买自行车、收音机、缝纫机等等，都要凭票，并且随着物品的价格不同所需要支付的供应券的数量也不相同。那时候年轻人结婚讲究要买“大件”，就是自行车、缝纫机或者是手表，条件好的是三件俱全，条件一般的是两件，条件最差的也要一件，好在那时候人们的条件都差不多，除了极少数之外，大多数人都是两件，一般是谈恋爱的时候买手表，结婚的时候再买一辆自行车之类，比如王星焰的二姐结婚，就是先买了手表，然后再买了自行车。为了能让二姐买上手表又能买上自行车，王星焰的全家包括大姐和三姐都省下了那个季度的供应券，全部集中给二姐用。可见，供应券是当时最重要最贵重的东西，现在沈斌一下子捡到十几张供应券，并且全部交给老师，成为英雄当之无愧。

王星焰就是从那时候开始知道什么叫嫉妒的。那时候王星焰就有点嫉妒沈斌。沈斌原来是他们班一个默默无闻的同学，给王星焰的印象就是喜欢擤鼻涕，因为他的鼻孔下面总是有两条红红白白的印子，大约正是这个原因，所以班上的同学并不喜欢他，所以他在班上就很少说话，所以他要是没有来上课同学也不会知道，不像王星焰，王星焰的乡下话尾子虽然也被同学们瞧不起，但是王星焰自己并没有瞧不起自己，还保持相当的活跃度，所以，王星焰一直以为他在班上还不是最下层，至少还比沈斌好一点。现在沈斌在一夜之间成了英雄，走起路来都保持微笑，仿佛能感觉到远远地就有人注意他，精神面貌焕然一新，一下子就让王星焰成为垫底的了，要让他一点不嫉妒是不可能的。

当然，王星焰只是心里面暗暗地嫉妒，嘴上是不能说的，不但不能对别人说，就是对自己也不能说。王星焰的“对自己说”就是写日记，王星焰发现写日记的时候也不能怎么想就怎么写，要是把自己一些肮脏的思想都写在日记里面，将来万一哪一天自己也成了英雄，老师和同学来整理自己的日记，怎么办？所以，写日记也要像英雄人物学习，写成革命日记。王星焰现在写日记的水平也越来越高了，这里面除了天天写的作用之外，还有一个关键的原因就是他经常注意看别人是怎么写的，当然，能看到的只能是“革命日记”，至于“反动日记”，只是听说这个名词，并没有真正看到。比如工宣队李师傅之所以要抓罗老师，并且还要让罗老师爬旗杆刷油漆，就是因为罗老师写了“资产阶级情调”的日记，但是到底写了什么样的“资产阶级情调日记”，王星焰就不知道了。所以，王星焰所能效仿的，就是课本和黑板报上公开发表的英雄人物的“革命日记”。王星焰这一次在自己的日记中写道：“东风吹战鼓擂，在全国一派大好形势下，我们学校又诞生了一个学习的好榜样，他就是沈斌同学。沈斌同学捡到了几十斤粮票和十几张供应券，本来想拿回家的，但是他想到了伟大领袖毛主席的语录，‘要斗私批修’，于是，狠斗私字一闪念，马上就把粮票和供应券全部交给了老师，成了我们学习的好榜样。”

日记中关于沈斌同学的思想斗争那一段，不是王星焰瞎编，而是听沈斌同学自己说的，准确地说是老师教沈斌这么说的。沈斌同学这样一说，就把自己的行为从简单的做好人好事上升到一个新高度。

沈斌的高度还不算高，比他更高的是别的学校的一个女同学，那个女同学捡到钱和粮票之后，先是拿回家，然后才准备交给老师，但是她的父母坚决不允许她交给老师，于是，那个女同学到学校之后立刻向老师做了汇报，老师觉得这个问题比较复杂，自己处理不了，又向工宣队做了汇报，工宣队先是表扬了这个同学高度的思想觉悟，然后亲自到那个同学的家，让她的家长交出钱和粮票，家长不敢与工宣队对抗，只好交了。于是，那个同学的事迹说起来就比沈斌的事迹更加生动，不但在他们自己的学校说了，还在全市的中小学巡回演讲。

王星焰觉得沈斌蛮亏的，其实沈斌同学也可以先对他的家长说，然后等到他家长反对，再跑到学校向老师汇报，董老师肯定也不好直接去找沈斌同学的家长，肯定也会向李师傅汇报，然后李师傅也会亲自去找沈斌的家长，然后关于沈斌的事迹就可以和外校的那个女同学一样被广为宣传了。如果那样，王星焰的日记内容将更加丰富，并且王星焰也会由嫉妒变为自豪，能够跟全市的英雄做同班同学难道不是很自豪很光荣的吗？可惜，沈斌傻，捡到之后没有先跟家长说，而是直接交给了老师，使本来生动的事迹逊色不少。

事实上，王星焰的判断没有错，沈斌确实没有告诉他的家长，如果告诉了，那么他的家长确实就会反对他把那些粮票和供应券交给老师了，因为这件事情过去没有几天，沈斌同学的父母双双来到学校，找到董老师，要讨回那些粮票和供应券，说沈斌交给老师的那些粮票和供应券并不是他在外面的路上捡到的，而是从他自己家拿来的，目的就是要成为英雄。家长一开始并不知道，后来董老师亲自到沈斌的家，向他父母报喜，并请他父母来学校参加沈斌同学的讲用会，他妈妈才如梦初醒：怪不得我们家的粮票和供应券找不到呢！一对数目，正好是沈斌交给老师的那些。

这下沈斌惨了。说实话，也真是沈斌，这要是换成王星焰，说不定就要自杀，就是不自杀，肯定也不敢再见同学和老师的面了。但是沈斌没有自杀，甚至都没有转学，只是恢复老样子，继续低头走路，继续不声不响。

“你怎么想起来请沈斌的？”王星焰问。

“不是我请，”李东说，“是他自己找来的。”

“他来找你的？”王星焰问。王星焰差点就说“怎么没有找我？”再一想，自己跟这个沈斌只同学一年，而李东他们可能同学了十年，感情不一样。

“他父亲，”李东说，“他父亲找我父亲了。反正我需要帮手，找谁不是找？再说毕竟我们是一个班的，小学和中学都是一个班的，而且他父亲和我父亲也是一个车间的，能帮就帮一把吧。”

“他下岗了？”王星焰问。

李东点点头。

王星焰有些敬佩李东了。出国这么多年，还没有忘本，还是中国人，有同情心，还知道扶贫帮弱。这个沈彬从小就弱，现在再一下岗，估计连生活都困难，确实是应该帮一下。

27

夏薇薇在权衡是不是要跟王星焰离婚的事情了。

夏薇薇想着要跟王星焰离婚，当然与王星焰在外面有女人有关。夏薇薇知道王星焰在外面有女人，但是，夏薇薇并没有恨王星焰，至少没有刻骨铭心地那么恨。夏薇薇发现，男女之间的恨可能是建立在爱的基础上的，并且爱有多深，恨就有多切。夏薇薇对王星焰从来就没有刻骨铭心地爱过，所以恨起来也就没有那么切。当初夏薇薇答应嫁给王星焰，基本上属于一种无奈的选择，因为当时王星焰追得紧，而夏薇薇也没有遇到第二个像王星焰这样追得紧的人，并且她自己也没有发现一个让她动心的男人，既然没有令她动心的，但是又必须要嫁人，那么最好还是嫁给追得紧的，所以，就嫁给了王星焰。本来嫁给王星焰，并没有想着能荣华富贵，事实上，他们结婚的那个年代也没有荣华富贵这个概念，当时只是想着安安稳稳过一辈子算了，没想到现在荣华富贵了，却不能过到头了。可以说，与当初的设想正好相反，令她不得不想到了离婚。

夏薇薇其实并不想离婚的，中年女人，如果不到万不得已，哪个愿意主动离婚？夏薇薇现在非常后悔，不是后悔当初嫁给了王星焰，而是后悔当初没有阻止王星焰成为大老板。夏薇薇发现，一切祸根就在于王星焰成了大老板。如果王星焰没有成为大老板，那么，王星焰还会像过去那样爱她，而夏薇薇虽然没有多么爱王星焰，但是，时间能够产生感情，至少可以产生亲情，所以，她对王星焰至少还是能接受的。夏薇薇觉得，一男一女，只要有一方爱着另一方，而另外一方只要能够接受对方，那么，他们俩就能结为夫妻，并且能够结成稳定的夫妻。在王星焰成为大老板之前，他们就是这样一对稳定的夫妻。但是，自从王星焰成为大老板后，他们的关系变了。

首先变化的是他们自己。

夏薇薇属于那种不容易激动的女人，或者说是比较理性的女人。关于她跟王星焰之间的关系以及关系的变化，她是认真思考过的，并且是客观地思考过，不像许多女人，一旦夫妻之间发生裂痕，马上就把全部的责任推向甲方，而把自己说成是受害者。夏薇薇不是，夏薇薇不是那种想博得别人同情的女人，更不是那种通过诋毁自己的丈夫或前夫来博得别人同情的女人。夏薇薇经过客观的思考，得出结论：由于王星焰成了大老板，所以，他们俩都变了，变得不是原来的那两个人了。既然两个人都变了，变得不是原来的那两个人了，那么，他们俩原来稳定的关系当然就发生了变化。

夏薇薇首先分析她自己的变化。夏薇薇发觉她自己最大的变化是没有事业心了，不但没有事业心了，而且很快就没有事业了。其实，夏薇薇可能从来就不是一个有事业心的女人，但是，给别人的感觉她是十分有事业心的，至少给王星焰的感觉是这样，并且这也是王星焰当初一直把她当作灯塔的原因之一。但事实上，这是误解。比如学琴，夏薇薇并不是真正喜欢音乐，更谈不上热爱音乐，只是当时爸爸妈妈逼着她学，所以她才不得不学。王星焰看见的，或者王星焰听见的，是“薇薇”在刻苦练琴，并且“薇薇”刻苦练琴的形象一直是王星焰刻苦拉二胡的榜样。其实，夏薇薇练琴是被迫的，不像王星焰拉二胡那样是自愿的。夏薇薇其实并不是喜欢音乐，至少并不热爱音乐。夏薇薇发现，“热爱”是不遗传的，至少在她这里没有遗传。一九七七年高考的时候，夏薇薇报考师范大学艺术系，报考艺术系并不代表她热爱艺术，而只能证明她想上大学，任何大学。本来，她父母以为没问题，因为她从四岁开始练琴，等到一九七七年高考的时候，手指可以不用大脑指挥而仅仅凭习惯动作就能自动演奏优美的旋律。那时候，夏薇薇演奏的小提琴独奏曲几乎无可挑剔，特别是那首《千年的铁树开了花》和《红太阳光辉把炉台照亮》，在夏老师听起来，跟收音机上播放的已经完全没有区别，既然跟收音机上都没有区别了，那么还不能上大学艺术系？但是，结果是被淘汰。按照她父亲夏老师当时的话说，就是“落选”了。王星焰听说夏薇薇落选之后，当天就跑到师范大学李子贤教授的家，向他打听夏薇薇的情况。在王星焰看来，可能是搞错了，或者是被别人“走后门”顶下了，如果这样，那么，他去说说可能还管用，至少明年可能管用。但是，李子贤说不是。李子贤教授明确地告诉王星焰：“不行，这个女孩不行，她不是学音乐的料，没有灵感，没有灵气，听起来像那么回事，但没有激情，心跳并没有随着音乐的节奏而起伏，所以演奏没有感染力。不行，明年还是不行，不是技巧问题，她的技巧已经够好了，但是不行，你还是让她学其他的吧。”王星焰听后，第二天就赶到夏薇薇的家，送给她上海科学技术出版社出版的《知识青年自学丛书》，动员她不要报考音乐专业，而报考理工科。当然，王星焰没有把李子贤教授说的告诉夏薇薇，而只是说音乐专业的名额少，录取比例低，不像理工科，只要分数线达到，肯定能录取。后来，夏薇薇听从了王星焰的建议，放弃报考音乐专业，果然考上了医学院。

夏薇薇虽然没有事业心，至少没有王星焰认为的那样有强烈的事业心，但总体上还是一个乖女孩。所以，考上医学院之后，非常顺利地就毕业了，并且成为一名医生。刚开始是实习医生，后来是主治医生，如果不离职，肯定已经是副主任医生甚至是主任医生了，但是，夏薇薇离职了。夏薇薇是在王星焰成为大老板之后离职的。

夏薇薇发现，如果不是为了钱，并且也不用为未来的生活担心，那么，她大可不必当医生，哪怕是副主任医生。在夏薇薇看来，绝大多数医生是没有多少事业和创造力的，至少对于她这样的医生是不需要创造力的。医生是一种职业，一种混口饭吃的职业。而且，医生是知识分子当中最吃亏的职业。上大学就比其他专业多上一年，毕业之后并没有把这一年的付出用工资的形式补给他们，不但没有补给他们，而且还直接从事体力劳动，并且是又脏又累的体力劳动，而且还要值夜班，升迁的机会极少，少到几乎没有，即便升上副主任，也是两头受气，假如不想收红包，技术太好也没有必要，能混就行了。所以，当王星焰成为了大老板，夏薇薇既不在乎工资，也不在乎奖金，更不在乎红包之后，她就义无反顾地离职了。而且是干净利索地离职，不是“下海”。医院有医生“下海”，“下海”的医生还是为了钱，比如“下海”之后自己开诊所，或者“下海”之后去工作轻松待遇更好的私立学校当校医等等。夏薇薇不是，夏薇薇离职的目的就是要离开福尔马林的味道，就是不想再见到那些血腥的场面，就是不想再置身于等级森严装腔作势的人际关系之中，所以，夏薇薇的离职是真正意义上的离职。

夏薇薇的离职与王星焰有关。早在他们儿子小的时候，夏薇薇就发出感慨，感慨女人不应该上班，中国人这么多，有一半人上班就足够了，不如男人在外面上班，女人专门在家带孩子，把女人的那一半工资加在男人身上就行了。当时夏薇薇这样说的时候，王星焰是持赞同态度的，不是为了讨好夏薇薇而持赞同态度，而是他本来就持赞同态度。特别是那时候王星焰因为施工服务而经常出差，而夏薇薇又常常值夜班，儿子完全交给小保姆带，即使儿子不是完全交给小保姆带，也常常是整个一个夜晚王星焰跟小保姆面对面。保姆洗澡的时候，王星焰还要帮着看热水器是否正常，王星焰洗澡的时候，小保姆还要帮着王星焰看热水器的工作状况，你说别扭不别扭？王星焰当时真的觉得夏薇薇的感慨非常有道理，并且说，日本就流行女人结婚生孩子之后不外出上班，还举出著名日本影星山口百惠为例子。所以，从那时候起，就奠定了夏薇薇离职的理论基础，只不过当时经济条件不允许罢了。王星焰成为大老板后，条件允许了。

王星焰刚刚成为大老板的时候，夏薇薇和王星焰还是正常的夫妻关系，所谓正常的夫妻关系，就是他们俩还保持正常的夫妻生活。就是说，王星焰对夏薇薇还保持一定的激情，尽管这种激情常常靠王星焰把今日的夏薇薇想象成昔日的“薇薇”来维持。所以，那时候夏薇薇还可以在王星焰面前撒娇，比如当王星焰想进入“薇薇”的身体的时候，夏薇薇就可以撒娇。这一天，王星焰又想进入夏薇薇的身体，因为他又把夏薇薇想象成当年的“薇薇”了，每当王星焰把夏薇薇想象成当年的“薇薇”，他就有这种冲动，就想进入她的身体。夏薇薇尽管并没有强烈地感到自己爱王星焰，但是她并不讨厌王星焰，特别是王星焰非常听话，每次进入她的身体之前，都接受洗礼——用酒精棉球对自己的器官进行系统消毒，然后才正式进入，所以，夏薇薇其实也喜欢王星焰进入她的身体，并且也能体味到其中的快乐。特别是结尾阶段，在每次做爱的结尾阶段，夏薇薇都能感受到王星焰的剽悍，因为这时候的王星焰往往是非常投入，专心致志，猛地发力，像是做最后的冲刺，使夏薇薇的整个身体也出现起伏和跌宕，并且心跳幅度增大，频率加快，感受到自己身体的价值。是那种自己身体对一个男人重要的价值。

这一天王星焰做最后的冲刺之后，大脑并没有立刻从“薇薇”回到夏薇薇上，所以，他对夏薇薇说：“我现在有钱了，你说，你要什么，你要什么我就给你什么。”

“是不是真的?”夏薇薇问。

夏薇薇这样一问，就把王星焰问清醒了，也就是说，把王星焰从“薇薇”状态拉回到夏薇薇状态，并且他更加深切地感觉到：“薇薇”就是夏薇薇，而夏薇薇已经是自己的老婆了。

“当然是真的。”王星焰说。

“那好，”夏薇薇说，“你给我200万。”

200万不是一个大数目，至少对王星焰来说不是一个大数目。但是，也不是一个小数目，至少对夏薇薇来说不是一个小数目。

“你要200万干什么?”王星焰问。

“你给不给吧?”夏薇薇问。

“给，”王星焰说，“但是我想知道你要这钱干什么。”

“不干什么。”夏薇薇说。

“不干什么你要这么多钱干什么?”王星焰问。

夏薇薇说：“只要我有200万，我就不上班了，不去求爷爷拜奶奶搞什么调动了。”

王星焰一听，马上就答应了。

原来，当时夏薇薇正在办调动，办得非常烦心，不仅她自己烦心，而且王星焰也跟着烦心，甚至比她还要烦心。

调动的事情他们以前办过。王星焰当初从内地调动到海南的时候，夏薇薇也跟着从内地调入海南省第一人民医院，但那一次她调动得非常顺利。所谓“非常顺利”，就是一点都没有费劲，没有求爷爷，也没有拜奶奶，直接就调进去了，而且是按人才引进的标准调进去的，调进去之后，还从海南省人事厅专家处领了两千块钱的搬迁费。但是，这次王星焰从海南来深圳，夏薇薇再想从海南调入深圳，不行了，不顺了，完全不是那么回事了。不知道是不是因为夏薇薇退化了，退化为“非人才”了，还是王星焰退化了，从省政府官员退化成一个个体户了，总之，夏薇薇调动不进来。为这个事情，王星焰和夏薇薇还私下里讨论了半天，讨论的结果是：夏薇薇的“人才”身份没有变，因为医生是越老越吃香，不可能在海南省第一人民医院临床工作了两年，就从“人才”变成“非人才”了，那么变化的只能是王星焰。或许，在王星焰看来，自己这两年从一个政府官员变成一个大老板，是一种进步，但是，政府有关部门并不这么认为，特别是当时民营企业的经济地位和民营企业家的政治地位还没有现在这样明确，民营经济还只是“必要补充”，民营企业家还跟“大个体户”画等号，属于“团结对象”，既然如此，按照夫贵妇荣原理，夏薇薇当然不能像当初调动到海南那样作为“人才”被引进。不过，如果硬想被“引进”也有办法，这个办法就是找人，或者是花钱。事实上，王星焰也找了人，也花了钱，甚至还向有关部门的有关人员赠送了纪念金币。那时候，深圳还没有流行直接送现金卡，送纪念金币就是“找人”的“最高境界”，既然是“最高境界”，那么，事情还真办成了，但是办成的不是深圳市第一人民医院，而是龙岗区医院。当时，水官高速公路还没有兴建，不但水官高速公路没有兴建，而且龙岗新医院也没有兴建，所以，当王星焰自己开着奔驰从布吉关口出关，沿深惠公路行驶了一个多小时之后，才在公路的西侧找到那个地平面明显比公路低半米的小二楼建筑。说实话，比海南省第一人民医院差远了，不但比海南省第一人民医院差，比夏薇薇在内地时工作的医院也差，至少在外表上差。这么说吧，当时的龙岗区医院比海南省第一人民医院附属的实验动物养殖场大不了多少。夏薇薇一看，马上心就凉了。其实，不仅夏薇薇的心凉了，王星焰的心也凉了。既然王星焰开奔驰都要一个小时，那么，让夏薇薇自己乘公共汽车每天来回岂不要花去半天？联想到就是这样一份工作，还是求爷爷拜奶奶送纪念金币换来的，王星焰当场就想把送出去的那些金币要回来。所以，这个时候夏薇薇说不去上这个班，王星焰马上就同意了。

“行，”王星焰说，“去他妈的‘正式调动’，老子不尿了，等楼盘一卖出去，立即给你 200 万，把你的工资和退休金都提前领了。”

尽管王星焰说了粗话，尽管夏薇薇平常最讨厌王星焰时不时冒出来的粗话，但是这一次夏薇薇觉得粗话顺耳，非常顺耳。而且在这种心情下，不用粗话就不足以表达自己内心的感受，或者说不足以宣泄内心的怨恨。如此，夏薇薇就真的没有去龙岗区医院报到，既然没有去龙岗区医院报到，那么，也就用不着再从龙岗向市内折腾了，也就不需要再向有关方面的有关人员重新送纪念金币了。并不是他们送不起，而是受不了那份气，因为伴随金币的，还有人格。

那以后，夏薇薇就没有了工作，成了一名真正意义上的家庭妇女。当然，这也不是坏事，不但不是坏事，而且还是好事，至少在当时是好事。当时他们儿子刚上初中，如果夏薇薇真的去龙岗区医院上班，那么，每天她就不能照顾儿子和丈夫了，不但不能照顾儿子和丈夫，而且还要丈夫和儿子照顾她，如果那样，对儿子的学习能没有影响？对丈夫的事业能没有影响？肯定有，而且影响很大，并且其中的任何一点影响，造成的损失也比她在龙岗区医院拿的那点工资大。所以，当初夏薇薇放弃龙岗区医院的那份工作是对的。

但是，当时是对的不代表永远对。随着时间的推移，情况慢慢发生了变化，而且是大变化。首先，儿子现在上大学了，去北京了，夏薇薇变得无所事事了。夏薇薇突然发现，原来工作不仅是工作，而且也是“事业”，至少对于他们这一代人来说，工作其实就是事业，而事业其实就是工作。现在没有工作了，并且儿子也上大学走了，夏薇薇才发现她没有事业了。没有事业就无所事事，无所事事就会无事生非。而且现在果然是无事生非。因为夏薇薇突然发现，也不知从什么时候起，丈夫王星焰已经不碰她了。换句话说，王星焰跟夏薇薇之间已经没有夫妻生活了，一次也没有了。没有，夏薇薇还不能表示不满。因为自打夏薇薇跟王星焰结婚以来，这种事情从来就是王星焰主动的，而且当王星焰主动的时候，夏薇薇还推三挡四。没有结婚的时候就不用说了，他们那个时代的人基本上都一样，不到结婚是不能上床的，加上“薇薇”是王星焰的灯塔，是心中的偶像，尊重得不得了，当然更不会造次。那时候，绝大多数人谈恋爱的时候虽然不做爱，但是还可以表达爱，表达的方式是拉手、拥抱、接吻，胆子再大一点的，可能会抚摩，但是王星焰不敢，王星焰结婚之前跟夏薇薇表达爱的最高形式是拉手，但就是拉手，也不是想拉就拉，而是要找机会，比如一起去公园划船的机会。二人一起上公园划船的时候，准确地说是在上船或下船的时候，出于安全的角度考虑，夏薇薇一般还是愿意把手伸给王星焰的，这时候，王星焰就可以和夏薇薇拉手。但是拉的时间不会太长，也就是上船和下船那个非常短暂的瞬间。就这样，也激动得不得了，到了晚上，王星焰自己把拉过夏薇薇的手贴在脸上，回味那令人激动的幸福时光，自己跟自己激动半夜。大约正是由于太渴望的缘故，所以，那时候王星焰跟夏薇薇谈恋爱的中心内容就是王星焰求着夏薇薇快点结婚。所以，一旦他们能够结婚的时候，他们立即就结婚了。所谓“能够”结婚的时候，当然是要等到夏薇薇大学毕业，因为那时候大学没有毕业是不允许结婚的，如果要结婚，轻则勒令退学，重则开除。王星焰当然不忍心让夏薇薇被勒令退学或者是被开除，只要夏薇薇自己不答应，王星焰还是做不了。所以，王星焰耐心地等了一年半，等到夏薇薇大学毕业了，以为可以结婚了，结果还是不行，因为夏薇薇工作的医院不给他们开证明，而单位不给他们开证明他们就不能结婚。那时候，结婚必须得到单位的允许，仿佛单位比当事人的父母都重要，因为即便是当时的《婚姻法》，也明确说明父母不能包办子女的婚姻，但是没有写“单位不能干预职工的婚姻”，既然没有写，那就是能干预。比如夏薇薇工作的医院就能干预，就要求所有的实习医生必须在参加工作一年之后才能结婚。胳膊扭不过大腿。相对于单位来说，王星焰就是胳膊，而单位就是大腿，所以，王星焰只好又等了一年。等到他们正式结婚的时候，王星焰差不多喉咙眼都急得起泡了。最后，当他们终于上床的时候，夏薇薇又“临床”提出了一个“内部规定”——事先必须用酒精棉球对王星焰的器官进行全面消毒。王星焰想都没想就立刻答应了，其实，那时候夏薇薇无论提出什么要求，估计王星焰都会无条件答应，并且立即就照办。王星焰当时在这样照办的时候，可能是太急了，或者是太没有经验了，所以，消毒了两次都没有达到夏薇薇的要求，最后，还是夏薇薇亲自动手，帮着王星焰消毒。谁知，当夏薇薇的手一挨到王星焰的那个器官的时候，王星焰控制不住了，竟然提前喷发出来，射到夏薇薇的手上，结果，当然是遭受了夏薇薇的白眼。好在这种情况只有那一次，以后再也没有了，以后王星焰慢慢成了熟练工，再不用夏薇薇动手，自己就能对自己的器官进行全面系统的彻底消毒，并且已经形成习惯，一直将这个习惯坚持到他们中断夫妻生活。

王星焰跟夏薇薇中断夫妻生活与第三者插足有关。当然，那个第三者不是丹丹，那时候王星焰还不认识丹丹。那个第三者是一个售楼小姐。

王星焰第一个楼盘发售的时候，效果并不好，原因是那个楼盘是跟部队企业局合作的，部队的地，可以省地价，投资少，见效快，但是就是没有单门独户的房产证，所以不好销。这时候，有一个销售代理公司找上门，主动要求代理王星焰的楼盘销售。当时王星焰的楼盘销售价是每平方米 3800 元，而它周围的楼盘价格都在 4500

元左右，但由于不能办理分割的房产证，所以仍然不好销售。代理公司跟王星焰谈：以每平方米3700元的价格给他们，他们包了。

“是先给钱还是后给钱？”王星焰问。

代理公司的老板愣了一下，说：“当然是后给钱，如果先给钱，不等于是我买的楼盘了吗？”

王星焰一想，有道理。不过，他还是不愿意达成协议，因为如果委托他们代理销售，代理方等于一点风险没有，空手套白狼，王星焰没这么傻。但是后来王星焰还是答应了，因为对方公司的一个售楼小姐说服了王星焰。

售楼小姐说：他们只负责售楼，但全部回款由王星焰收。

售楼小姐还说：他们也是有投入的，比如广告投入，比如人员工资和销售人员的业务提成，而且这两项加起来，差不多也就摊成每平方米200元了。

售楼小姐的话打动了王星焰，因为王星焰算过账，如果自己销售，销售成本确实差不多每平方米也要100元。

最后，售楼小姐强调：不管他们按什么价格销售，王星焰只能按每平方米3700元收款，其余的全部归代理公司。

在王星焰跟他们签订代理合同之后，王星焰的楼盘很快就被销售一空，而且销售价格不是每平方米3700元，也不是3800元，而是4500元！为什么？因为代理公司居然打通了关系，办成了分割房产证，于是，就每平方米卖到4500元。

“其实，我们也没有得到多少，”售楼小姐说，“大部分都用在打通关系上了。”

这话王星焰相信，相信打通关系一定要花钱，而且是花大钱。并且王星焰还知道，在很多情况下，即使花大钱，也不一定能打通关系。至于代理公司最后是怎么打通关系的，王星焰并不知道，他只知道，他自己的关系被“打通”了。因为王星焰跟代理公司签订代销合同之后，对方并没有过河拆桥，而是跟王星焰做了朋友。具体地说，就是这个售楼小姐跟王星焰做了朋友，并且一直从地上做到了床上。至于王星焰跟售楼小姐是怎么上床的，这里就不说了，说起来太复杂，这里我们只说一点，那就是，王星焰感觉这个售楼小姐跟他老婆夏薇薇完全不是一回事。不用酒精消毒就不用说了，关键是王星焰跟夏薇薇在一起做这种事情的时候，完全是他求着夏薇薇，而夏薇薇的态度则完全是一种施舍，一种无奈，一种妥协，但是售楼小姐不是。售楼小姐的表现跟夏薇薇正好相反。售楼小姐表现得非常渴望，非常主动，非常珍惜跟王星焰在一起的每一分钟、每一秒钟，以及他们做的每一个动作。特别是在王星焰跟她做爱的整个过程中，售楼小姐不断地用身体和表情加上声音向王星焰传递一个信息："你太棒了！我太需要你了！你给我带来了快乐！一种我从未体验过的快乐！我感谢你！"至于王星焰是不是真的给售楼小姐带来了前所未有的快乐，我们不知道，或许是真的，但也可能是假的，因为现在很多事情假的比真的像。不过，有一点是肯定的，就是售楼小姐确实给王星焰带来了快乐，而且是一种前所未有的快乐！从此，王星焰知道什么是真正的女人了。不但知道什么是真正的女人，而且知道什么是真正的男人。或者说，王星焰自认为从那一刻开始，他才变成了真正的男人！当然，也就是从那一天开始，王星焰再也不碰夏薇薇了。或者说，王星焰再也没有拿酒精棉球对自己的器官进行全面消毒了。如此，时间长了，夏薇薇就有感觉了，感觉王星焰是"男人有钱就变坏了"，就想到了离婚。

夏薇薇是医生，至少曾经是医生，她知道，丈夫不再碰她意味着什么。

但是，离婚是两个人的事情，甚至是三个人的事情，因为这事与他们的儿子有关，所以，不是夏薇薇想到就能做到的。

28

沈斌不行。王星焰一看沈斌就知道他不行。

沈斌从老家来的时候，李东请他吃饭，还特意给王星焰打了一个电话，请他一起来，毕竟，他们三个是一个班的。王星焰支吾了半天，最后还是找一个理由推了，没有去。没有去的原因不是王星焰忙，其实自从他跟丹丹分手之后，王星焰并不忙，起码晚上不忙，而李东请他作陪的正好是晚餐，但是，王星焰还是没有去。王星焰认为，不是什么饭都能吃的，比如这餐饭他就不能吃，因为这餐饭的主题是为沈斌接风，既然是为沈斌接风，那么，他就不能去。如果他去了，那么，就等于他也给沈斌接风了，但是，他不能为沈斌接风的。不但他不能为沈斌接风，王星焰甚至认为，李东也不应该为沈斌接风。王星焰发现，李东刚从国外回来，对中国的现状不是非常了解，自己作为大老板，是不能对别人太热情的。比如现在对这个沈斌，一个下岗职工，李东像这样对他太热情，那么就可能给他一个非常错误的信息，让他以为自己是皇亲国戚了，肯定不会好好工作，不但不会好好工作，而且还可能仗势欺人，李东这不是自找麻烦吗？王星焰就不会这样做。王星焰这些年一直在国内，无论是当官员还是当老板，都是在中国，都要与各种各样的人打交道，所以他懂，懂得做人的分寸。如果王星焰对一个并没有任何交情只同了一年学的小学同学都要接风，那么对于中学同学怎么接待？对于大学同学怎么接待？对于当初在一个建设兵团文工团的战友怎么接待？对于当初在设计院一起工作的同事怎么接待？对于后来在海南认识的朋友怎么接待？如果一个老板对什么都接待，而且什么人都热情接待，那么，轻则接待不完，重则没有了威严，所以，考虑再三，这个饭王星焰是绝对不能去吃的。不但他不能去吃，他还不想让李东接这个风。想了，但是不好说，所以支吾了半天。

王星焰是在李东的加和新技术开发有限公司看见沈斌的。这是他们分别差不多三十年之后的第一次相见。王星焰看见沈斌后，非常有节制地打了一个招呼，算是承认他们是同学，但是并不意味着是同学而给鼻子上脸。

王星焰把李东叫到一边，非常严肃地对他说：“不行，这个沈斌不行。”

“什么不行？”李东问，“为什么不行？”

王星焰想了一下，想着该怎么对李东说。

“你这是什么公司你知道吗？”王星焰问。

李东被王星焰问蒙了，一时间还真不知道怎么回答他这个问题。

“你这是高科技公司你知道吗？”王星焰说，“是海归人士李东先生创办的高科技公司你知道吗？”

“知道啊。”李东说。

“知道你还把这个沈斌搞来？”王星焰又问。

“沈斌怎么了？”李东不明白。

王星焰又想了想，还是想着怎么跟他说。

“你看这沈斌像高科技人才吗？”王星焰问。

李东想了想，不像。实在是不像。这个沈斌，当初在他们班的时候就傻不拉叽的，现在也没有长进多少。不但没有长进多少，而且还不如以前了。以前不管怎么说，看上去还跟王星焰和李东他们一般大，现在倒好，比他们苍老了一大截，简直就是一个老头了。

“你把这么个人杵在公司里当招牌，还想不想做生意了？”

王星焰这样一说，李东似乎明白了一些。这些天李东在深圳也看了不少企业，特别是高新技术产业园里面的企业，李东几乎全部都看了，看的目的当然是为了学习别人写字楼的装修和管理。至于是不是有收获不好说，但是有一点是肯定的，那就是他知道这些企业里面几乎清一色是俊男靓女。像他自己这样在里面都算是寒碜的，起码在年龄上是寒碜的，如果再把沈斌这样一个糟老头杵在公司里面，确实是与整个归国人员创业园区太不协调。联想到昨天保安硬是把沈斌当作拾垃圾的挡在外面不让他进来，李东认同了王星焰的提醒。

“那怎么办？”李东问。

王星焰也不知道怎么办，总不能要人家来了，再把人家赶回去吧。

“要不然这样，”王星焰说，“给我吧。”

“给你?”李东问。

“给我。”王星焰说。王星焰这样说，就仿佛沈斌是一个特殊人才，他们俩在争呢。

“你要他做什么?”李东问。李东毕竟根上还是中国人，知道己所不欲勿施于人的道理。

“我安排在下面厂里做仓库保管。”

李东请王星焰吃饭，是正式地请王星焰吃饭。所谓正式请，就是没有别人，比如没有沈斌，就他们俩。王星焰在接到李东的电话的时候，还特意问了有哪些人，在得到只有他们两个人的回答后，才说“好”。

果然是两个人。就他们两个人。

李东为王星焰敬酒，说：“谢谢！给您添麻烦了。”

王星焰看着李东，等着他下面要说什么事情，或者说等着李东有什么事情求他，比如借钱。他估计李东会向他借钱，因为李东的利润还在证券公司冻结着呢，看得见，但是动不得，最近又是租写字楼又是搞装修，缺钱是正常的。王星焰甚至已经想好，只要李东真的向他开口借钱，一百万两百万都可以借给他，毕竟，是老同学，毕竟，李东的账上有钱，现在就是开口借一两百万，也只是应急周转一下，跟那种需要救济的人不一样。

但是，王星焰等了半天，李东没有开口借钱，不但没有开口借钱，而且也没有开口求他办任何事情。

“你谢我什么?”王星焰问。

“什么谢你什么?”李东反问。

“你说谢谢，给我添麻烦了，谢什么?添什么麻烦了?”王星焰只好做进一步说明。

“沈斌啊，”李东说，“谢谢你跟我说沈斌的事情呀，谢谢你把沈斌安排在你那里呀。”

“就这事呀?”王星焰笑了，“我还以为你开口借钱呢。”

“借钱？不是，我借钱干什么？”说着，李东也笑了。

李东这样笑了一会儿，说：“我有一个问题要问你。”

王星焰镇静了一下，“说。”

李东说：“同样是同学，为什么你对我这么好，而对沈斌就不一样？”

“没有呀，”王星焰，“我对你好吗？对沈斌不好吗？”

李东不说话，看着王星焰，笑，笑王星焰明知故问。

“是不是当官当的？”李东问。

李东这样问就表明他对祖国的官僚主义还是了解的。那些官僚主义作风的官员，对于已经下岗的老同学，和对待仍然在位，并且在高位的老同学，一般会采取截然不同两种态度，对已经下岗的老同学会采取装糊涂不认识的态度，而对待那个身居高位的老同学，则千方百计地叙旧、拉关系、讨好。当然，王星焰现在已经不是官员了，所以，不一定去刻意巴结哪个高位同学，但是，习惯已经养成，或者说不自觉地把官场上的一套应用到商场上来，也是完全有可能的。

“不是，”王星焰说，“不是这么回事。对你，我们不仅是同学，而且是生意上的合作伙伴，并且更重要的是生意伙伴。而对沈斌，仅仅是没有任何利害关系的只同过一年学的老乡。并且他需要的，也不是接风这一类的招待，他需要的是工作，一个能解决生存问题的工作。区别在这里，在你们本身的差异，不在于我。我对你的关照，主要体现在我们生意上合作时候的关照，比如万一你的资金周转不过来，我可以借给你周转一下，但是对沈斌，我只能安排他做仓库保管。我一个集团公司老板，总不能去给一个下属公司仓库保管接风吧？”

“那也不一定，”李东说，“毕竟是同学嘛。”

“不是不一定，”王星焰说，“是一定，我一定不能给他接风。如果我给沈斌接风了，那么，我下属公司那个老总将来怎么管他？仓储部主管将来怎么指挥他？这样不是乱套了？既然沈斌已经为我打工了，那么，我们的关系就只能是老板与打工者的关系，不要再说其他关系，更不能把其他关系凌驾在这层关系之上。我可丑话说在头里，如果沈斌有这种思想，我立即把他辞退。”

李东看着王星焰，没有说话，甚至没有表情，不知道在想什么。

“你肯定心里骂我势利。”王星焰说。

李东摇摇头，表示不是。

“是也没办法，”王星焰说，“当老板其实就是做企业，做企业有三个层次，最低层次是赚钱，最高层次是做文化，像我们这样不上不下的，做的其实是规矩，没有规矩不行。比如你跟沈斌以同学相待，为他接风，这就不合规矩。做事不合规矩，别人怎么跟你合作？比如今天你请我吃饭，我来，来了还能说上这么多话，但是如果沈斌也在这里，我们能说这样的话吗？我不管你在加拿大是怎么做生意的，但是既然你现在已经回来了，就必须按照这边的规矩办事。你真应该把陪沈斌吃饭的时间用来陪老盛。”

“老盛？”李东问。

“是啊，”王星焰说，“老盛。我们在老盛身上还真要花一点精力，不是巴结他，一定不能让他认为我们是巴结他，而只是尊重他，把他看成朋友，非常要好的朋友，懂吗？”

李东点点头，表示懂了。但是刚刚点完头，马上又摇摇头，表示不懂了。最后，他自己也不知道到底是懂了还是不懂了。王星焰只好又跟他说了半天，说到最后，李东终于表态说：“我听你的吧。”二人的晚餐才算结束。

29

第二天，王星焰给老盛打电话，上来就把老盛“骂”了一顿。

“怎么，生意做完了是不是？不认老朋友了是不是？”

“哪能呢，”老盛说，“这不是怕耽误您的工作嘛。”

"少说废话，"王星焰说，"赶紧请我，请我和李东，我们又准备大的操作了，还是我们一起做。"

王星焰这样"骂"老盛，其实就是给他面子，给他大面子。这些年证券公司竞争相当激烈，如果能请上像王星焰这样的大老板吃饭，那百分之百是给他面子。

"没问题，"老盛说，"您想吃什么，要不要到云南去吃人体大餐？"

王星焰终于笑了，并且是坏笑，大老板跟证券公司老总坏笑，往往就表示有好事情。

"我吃什么无所谓，"王星焰说，"关键你要问李东，人家可是大买办，后台硬着呢！我向你透露一点，上次那笔'热钱'连本带利一回去，马上就有更大的一笔过来，撑死你。"

"我不怕，"老盛说，"有您接着呢，只要您还敢打保证金过来，或者反担保，我照样敢出具担保，照样敢接。"

王星焰停顿了一下，仿佛在考虑是不是告诉老盛。这样停顿了一会儿之后，或者说等老盛有点着急之后，才压低声音说："好像另外有几个券商也在打他的主意，你盯紧点。"

"好好好，"老盛说，"我盯紧，一定盯紧，还要请您老兄帮我稳住他。"

"我的观点很明确，"王星焰说，"做熟不做生，当然是跟合作过的人做。大家了解，也知道规矩，稳妥。"

"就是，就是。"老盛说。说完，自然又是一番感谢。

三个人见面的时候，王星焰和李东共同为老盛画了一个大大的饼子，一个真的可以把老盛撑死的饼子。

按照李东和王星焰的说法，这次他们不是做万利通，而是打算做煤炭股，不是做一家煤炭股，而是做整个煤炭行业的股票。

"中国股票市场上的机会真多呀！"李东说，"你们注意到了没有，国际市场上原油的价格已经突破每桶 60 美元。原油是什么？是能源。煤炭是什么？也是能源。中国市场反应确实比国际市场慢半拍，其实只要原油价格一涨，煤炭就应该跟着涨的。但是，不管是慢半拍还是快半拍，价值回归理性是没有错的，不相信你们看，中国的煤炭价格马上就会上涨，而且涨幅不会比原油小。世界煤炭市场的价格中枢在哪里？在中国。只要中国的煤炭价格打一个喷嚏，整个世界煤炭市场立刻就会感冒！”

“所有的煤炭股都做？”老盛问。

“你觉得呢？”李东反问。

“那要多少资金呀！”老盛说。

李东没有回答他到底要多少资金的问题，而是看着王星焰，仿佛要多少资金都写在王星焰的脸上了。

王星焰说：“老盛你这边能不能配合一下？”

“怎么配合？”老盛问。

“给我介绍几个做资金的朋友，”王星焰说，“具体操作我自己张罗，跟他是两条线，不交叉，但是联动。”

王星焰这样说着，还看看李东。王星焰看李东，老盛当然也就看李东。李东仿佛有点犹豫，欲说又止。

“李老兄有什么问题？”老盛问。

李东继续犹豫了一下，仿佛还是没有拿定主意到底说还是不说，怎样说。

“咱三个是哥们儿，”王星焰鼓励道，“有什么问题尽管摊到桌面上。”

“就是，就是。”老盛说。

“我有点担心。”李东说。

“担心什么？”王星焰问。其实，王星焰问的也就是老盛想问的。这时候老盛虽然没有这样问，但是头已经点得像动画了。

李东见王星焰问得急，见老盛的头点得累，于是就下定了决定，说：“那我就实话实说？”

“实话实说！”王星焰鼓励道。

“实话实说！”老盛恳求道。

李东说："这次我想把资金分散。"

王星焰不说话。

老盛也不说话，但是脸微微有点涨红。

"资金量太大，"李东继续说，"我怕太扎眼。"

王星焰点点头，似乎已经表示赞同。

"多分几个营业部行不行？"老盛问，"我管的南方总部就有四个营业部，全国的营业部就更多了，再多的资金，一分散下去，就不扎眼了。"

老盛说完，马上看着王星焰，等着王星焰帮他说话，因为昨天电话里王星焰答应了要帮他说话。

王星焰没有说话，而是看着李东。

"看资金量吧，"李东说，"看总部那边决心有多大，如果资金量太大，我的意思还是分散。"

老盛再次看着王星焰，他相信，王星焰肯定比李东好通融。这个李东，虽然说着中国话，长的也完全是中国人的模样，但是思想已经西化了，认死理，说话不考虑对方的承受力。

"要不然这样，"王星焰说，"即便分散，也应当把老盛这边作为主播场。"

老盛见王星焰一开口，马上就转忧为喜，但是没想到王星焰的观点还是同意资金分散，所以比较失望。但冷静一想，这可能是所能争取到的最好结果了，心里稍微舒坦一些，竟然不自觉地点了一下头。

"老盛你不要见怪，"李东说，"肯定是要分散，哪怕是做个样子，要不然，我跟总部也不好交代。"

"好，"老盛说，"就按你说的，反正我这边是积极配合。"

"其实，资金分散不分散无所谓，"王星焰说，"关键看在哪里成交。到时候我们把最大的成交放在老盛这边不就行了？"

"谢谢！谢谢！我先敬二位一杯。"老盛恭敬地说。说完，自己带头干了。

期限一到，李东那边的资金没有费任何周折就顺利地打回去了，同时，担保自动解除，王星焰的保证金也自动解冻，他们俩都长长地舒了一口气。

“我们是不是有点小人了?”王星焰说，“或许我们根本就不用演戏，不用画那个大饼子，人家老盛也不会为难我们的。”

“也不完全是画饼子，不完全是演戏，”李东说，“这些天我想了想，觉得煤炭股还真可以做。”

李东这样一说，王星焰就把自己的眼睛睁得贼大。

李东继续说：“其实，做股票不能总是想着投机，适当的时候，也可以做投资，而且做投资风险小，从长远的观点看，更好。事实上，北美的证券市场基本上还是以投资的理念占主导地位的，中国的证券市场早晚也会走这条路。毕竟，如果都去投机，利润从哪里来?如果一个市场投机理念占主导地位，那么，就一定蕴藏着极大的风险，崩盘是早晚的事情。我们上次跟老盛谈的煤炭股，其实真的具有投资价值，你想想。”

既然李东这么说，那么，王星焰就真的想了想，不但想了，而且认真看了，甚至是认真分析了。两个人研究的结论是：从投资的角度考虑，这时候完全可以购进煤炭股。

30

夏薇薇跟王星焰谈离婚。

“放心，”夏薇薇说，“我不会分你 50% 的财产，甚至一分钱也不要。但是房子归我，要不然，儿子回来没地方住。”

王星焰没有说话。他觉得恶心，因为他想起了夏薇薇被“鹰”叼了的事情，一想起这件事情，王星焰就恶心，非常恶心。

“不说话就表示你同意了，是吧?”夏薇薇说。

王星焰仍然没有说话，仍然想着被“鹰”叼了的事情。甚至自己心里做了检讨，检讨自己是不是因为太冷落了夏薇薇，让她太寂寞了，所以，她才被“鹰”叼了。但是，冷落能怪我吗？王星焰又想起酒精棉球消毒的事情，一想起这件事情，立刻就原谅了自己。

“怎么？”夏薇薇说，“你连房子都舍不得给我呀？你要那么多房子干什么？”

王星焰听出夏薇薇话里有话，并且知道这个话与清心阁有关，但是，他决定装糊涂，反正清心阁用的也不是他王星焰的名字，没有任何人可以证明那套房子是王星焰买的。只要他坚决不承认，哪怕丹丹自己说了他也不承认，那么，就等于没有这么回事。

“王星焰，我告诉你，你不要欺人太甚！你在外面做的那些事情，别以为我不知道，难道你还要我一件一件地给你抖搂出来？在你儿子面前抖楼出来？”

王星焰愤怒了，因为她说到了儿子，甚至把儿子当成了武器，所以，王星焰愤怒了。

“你哪来这么大的火呀？”王星焰说，“不就是股市上赔了一些钱？赔了多少，我给你，行了吧？”

“你少跟我来这一套！谁要你的臭钱！你以为有钱就有一切吗？告诉你，王星焰，我现在是跟你好说好散，你不要逼我。”

“急了？”王星焰说，“急什么呀？你以为你跟我离婚人家就真娶你？美得你吧！人家为什么讨好你？是因为你是我的老婆，王星焰的老婆！你以为你是谁呀，今天你跟我离婚了，明天他就不认识你了。你以为他真的看上你这满脖子的赘肉了？”

刚一说完，马上就后悔了，觉得话太毒了，但是，已经晚了。这时候，“薇薇”突然变成一头母狮子，猛扑过来，揪住王星焰又掐又抓又打，疯了一样。王星焰非常吃惊，吃惊自己竟然能说出那样恶毒的话，也吃惊那么文静的“薇薇”居然一眨眼就变成了母狮子。

王星焰还是君子，没有还手，也没有再说一句话，但是脸肯定是气白了，因为脸白他能感觉到，三十年前李文宝说他是现行反革命的时候他的脸就白过，到现在还记得。

王星焰带着伤痛离开家，准确地说是离开他和夏薇薇共同的那个家。当然，伤肯定是不重，痛倒是真的，主要是心痛。

王星焰开着车乱转，不知道目的地在哪里。王星焰突然理解李东说的爱国了，因为他现在就特别想家，不是想他跟夏薇薇在深圳的这个家，而是想家乡的那个家。假如现在他不是在深圳，而是在国外，那么，他想的那个家肯定是国家。

王星焰感到一种孤独，是那种身在闹市中的孤独。如果在家乡，那么，王星焰肯定可以找一个人说说，比如找哥哥说说，比如找姐姐说说，甚至可以找田东升说说，或者随便找一个人说说，但是这里不行，准确地说在深圳不行。事实上，王星焰离开家乡已经很多年了，现在在家乡认识的人还没有在深圳认识的人多，但是，像现在这样真的遇上什么心事的时候，竟然连一个说话的人都想不起来。或许能想起来，但是，想起来之后才发现，不能跟他们说。比如老盛，现在也算是朋友了，能跟他说吗？肯定不行。比如李东，可以说吗？更不行。再比如琳娜，比如丹丹，还比如他在深圳结交的形形色色的朋友，能跟他们或她们说眼下他家里发生的事情吗？当然不能。

王星焰甚至想起了建设兵团，想起建设兵团日落时候满山的映山红，想起他面对落日下的映山红思念心中的“薇薇”的情景。或许夏薇薇刚才说得对，有钱并不代表有了一切，甚至并不代表幸福。当初在建设兵团的时候，每月才二十块零九毛，现在回想起来，那时候多幸福？那时候天天想着“薇薇”，因此也就天天发奋向上，憧憬着美好，没有恐惧，没有失落，没有无所事事，甚至也没有真正意义上的烦恼，那种生活其实不是比现在更幸福吗？后来考上大学，每月只有十四块钱的助学金，加上父母给的十块钱，考虑到还要负担书本费和学习资料，经济上比兵团的时候还不得了，再加上跟“薇薇”的关系经历了从试探到挑明的整个过程，不比现在幸福多了？就是大学毕业之后，也是工薪阶层，头一年是四十七，第二年是五十六，去南京看夏薇薇，住六块钱一晚的招待所都心疼半天，但那种幸福是现在能体味到的吗？王星焰忽然感悟，幸福与爱情有关，幸福与理想有关，而与金钱无关，至少没有直接关系。但是，现在王星焰有爱情吗？有理想吗？爱情就不用说了，爱情确实是属于年轻人的，自己已经不年轻了，也不用奢望老树开花了，但是理想呢？现在有理想吗？理想是什么？是钱？难道我还要钱吗？是名？既然不奢望爱情也不缺钱，空要那个“名”干什么？

这么七想八想的，王星焰竟然不知不觉又把车子开到了清心阁。

怎么又来到清心阁了？难道是天意？突然之间，王星焰产生了一个大胆而奇怪的念头：干脆今晚就住在清心阁！反正也没有地方住，反正这房子也没有人住，干吗不住？这么想着，王星焰似乎就忘却了刚才的烦恼，大脑竟然莫名其妙地兴奋了起来，心情也豁然开朗，想着这个烦恼那个烦恼，大多数情况都是自找烦恼，可能睡了一觉起来之后，什么烦恼都没有了。

王星焰把车停好，准备上楼。

王星焰在准备上楼的时候，习惯性地抬头看了一眼楼上，幻想着能像当初那样看见那温馨的光。尽管他明明知道不可能看见灯光，因为这里早已是人去楼空了，但还是习惯性地甚至是本能地抬头往上看，不知道是真的希望看见那根本就不可能存在的灯光，还是有意给自己制造一个根本就不可能存在的希望。但是，出乎王星焰意料的是，他竟然看到了灯光！而且正好是在他看的时候才亮起的灯光！王星焰的心立刻就跳到了嗓子眼。丹丹回来了？这么巧？是天意？

王星焰摇了一下自己的脑袋，摇得很快，但是幅度很小。摇了之后，再抬头，证明那不是幻觉。那个自己十分熟悉的窗口确实散发着温馨的光。

王星焰没有立刻上去，他甚至怀疑此时在里面等待他的不是丹丹，而是夏薇薇。联想到上次他进那个房间正好赶上夏薇薇打来电话，王星焰现在有这样的怀疑也不是没有道理。王星焰甚至做了这样一个奇怪的推测：这套房子已经被丹丹卖了，而且买主就是夏薇薇！夏薇薇是花了高价买的这套房子，买房子的目的并不是她想住，而是戏弄一下王星焰！是这样的吗？有这种可能吗？夏薇薇会这样做吗？王星焰发现，自己认识夏薇薇三十多年了，正式喜欢她也三十年了，竟然对她一无所知，连她能做什么事情和不能做什么事情都不知道。

王星焰没有立即上楼。既然这么想了，当然就不会立即上楼，而是沿着停车场转了一圈。刚开始不知道为什么要转，转完一圈之后才明白，自己是下意识地在找车，找夏薇薇的车。明白了之后，又转了一圈，这次转圈的目的明确了，就是找车，找夏薇薇的车。但是，没有找到。

王星焰重新回到车上，犹豫了半天，还是决定采取夏薇薇的做法，打电话，给丹丹的房间里面打电话，打电话上去比人冒冒失失地上去要好。

为了不留下来电显示，王星焰没有用自己的手机打，而是特意找了一个小卖铺，用公用电话打。

打通了。响了两下，一个男人接的电话，问他是谁，找哪位。

打错了？

王星焰赶紧把电话掐了。定了定神，又重新拨了一边。这次也通了，也响了两下，也有人接电话，还是一个男人，听声音还是刚才那个男人，但是态度不如刚才好，不耐烦，“喂”了几声，居然骂王星焰是神经病，然后把电话“啪”地撂了。

王星焰听着“嘟嘟嘟”的忙音，想着自己是不是神经病，或者是精神病，或者是精神错乱，神经错乱。

31

李东的眼光是准的，大约只有像他这样对中国的情况非常了解而且又能站在一定的距离上看中国的经济，才能看得非常准。他和王星焰刚刚买进了煤炭股，股市上的煤炭股马上就涨起来，以至于老盛怀疑是他们坐的庄，并且把主庄放在了别的证券公司。

“没有，”王星焰向老盛解释，“绝对没有，我们就这么多钱，全部在你这里了，而且我们都没有要求透资，这么点钱怎么坐庄？况且是整个煤炭行业的大庄。”

“资金倒不是主要问题，别的地方可以透资，我们也可以，都是可以谈的。”老盛说。老盛这样说，就表示他还是怀疑李东他们在坐庄。

“真的不是，”王星焰说，“这次是我们看好了煤炭股肯定要涨，才买的。”

老盛笑，还是那种不相信的笑。

王星焰摇摇头，表示不相信拉倒。

“就算你说的是实话，”老盛说，“但是你怎么敢保证李老板对你也说了实话？”

“你的意思……”

“我没有什么意思，”老盛说，“我理解，假如你知道李老板坐庄的事情，不告诉我，我能理解；假如你确实不知道李老板的事情，或者说李老板在外面坐庄，并且对你也保密，我还是能理解。”

老盛口口声声说自己理解了，但是王星焰反而不理解了。他不能否认老盛说的这种情况的可能性，因为他们刚刚把手上的钱换成各种各样的煤炭股的股票，煤炭股马上就来了一个普涨，难道这么巧？连证券公司的老总都不相信这么巧，我王星焰就真的相信世界上有这么巧的事情？那么，如果真像老盛说的那样，李东不但跟他一起合起来共同给老盛演戏，而且私下又给他演了一场戏，真的背着我王星焰在别的证券公司集中大量资金坐起了煤炭股的庄。为什么一定要瞒着我王星焰呢？既然要瞒着我，为什么事先还要说呢？还让我买呢？这不是自我暴露？王星焰想起了《厚黑学》，厚到一定的程度，就薄了，至少看上去薄了。难道这个李东不是给基金会打工的一个“马仔”，而是真正的“海外大鳄”，自我暴露的目的是一种更高层次的掩饰？那也太艮了吧？用不着吧？干脆不告诉我不是更好更节省成本吗？再说，真正的“海外大鳄”不会选择我王星焰做目标，就是我自己想成为这个目标，也没有资格。

“不会的，”王星焰说，“李东不会骗我，骗我没必要。我也不能接盘，他骗我干什么？”

老盛还是笑，并且还是那种否定式的笑。老盛笑着问：“上次你们做万利通，是不是你这边出了一点小问题？”

王星焰点点头。但是这个头点得不舒服，因为一想起那次的小问题，必然就要想到他老婆被“鹰”叼了的事，就不舒服。但是，王星焰并没有把这种不舒服表露出来。

“既然是，那么，这次李老板背着你操作也不能算是小人行为。再说，他不也是通知你买入了吗？够交情了。”

照老盛这样说，就认定这个李东是“海外大鳄”了，并且肯定是背着他们在别的证券公司开户坐庄了，坐煤炭股的庄，坐整个中国煤炭股的大庄。

王星焰不信，但是已经不想解释了，没必要一定解释清楚，再说他也解释不清楚。

老盛见王星焰不说话，像是已经默认了，进一步说：“要说老外是有眼力，选择煤炭股确实好。中国的煤炭相当于中东的石油，但是中国的煤炭股总盘子并不大，相对不大，最适合兵团一级的作战。”

“不会，”王星焰说，“我承认你讲得有道理，但是我觉得不是。”

“为什么？”老盛问。

“感觉，”王星焰说，“感觉不是，而且我感觉的东西基本上是对的。李东没有那么大的能量，如果他有那么大的能量，就不会选择我来演戏了，他的盘我接不动。我实话对你讲，加拿大那边他根本就没有搞掂。你算一下就知道，如果能搞成，肯定没有这么快，要担保，还要反担保，很麻烦的。再说如果是那么大的资金量，也不是一般的机构能够担保得了的。你说呢？而且，券商方面也不一定选择你。”

王星焰差点就说“会选一个更大的券商”，但及时做了调整，没有说出口。

“不管怎么样，我劝你见好就收。”老盛说。

“那是，”王星焰说，“我会见好就收。谢谢！”

用不着他见好就收，煤炭股涨了差不多15%的时候，李东就跟王星焰商量出货的事情。

“是不是再等等？”王星焰说，“钢铁股和水泥股也跟着涨了。”

李东说：“正因为都跟着涨了，所以也就接近尾声了。我要走了，你走不走自己看着办。”

说着，李东就开始出货，而且是真出货，当着王星焰的面开始下卖单，并且分多个户头不停地下小单。王星焰一见，马上就跟着出货，并且也尽可能不显山不露水地出货，同时坚定了自己的判断——李东不是什么“海外大鳄”，是老盛自己过于谨慎自作聪明了。

李东当然不是什么“大鳄”，连小鳄也不是，根本就算不上什么“鳄”，也就是上次动用基金会的资金跟王星焰一起做了一把万利通才算淘到了第一桶金，这次用这桶金投资煤炭股发了一点小财，离“鳄”差得远呢。不但离“鳄”差得远，就是跟王星焰相比，他的全部资金加起来也只能相当于王星焰手头的“零花钱”。

两人从煤炭股完全退出之后，王星焰忍不住还是把老盛说的误解对李东讲了。

“假作真时真亦假呀，”李东说，“你也不用跟他解释了，越解释他越不会相信。再说反正我也不打算再做股票了，跟他的合作也就到此为止吧。”

“你不打算再做股票了？”王星焰问。

“不打算做了，”李东说，“我打算把加和公司正式运作起来，老老实实地做一个高科技项目，像这样在股市上冒险，早晚要把赚的钱全部赔进去。”

“完全不做了？”王星焰问。

李东停了一下，说：“眼下肯定是不做了，以后什么情况再说。”

“可惜呀，”王星焰说，“你对股票那么有感觉，怎么说不做就不做呢？”

“感觉有时候也会错的，”李东说，“再说做股票其实是高风险投资，老是靠感觉怎么行？真正创造财富的还是要靠实业，投资股票只能是锦上添花的事情。我想先做一个实业，等站稳脚跟了，像你现在这样有闲钱了，还有可能再做。做着玩，另外就是通过做股票来深切感受整个经济宏观形势的变化规律，但是现在不行，现在我必须把资金和精力全部放在做实业上。”

“你打算做什么？”王星焰问。

“还没有想好，”李东说，“反正肯定是高科技项目。”

“好，”王星焰说，“需要帮忙的时候说一声。”

“真的？”李东问。

“当然真的。”王星焰说。

“如果是真的，”李东说，“那我真想傍上你这个大款。”

“什么意思？”

“合股呀，”李东说，“干脆你在加和公司投资一点，你投资加和肯定比投资股市有前景。”

“行，”王星焰说，“等你找好具体项目了，资金不足了，我再投资。”

幸亏王星焰留了余地，说等他找好了项目才考虑投资，如果不是这样，而是事先就直接参股加和公司，那么，他们肯定要吵架。这个李东，居然花 60 万人民币请美国的一个叫麦肯特的投资银行在上海的一个什么机构帮他找项目。项目还用“找”吗？还用花 60 万元人民币去找吗？

“你要是实在有钱，”王星焰说，“钱多了实在没有地方花，赞助几个希望工程好不好？把钱花在洋鬼子身上，你傻了？”

李东看着王星焰，不知道他为什么发火，仿佛这60万人民币是他的一样。

“还好，”王星焰说，“我还没有跟你合作，是你自己的钱，你想怎么花就怎么花。但是，我肯定不会给你投资了。”

“为什么？”李东问。

“为什么？你说为什么？”王星焰说，“有你这样花钱的吗？你不了解情况没关系，可以问我呀。”

“问你什么？”李东不明白。

“问项目的事情呀，”王星焰说，“项目还用‘找’吗？每天我一上班，就有各种各样的机构以各种各样的方式向我兜售各种各样的项目，‘兜售’，你知道吗？你要是要项目，我马上就可以给你一百个项目，一分钱都不要，不但不要，我还可以从对方那里拿到提成。”

李东笑了。是嘲笑。

“你怕上当是不是呀？”王星焰说，“怕上当没关系，深圳每半个月就会接待一批内地省市人民政府组织的招商引资活动，政府总不会是骗子吧？不但不是骗子，而且在这种招商引资会上达成的项目，当地政府一般都会给配套政策，比如减免税，比如优惠提供工业用地，配套提供商业用地，等等等等。就是谈不成，只要你这样一个‘外商’参加了他们的招商引资会，那就是给他们面子，不花一分钱，获得了信息，还交了朋友，没有任何投入，全部是产出。你要想参加，我下次把邀请函直接转给你。”

“参加倒可以，”李东说，“但只是为了了解情况，我还是觉得花钱寻得的项目可靠。像这样送上门的项目，而且还给你提成，你觉得是好项目吗？再说，既然准备投资实业，难道还在乎项目论证这几十万块钱吗？你不觉得在寻求好项目上投资非常值得吗？正因为是洋鬼子，所以，他们才会客观公正，不会照顾朋友、老乡或老同学，不会看人情办事，不会给我瞎推荐，你说是不是？”

李东这样一说，王星焰倒冷静了，想着是啊，一个项目投资动辄几千万，花几十万去寻找和论证难道不应该吗？联想到这些年身边的很多老板垮掉，最根本的原因可能就在于投资失误，如果他们当初投资的时候不是凭头脑发热或盛情难却，而是像李东这样花几十万请老外做客观公正的分析论证，可能就不会遭受后来那么多的损失了。或许，李东这么多年在国外，最大的收获就是养成了科学的投资理念。

这么想着，王星焰再看看李东，竟然发觉他没有那么傻了。

32

夏薇薇非常冷静，没有吵，更没有闹，静静地坐在王星焰的办公室里面等着他。琳娜的眼睛能管事，一看夏薇薇这么和气，就知道她跟老板的关系基本上走到头了。关于老板跟他老婆之间的事情，琳娜从来没有听王星焰说过，尽管没有听说过，但是琳娜还是能感觉到的。按照琳娜的感觉，老板王星焰跟他老婆之间一直在“冷战”。今天见夏薇薇这么冷静，琳娜基本上就估计出“冷”的等级了。所以，这时候琳娜一面非常礼貌地给夏薇薇打开饮料，递上当天的报纸，并且夸夏薇薇的衣服很有品位，问她在哪里买的，一面悄悄地到会议室给王星焰打了电话。

“知道了。”王星焰说。说得非常平静，平静得跟接到一个关于提醒他下午要开会的电话一样。

王星焰下午真的要开会，是总商会那边的一个会。当然，那样的会可参加可不参加，所以，干脆就不参加了，直接从别墅回到办公室。别墅是公司的，是公司专门用来接待客户的，这些天并没有什么重要客户，王星焰就用它接待自己。

琳娜夸奖得没有错，夏薇薇今天穿的衣服确实比较讲究，像是参加什么重要的活动。以至于王星焰在见到她的那一刹那，还愣了一下。

“不用紧张，”夏薇薇说，“我不会跟你闹的。我只是来告诉你，你可以回家住了。我要去北京，去看儿子，可能一直要住到儿子放假才回来。如果儿子讨厌我，我就回去看看父母，父母是不会讨厌我的。总之，你可以回家住了。至于离婚的事情，随便你，你想离的时候说一声，不想离，就这样拖着也无所谓。我只要求你一点，不要把任何女人带回家。我不怕丢人，你也不怕，但是你多少要给儿子留一点面子。”

王星焰不说话，不说话的目的是避免吵架。

“你什么时候走？”王星焰问。

“现在就走。”

“那我送你去机场。”

“不用，我自己打个的士就行。”

“还是我送你，”王星焰说，“路上我正好有话对你说。”

“你现在就可以说。”

“还是在路上说吧，不是一句两句能说完的。”

夏薇薇没有说话，没有说要他送还是不要他送，而是站起来，往外走。王星焰赶快跟上，尽量不拉开太大的距离，因为拉开太大的距离不符合常规。

走出门口时，夏薇薇没有忘记对琳娜打招呼，而且打招呼的时候还显得神采奕奕，说琳娜的发型特别漂亮，显得个子高。倒是王星焰，一脸严肃，对琳娜说：“去机场。”

其实，他们并没有直接去机场，而是先回家，因为夏薇薇的行李还在家。这时候王星焰没有开自己的车，而是坐夏薇薇的车，先回去取行李，然后王星焰送她去机场。二人去机场的时候，是王星焰开的车，本来说好是路上要说话的，但是一路却无话可说。

王星焰曾经努力想找一些话说，但是实在说不出口。说什么呢？说假话？两人已经到这个份儿上了，再说夏薇薇这么冷静，一副冷眼看世界的样子，王星焰还能说假话吗？王星焰如果这个时候还说假话，只能是自己说给自己听了。不能说假话，那么说真话？或许他们这个时候真该说说真话了。但是，一旦说真话，肯定绕不过两个问题，第一是酒精棉球消毒的问题，第二是夏薇薇被“鹰”叼了的问题。但是无论是哪个问题，王星焰都说不出口。王星焰他们这一代人还有一个口忌，就是不能谈“性”，并且越是亲近的人越是不能谈，尤其是这样令人难堪的“性”。

王星焰一路开着车，眼睛的余光不时地打量着夏薇薇，或许，他在想着怎么开口说话，或许，这个时候他还在努力寻找当年“薇薇”的影子。或许夏薇薇的身上仍然保留着“薇薇”的影子，但是王星焰已经看不见了。

王星焰甚至有点奇怪，当初自己为什么会看上她呢？而且是那么爱她，爱得那么疯狂？爱她什么呢？

王星焰曾经跟自己的三姐谈过他对夏薇薇的感情。当然，只谈感情，并且是抽象的感情，没有谈得很具体，比如没有谈到“酒精消毒”这一类的事情。

王星焰是在上次回老家的那一次跟三姐谈这个话题的。上次王星焰回老家是料理父亲的后事。王星焰这些年很少回去，只有在父亲去世这样的时候才能回去。回去之后，料理完父亲的丧事，并没有立刻就走，所以还有点时间，就跟三姐谈了他跟夏薇薇的事。

那时候还没有发生夏薇薇被“叼”的事情，但是已经发生王星焰跟售楼小姐的事情，所以，那时候王星焰非常困惑，或者说是非常矛盾。一方面，觉得自己对不起夏薇薇，是他背叛了夏薇薇；另一方面，又觉得夏薇薇对不起他，是夏薇薇这些年一直欺骗了他，或者无意当中欺骗了他，让他以为女人都是这样的，都是这样被动的、没有激情的，和“酒精消毒”的。总之，当时王星焰的思想是混乱的，甚至是矛盾的，想找人谈谈。之所以跟三姐谈，而不是跟哥哥和其他姐姐谈，是因为三姐后来也上了大学，并且是和夏薇薇一起上的大学，她们甚至可以算是同学。所以，王星焰和三姐虽然年龄有一定差距，但是沟通起来问题不大。

王星焰问三姐：到底什么是爱？自己当初为什么那么爱“薇薇”？当初那么爱，为什么现在又没有爱了？

三姐听懂了，或许可能是听懂了，至少是部分听懂了，懂得他现在已经不爱夏薇薇了，至少跟以前相比是不爱夏薇薇了。听懂了之后，三姐没有直接回答王星焰的问题，而是跟他谈父亲。父亲的丧事刚刚办完，这个时候谈父亲比谈王星焰跟夏薇薇的感情更合乎情理。王星焰的几个姐姐全部无一例外地嫁给了地道的工人。所谓地道的工人，就是不像夏薇薇的父亲夏老师那样戴眼镜的工人。姐姐们嫁给工人而不是嫁给干部或知识分子，当然是父亲的意思，因为当时父亲有一个原则，婚姻自由，但是“自由”必须有一个前提，这个前提就是对方必须成分好。那时候所谓的“成分好”就是出身穷，而且是越穷越好，比如中农不如下中农好，下中农不如贫农好，贫农不如雇农好，雇农不如工人好，工人不如要饭的好。当然，几个姐姐只能嫁给工人，而没有嫁给要饭的。

三姐跟王星焰谈父亲，主要谈父亲的婚姻观，谈父亲在子女婚姻问题上的态度对他们婚姻的影响。这么谈着，三姐当然有点怨气，但是总体上还是乐观的。三姐说：“人是有定数的，一个人的感情也是有定数的。你是当初爱‘薇薇’爱得太多了，把爱都提前支付了，现在可能反而觉得没有什么可爱的了。我当初嫁给你姐夫的时候，一点也没有爱他，但是我们现在生活得非常好，可能是直接进入亲情，然后再由亲情转化为爱情，一种滞后的爱情。你姐夫虽然是工人，但生活乐观，身体好，知道疼人，我现在的感觉是，嫁给他比嫁给那些假正经的知识分子好多了。”

三姐特别说到了“身体好”，并且说到了“乐观”“疼人”“假正经”这样的字眼，不知道是不是暗指夫妻生活幸福。当时王星焰还没有悟出，现在悟出了，悟出了之后，就知道夫妻生活和谐是构成美满婚姻的重要因素。但是，偏偏他跟夏薇薇之间从来就没有和谐的夫妻生活！以前傻，不知道，现在知道了，是售楼小姐让他知道的，后来丹丹又让他进一步知道，而且是彻底地知道，既然是彻底地知道，那么，还要继续这样维持下去吗？或许，王星焰这时候应该跟夏薇薇开诚布公地谈一谈这个问题，也许谈了能使她有所觉悟，但是，恰恰是这个问题，王星焰没有办法谈。开不了口是原因之一，但不是全部原因，如果是全部原因，倒好办了，当面不好说，可以电话里面说，要是电话里面不好说，还可以写出来；但是不是，不是不好说的问题，是不能说的问题。如果王星焰说了，比如在电话里面说了，或者是写信说了，说夫妻之间不应该每次都用酒精棉球消毒，说女人也应该有激情，说夫妻之间的事情是双方共同愉悦的事情，那么，夏薇薇问他是怎么知道的，谁对他说的，他是不是跟别人做过，王星焰该怎么回答？肯定是没有办法回答。既然没有办法回答，那么，只能是多一事不如少一事，干脆不说了。

王星焰就这样一句话也没有说地把夏薇薇送上了飞往北京的飞机。

33

麦肯特公司上海分部向李东推荐了两个项目。第一个项目是仿生表面处理技术，具体地说是仿荷叶的功能对汽车表面进行处理，这样，汽车表面基本上就不沾灰，不仅漂亮，而且每年可以节约大量的洗车用水。第二个项目是汽油替代技术，具体地说就是用工业酒精替代汽油作为汽车的燃料，这样，不仅可以减少汽车对地球环境的污染，而且还能够缓解世界能源紧张的局面，并且成本较低。两个项目都是高科技项目，都是节能和环保项目，都是关系到人类环境和人类生存的大项目，但是，李东只能从中取一个。李东没了主意，跟王星焰商量。

王星焰发现老外做事情确实认真，文件做得相当漂亮，不仅有中文的，而且还有英文的。李东到底是加拿大国籍，也学着老外的认真劲，把两种文本的文件都给了王星焰，不知道是考虑王星焰既能看中文，又能看英文，还是考虑王星焰的中文不过关，英文也不过关，需要将两个文本对照起来才能看明白。

最后，王星焰看明白了。知道这两个项目在技术上都没有问题，而且跟传统技术比较起来，都有新的突破。比如仿生表面处理技术，就是对喷涂技术的突破。现代喷涂技术的要点是光洁，但是仿生技术不是，仿生技术把汽车表面处理成一种复杂的凹凸不平的表面，就是荷叶那样的表面，荷叶那样的表面不沾水，不沾灰，如果所有的汽车表面全部采用了这项新技术，那么，世界上所有的洗车厂和机车美容店都可以关门了，一年得节约多少水？考虑到现在世界淡水资源的紧张局面，这项技术的先进性是不容置疑的。

“不行。”王星焰说。

“不行？”李东问。

“不行。”王星焰说。说得非常肯定。

“哪方面不行？”李东问。

“主要是经济上不行，”王星焰说，“环境保护是全球性的大问题，但正因为是全球性的大问题，就不是一个人两个人的事情，所以具体到每一个车主，他就不会太在意这个问题。对每一个具体的买车人来说，他主要还是关心汽车的价格和性能，至于是不是环保，只能在同等条件下，最多是价格性能相差不是很大的情况下才会考虑。照你这个报告，在同等的性能条件下，车子为了环保而让车主多花差不多一万元人民币，不现实。”

李东不服气，说：“正因为是全球性的大问题，所以才需要地球上每一个人的共同努力，作为一个具体的车主，怎么会不在意这个问题呢？我马上就要买车，如果有这种环保型的车卖，我宁可多花一万元人民币。”

王星焰看着李东，没有说话，因为他不知道该从哪里说，或者说他不知道李东是聪明过分呢还是天真过分。

但是还是要说，王星焰说：“美国退出京都协议你知道吧？”

这下该李东不说话了。美国退出京都协议的事情他当然知道，正因为知道，所以他才不说话了。

既然李东没有话说了，那么，王星焰就有话说。王星焰说："美国号称世界上最发达、最文明、最民主、最有资格充当世界警察的国家，居然公然置地球环境于不顾，退出旨在保护地球大气环境的京都协议，你怎么能要求中国的一个普通小老百姓主动承担世界环境保护的义务呢？其实，世界环境保护是大家的事情，既然是大家的事情，那么，在某种情况下就等于是无主的事情，说起来谁都应该管的事情，往往就会变成谁也不管的事情。"

"那么，用工业酒精取代汽油项目呢？"李东问。李东这样问，就是基本上已经认可王星焰的观点，承认仿生表面处理项目不能上了，至少暂时不能上。

"这个项目倒可行一些，"王星焰说，"首先技术上并不复杂，技术的要点是防止酒精挥发，它这里从储存方式和加液面覆盖两个方面着手，基本上解决了这个问题，如果在工业酒精内再加入一种添加剂，使液态酒精在常温下的挥发性降低，会更好。关键是现在国家对汽车尾气排放抓得比较紧，像北京、上海、深圳这样的大城市，估计很快就要强制性要求达到欧洲二号标准，如果那样，加上工业酒精的价格并不比汽油贵，这个技术推广起来应该是可行的。"

王星焰这样一说，李东笑了，是那种开心的笑。

李东说："从我这边考虑，还是环保，而且是大环保。从大环保考虑，地球上的石油只能再开采五十年，难道真要在我们这一代把地球上的石油消耗干净？我总是认为，石油作为燃料是一种极大浪费，是地球财富的极大浪费。要多少亿年才能形成石油呀，就这样烧掉？而酒精则不一样，酒精是粮食做的，烧粮食听起来可惜，但是从理性的角度看，粮食的生产周期往往是一个季节，也就是半年时间吧，而且粮食又不能长期储存，大量生产之后，不如转化成酒精烧掉，把石油省下来。石油跟粮食不一样，石油是不可再生的，永远不可能再生的，所以，最好就暂时把它放在原处不要动，等到将来发现更大的用途了，再去开采。"

王星焰没有想到李东把问题想得这么深，比美国总统考虑得都深。

“行，”王星焰说，“既然你这么想，那么也无所谓成功与失败，当然可以上这个项目。不过，我估计一开始肯定是负效益。”

“为什么这么说？”李东问。

“不是技术问题，”王星焰说，“甚至也不是经济问题，关键是推广应用。即便技术上没有一点问题，价格上也没有问题，推广起来还是有相当大的难度。”

“你的意思是观念问题？”李东问。

“也不是，”王星焰说，“关键是服务。比如维修服务和‘加酒站’服务。现在烧汽油，这方面的服务已经相当完善，到处都是加油站，而如果推广烧酒精，那么，是不是到处建‘加酒站’？谁来建？如果是你自己建设，建设多少？要花多少钱？比如你自己开这种车，如果开到半路酒精烧完了怎么办？远的不说，就说从深圳到广州吧，你说要建设几个‘加酒站’？”

李东一听，心中暗暗佩服，佩服王星焰考虑问题比较实际。

“那你的意思是这个项目也不能搞了？”李东问。问话的声音中明显带有焦急的腔调。

“那也不是，”王星焰说，“中国的事情，只要政府支持就能搞成。”

“怎么支持？”李东问。不耻下问。

王星焰又想了想，说：“比如环保补贴。”

“环保补贴？”李东问。

“我是说假如，”王星焰说，“假如国家有一项环保补贴，一方面投资建设环保‘加酒站’，另一方面对烧酒精的车主给予一定的补贴。或者倒过来，不给补贴，但是对烧汽油的汽车给予高额征税，也能起到引导作用。”

虽然王星焰非常明确地强调这只是一种“假设”，但是李东却把它当真事来办。

李东找到了深圳市经济发展局，询问有关“环保补贴”和政府建设“加酒站”的可能性。经济发展局的公务人员对李东也有所耳闻，特别是深圳卫星电视开播后，李东几乎成了明星，经常在《品茶论道》节目中任嘉宾，所以大家基本上都认识他了。既然认识了，并且知道他的“海归”身份，所以对他特别热情。听了李东的叙述之后，经济发展局的公务人员也被李东忧国忧民忧地球的精神所感动，答应一定认真研究，并保证在规定的七个工作日之内给予他正式的答复。果然，规定的期限一到，答复下来了。答复是：关于“环保补贴”，暂时没有；关于由政府出资建设“加酒站”，暂时不可行，因为现在“酒车”还没有上路，现在暂时还考虑不到这个问题。但是，鉴于加和新技术开发有限公司开发的项目属于明显的环保高科技项目，所以，市里按政策可以给予适当的支持，支持方式是可以申请科技三项基金，另外，也可以申请贴息贷款，并申请把这个项目列为深圳市2006年重大建设项目，如果立项成功，将享受更加优惠的扶植政策。

李东把市里的答复告诉王星焰后，王星焰马上就热烈祝贺，并要他请客。

请客当然没问题，但是李东并不是很高兴，起码没有王星焰想象的那么高兴。

“怎么了？”王星焰问。

“没用，”李东说，“这样的扶植对我没用。‘三项基金’数目非常小，我问过了，一般不高于300万，像我这个情况，估计补贴也就是100万，杯水车薪。”

“你行了吧，”王星焰说，“这就相当不错了，等于是白给的，你还想怎么样？”

李东不说话，看着王星焰，明显地是对他的观点不赞同。

“我还是想要政策，不想要钱，我不在乎100万人民币。”李东说。

王星焰愣了一下，又觉得好笑，哪有白给钱不要的？

“这样，”王星焰说，“你对中国的事情不如我了解，你听我的，‘三项基金’照要，贴息贷款也照样申请，重大建设项目也照样申请立项。总之，你一切按照他们的意见办，你只有按照他们的意见办了，他们才会进一步扶植你。往轻里说，明年还能申请‘三项基金’，还能申请贴息贷款，往重里说，说不定明年就会出台相应的政策，类似‘环保补贴’这样的政策。你不是看到了嘛，人家的答复很明显，是‘暂时没有’，或许明年就有。但是如果你现在不按他们的意见办，就不听话，或者说是不听招呼，那么，相关的新政策就很难出台，即便出台了，也不一定会给你。”

李东仍然看着王星焰，当然这一次的看与刚才那样的看不一样，这一次他觉得王星焰说得非常有道理。所谓做事情关键要先学会做人，恐怕道理就在这里。

“这样的好事，”王星焰说，“你要是不搞，我搞了。”

王星焰这样说，也不全是激将李东。他是真动心了，不是被政府支持的态度和政策动心，而是确实觉得这样的项目非常有前景，因为它代表了一种方向性。

“当真？”李东问。

“当真！”王星焰问。

“那好，”李东说，“我们一起做。”

王星焰想了想，说行，一起做。

王星焰参与进来之后，或者说王星焰投资加盟之后，工作进展明显加快，主要原因当然一方面是资金更加充足，另一方面还在于王星焰比李东更会“做人”。比如在要求政府支持的问题上，王星焰的要求就比较巧妙，他不是要求政府给钱，而是给政策，而且是政府马上能够做到的“小政策”。第一个“小政策”就是要求政府出面协调，首先在两条公交车线路上进行试点，并且这两条公交车线路是同一个起点，这样，只要在这个起点上建设一个“加酒站”和维修点就行了。由于他们的要求合理，比较可行，关键是并不要政府掏一分钱，建设一个“加酒站”的钱他们完全能出得起，不需要政府扶植，而只要政府出面协调，所以，这个问题很快就得到解决。由市政府办公厅给交管局、公安局、运输局、环保局下文，分管工业的副市长主持协调会，问题很快得到落实。环保公交上路那天，本市的各大媒体都争相报道，不久，外省市组织的参观学习考察团专程来深圳考察学习环保汽车开发应用的先进经验，李东的特长又一次得到发挥，并且这一次的发挥比以往任何一次都好。

34

王星焰终于也成为“海归派”了。因为美国哥伦比亚大学在亚洲的一个什么课程教学班已经向他正式颁发了工商管理硕士课程学习的一个什么证书。证书上除了王星焰三个字之外，全部是英文，而且是一般人不容易看懂的英文，比如看不懂是证明他已经获得了工商管理硕士学位，还仅仅是证明他学过相关的课程。但看不懂没关系，有时候越是看不懂就越是证明学问深。再说，只要证书是真的，那么，王星焰“海归派”的身份基本上就是真的，与看懂看不懂没有关系。据说，许多真正从海外归来的人，连这样的证书都没有呢。于是，深圳的“海外归国人员联谊会”正式邀请王星焰参加活动。

王星焰本来是不想去的，但是经不住别人劝。主要有三拨人劝他。首先是联谊会工作人员，联谊会工作人员上门做工作，搞得王星焰盛情难却，如果再不参加，就是不会“做人”了。其次是跟他一起上这个课程班的人，也就是他的所谓的“同学”，这些“同学”们说，我们都是一起学习一起结业的，你不参加，搞得我们不好参加了，弄得王星焰觉得如果他自己坚持不参加活动，就要得罪“同学”了。最后当然是李东，李东对他说：不要想得太多，就是大家在一起玩玩，相当于一个沙龙或俱乐部，大家相互交流交流没有坏处，毕竟，这是一个高素质人群聚集的场所，参加有好处，就算你是陪我，怎么样？话既然说到这个份儿上，王星焰要是再不参加，就实在有点不近人情了。

王星焰决定参加。但是他不想“正式参加”，而是选择一个最不正式、最随意的一次活动作为突破口。王星焰知道，万事开头难，只要第一次厚着脸皮去了，下次就自然了。为了使第一次容易突破，选择一个不正式的舞会是恰当的。

这次舞会确实不是很正式，因为邀请信上还特别做了说明，说明由于“海归人士”男多女少，所以，各位“海归人士”可以带女朋友参加。王星焰想，既然只是一个舞会，既然还可以携带不是“海归”的女朋友参加，那么，自己混在里面应该无妨。即便自己不是真正的“海归”，作为“海归”的朋友应该是没有问题的。如此，王星焰就去了。

王星焰是自己去的，没有跟李东结伴去，原因或许是为了留有余地，想着如果发现气氛太正式，干脆就不进去，或者进去了，再找机会悄悄地溜出来。当然，王星焰也没有带什么女朋友，自己本来就是“镶边”的，还敢带女朋友吗？再说，王星焰也没有女朋友，至少眼下没有女朋友了。夏薇薇是自己的老婆，邀请信上虽然说的是“女朋友”，但是，老婆肯定行，带女朋友都可以，还不能带老婆？不过，夏薇薇此时并不在深圳，可能在北京，也有可能在老家，所以，带夏薇薇是不可能的。丹丹呢？王星焰好久没有跟丹丹联系了，尽管他经常想着跟丹丹联系，却一直没有联系。有时候王星焰甚至幻想着哪一天丹丹突然主动跟他联系，如果丹丹主动跟他联系，那么会怎样呢？王星焰想象不出这种假设的场景。尽管想象不出，但是只要想到，他还是微微有点激动。王星焰甚至想到了琳娜，但琳娜只是他的秘书，并不是“女朋友”。这年头，“朋友”的概念也发生了异化，“朋友”的前面一旦加上一个“女”字，就一定有那种关系。但是琳娜跟王星焰没有那种关系，因此就不能算“女朋友”，所以，也不能带琳娜去。再说，琳娜假如想去，也不一定要王星焰“带”，琳娜在香港工作过几年，认真算起来，她还真可以算“海归派”，本身就有资格去，甚至更有资格去，根本不用王星焰“带”。最后，当然只能是王星焰一个人去。

到了舞场之后，王星焰发觉自己的谨慎大可不必，因为这里的人很多，根本就分不出谁是“海归”谁不是“海归”，谁是李东这样的真“海归”，谁是他这样的“准海归”。特别是当他发现沈斌居然也混在其中的时候，更是一点担心都没有了。沈斌都能来，王星焰还不能来吗？沈斌就是王星焰的那个从自己家里拿“供应券”交给老师换取表扬的小学同学，下岗后来深圳投奔李东，李东当时实在没有地方安排，被王星焰安排在他下面工厂的一个仓库当保管员，“酒车”上路之后，被李东要了回去，安排在“加酒站”工作。在王星焰的印象中，他好像连大学也没有上过，竟然也能参加联谊会的活动？如果他都能参加，那么，王星焰还有什么“突破”不“突破”的呢？但是再一想，沈斌为什么就不能参加呢？沈斌不也是李东的同学吗？不是也可以被“带”的吗？

王星焰找一个偏僻一点的角落坐下来。刚一坐下，沈斌就凑上来打招呼。这里不是他的公司，沈斌在这种场合跟他打招呼，王星焰不好太冷淡太傲慢，但是，他不是很情愿，虽然确实是同学，但他从来都没有把自己看作是跟沈斌一类的人。

王星焰突然有一种不好的感觉，既然沈斌都来参加这样的活动，那么，我还用来参加这样的活动？我怎么能跟沈斌一起活动呢？

正想着，或者说正在考虑是不是该溜走的时候，李东来了。李东一来，场面马上就热烈起来。许多人跟他打招呼。但是，李东还是一眼就看见了王星焰。看见之后，李东马上就直奔王星焰而来，明显地对王星焰比对其他人更热情，热情到马上就把自己的未婚妻叫到身边，向王星焰做正式介绍。

这一介绍不要紧，把王星焰惊得目瞪口呆，李东的未婚妻居然是丹丹！

这怎么可能呢?！王星焰想。

这怎么就不可能呢?！王星焰又想。李东未婚，丹丹未嫁；李东现在是经常出任电视嘉宾的著名海归企业家，丹丹是当红电视节目主持人，他们之间怎么就不可能呢?！

王星焰笑。

在李东看来，这是礼貌的笑，是友好的笑，是为同学祝福的笑。在丹丹看来，王星焰是苦笑，是无可奈何的笑，是哑巴吃黄连有苦说不出的笑。

心里虽然这么想，但表面上丹丹却不失礼貌。她一脸灿烂地把手伸给王星焰，表现出对他明显高于一般的热情。在李东看来，丹丹这样做是非常得体的，因为毕竟，王星焰是他的老同学和合作伙伴，可以这么说，如果没有王星焰，就没有他李东的今天，而且，关于他和王星焰的关系，李东早对丹丹说过，所以，丹丹理应对王星焰表现出超出寻常的热情。

王星焰就是王星焰，虽然震惊，虽然尴尬，但并没有乱了方寸。这时候，他自然地起身，迎接丹丹灿烂的笑容和远远伸过来的手，并且很有分寸地轻握丹丹的三根手指，说着祝福的话，同时心里自己对自己说：你看我这庄坐的！就差没把自己卖掉了。

图书在版编目(CIP)数据

高位出局 / 丁力著. -- 北京 : 中国文史出版社,
2021.7

(中国专业作家作品典藏文库. 丁力卷)

ISBN 978-7-5205-2871-9

Ⅰ. ①高… Ⅱ. ①丁… Ⅲ. ①短篇小说-小说集-中国-当代 Ⅳ. ①I247.7

中国版本图书馆 CIP 数据核字(2021)第 023804 号

责任编辑：薛媛媛

出版发行：**中国文史出版社**
社　　址：北京市海淀区西八里庄路 69 号院　邮编：100142
电　　话：010-81136606　81136602　81136603（发行部）
传　　真：010-81136655
印　　装：北京新华印刷有限公司
经　　销：全国新华书店
开　　本：720×1020　1/16
印　　张：17.25　　字数：222 千字
版　　次：2021 年 7 月第 1 版
印　　次：2021 年 7 月第 1 次印刷
定　　价：59.80 元